김수업의 우리말 사랑 이야기

말꽃타령

지식산업사

말꽃타령

초판 제1쇄 발행 2006. 4. 7.
초판 제5쇄 발행 2018. 11. 20.

지은이　김 수 업
펴낸이　김 경 희
펴낸곳　(주)지식산업사
　　　　본사 ● 10881, 경기도 파주시 광인사길 53(문발동)
　　　　　　　전화 (031)955-4226~7　팩스 (031)955-4228
　　　　서울사무소 ● 03044, 서울시 종로구 자하문로6길 18-7(통의동)
　　　　　　　전화 (02)734-1978　팩스 (02)720-7900
　　　　한글문패　지식산업사
　　　　영문문패　www.jisik.co.kr
　　　　전자우편　jsp@jisik.co.kr
　　　　등록번호　1-363
　　　　등록날짜　1969. 5. 8.

책값은 뒤표지에 있습니다.

이 책을 읽고 저자에게 문의하고자 하는 이는
지식산업사 전자우편으로 연락 바랍니다.

김수업의
우리말 사랑
이야기

말꽃 타령

우리말을 사랑하는 까닭

우리가 우리말을 사랑하는 데 무슨 까닭이 따로 있으랴. 그러나 제 아비와 어미를 사랑하지 않는 아들과 딸도 있듯이, 우리 가운데는 우리말을 사랑하지 않는 이들도 있으니까 우리말을 사랑하는 까닭이 뭐냐고 묻는 사람도 있는 것이다.

우리말을 사랑하지 않는 사람에는 두 갈래가 있다. 한 갈래는 아예 우리말을 버리고 미국말을 쓰자고 앙탈하는 사람들이다. 이런 사람들은 미국말을 쓰는 나라로 찾아가서 살면 두루 좋으련만, 굳이 이 땅에 살면서 모두 함께 우리말을 버리고 미국말을 쓰자고 생떼를 쓴다. 어처구니가 없는 사람들이다. 또 한 갈래는 저들도 우리말을 사랑한다고 우기는 사람들이다. 저들은 우리가 쓰는 말이면 모두 우리말이라고 하면서 그런 우리말을 사랑한다고 한다. 서양에서 들어온 말도 우리가 쓰는 것은 우리말이고, 일제가 버리고 간 한자말도 우리가 쓰니까 우리말이고, 중국에서 들어온 한자말도 우리가 쓰니까 우리말이라고 한다. 한자까지 우리가 쓰니까 우리 글자라고 한다. 언젠가는 로마자도 우리가 쓰니까 우리 글자라고 할 사람들이다. 이런 사람들도 나에게는 어처구니가 없다.

내가 사랑하는 우리말은 우리가 쓰는 모든 말이 아니다. 우리 국어사전에 올라 있는 그런 잡동사니 말이 아니다. 내가 사랑하는 우리말은 토박이말이다. 우리한테서 태어나 우리가 키우고 우리가 쓰는 말이다. 우리가 아니면 세상 누구도 만들어낼 수 없는 말, 우리가 아니면 세상 누구에게도 속내를 드러내 보이지 않는 말, 우리의 슬픔과 괴로움, 기쁨과 즐거움이 배어 있는 말, 이런 토박이말을 나는 사랑한다. 이런 나를 속 좁은 우물 안 개구리라고 욕하면, 그런 욕을 얼마든지 들어도 좋다. 토박이말을 사랑하기 때문에 받아야 하는 욕이라면 그보다 더한 욕이라도 달게 받을 수 있다. 나는 그만큼 우리 토박이말을 사랑한다.

까닭이 무엇인가? 토박이말은 바로 나기 때문이다. 토박이말이 나를 키우고 나를 내가 되도록 만들었기 때문이다. 여기서 말하는 나는 내 한 몸이 아니다. 우리 아버지와 어머니, 우리 어버이의 아버지와 어머니, 또 그분들 어버이의 아버지와 어머니, 곧 우리 겨레를 뜻한다. 여기서 말하는 나는 내 한 삶도 아니다. 우리 아버지와 어머니의 삶, 우리 어버이의 아버지와 어머니의 삶, 또 그분들 어버이의 아버지와 어머니의 삶, 곧 우리 겨레의 삶을 뜻한다. 나는 이렇게 나 스스로인 토박이말을 사랑한다. "제 스스로를 살리지 못하면 세상 모두를 차지한들 무슨 쓸모가 있겠느냐?" 이렇게 예수께서도 말하지 않았던가! 나는 내 스스로를 살려서 세상 모두가 살아났으면 싶어서 토박이말을 사랑한다.

그뿐인가? 아니다. 털어놓자면, 토박이말이 우리에게서 모진 업신여김을 받고 짓밟혔기 때문이다. 제가 젖 먹여 키운 겨레한테서 기막힌 서러움을 받으면서도 참고 견디며 꿋꿋이 겨레를 키우고 살려냈기 때문이다. 우리 겨레의 못난 지식인들은 일천 수백 년 동안 중국말과 일본말과 미국말에 얼을 빼앗겨서 우리 토박이말을 모질게 업신여기며 짓밟았다. 그래서 수없이 찢기고 뭉개지고 죽어나가고, 마침내 앙상하게 헐벗은 토박이말이 간신히 우리 품에 안겼다. 나는 이런 토박이말이 무식하지만 자랑스러운 우리 백성으로 보여서 사랑한다. 토박이말을 사랑하는 것은 가난하지만 자랑스러운 우리 고향을 사랑하는 길이기에, 보잘것없는 내 사랑을 바치고 싶다.

차 례

하나

가멸진
우리 이름씨 낱말

우리말을 아는 것은 우리 스스로를 아는 노릇이다.

우리말의 속살을 아는 것은 우리 스스로의 속살을 아는 노릇이다.

나는 누구며 우리는 누구인가?

이런 물음에 참되게 대답하려면 우리말을 깊숙이 들여다보는 것이 지름길이다.

모든 학문, 무엇보다도 인문학은 여기서 출발하고 또 여기로 돌아와야 하는 것이 아닌가?

우리 토박이말에는 이름씨 낱말이 본디 모자라서

한자말을 빌려 쓰지 않을 수 없다는 말을 하는 사람들이 아직도 많다.

그런 소리는 결코 진실일 수가 없다.

어찌씨와 그림씨 낱말은 푸짐하고 넉넉한데 이름씨 낱말은 모자라는,

그런 품사에 따른 낱말의 불균형이라는 것은 본디 있을 수가 없기 때문이다.

우리 토박이말을 꼼꼼히 들여다보아 그런 소리가 거짓이라는 사실을 보이려고 몇 꼭지 글을 썼다.

가_ 사람

낱말 공부를 하자면 아무래도 사람부터 살피는 것이 차례일 듯하다. 말을 만들어 쓰는 사람이 제 스스로에게는 어떤 낱말을 만들어 쓰는지 궁금하기 때문이다. 국어사전에서는 사람을 뭐라 하는지 먼저 물어보자.[1]

　①　생각과 말을 하고 기구를 만들어 쓰며 사회를 이루어 사는 동물.

　②　자연과 사회의 주인으로서 자주성과 창조성, 의식성을 가지고 있으며 세상에서 가장 발전되고 힘 있는 사회적 존재.

　③　생각을 하고 언어를 사용하며, 도구를 만들어 쓰고 사회를 이루어 사는 동물.

아니나 다를까! 남녘의 국어사전들은 사람을 동물이라고 풀이해 두었다. 북녘의 국어사전은 자주성, 창조성, 의식성, 사회적 같은 얼떨떨한 낱말이 많지만, 사람을 동물이라 하지는 않고 존재라 했다. '존재'도 한자말이라 어름어름하지만, 사람을 동물 아닌 것으로 풀이하느라 애쓴 마음은 헤아릴 수 있겠다.

---

[1] 앞으로 이 책에서 보는 국어사전은 다음 세 가지다. 번거롭게 하나하나 이름을 대지 않고 번호를 대더라도 그리 알아주시기 바란다. ① 《우리말큰사전》(한글학회, 어문각, 1992), ② 《조선말대사전》(사회과학원, 사회과학출판사, 1992), ③ 《표준국어대사전》(국립국어연구원, 두산동아, 1999).

국어사전이 사람을 동물이라 해서 그럴까? 요즘 세상 돌아가는 꼴을 보면 사람이 참으로 짐승인가 싶기도 하다. 어버이를 죽이는 자식이 있더니 자식을 죽이는 어버이까지 나타났다. 돈 몇 푼에 눈이 멀어 꽃 이파리 같이 고운 어린이를 서슴없이 죽이는 일이 끊이지 않고, 스스로 제 목숨을 끊는 사람들이 이틀에 셋씩이나 생기는 세상이다. 이 땅에 사는 사람들이 어쩌다가 이런 지경까지 이르렀는지, 참으로 사람이 무엇인지를 물어보고 싶어진다.

우리말 사람은 '살다'와 '알다'가 어우러진 낱말이다. 요즘 맞춤법으로 하자면 '살다'의 줄기 '살'에다가 '알다'의 줄기 '알'을 이름꼴 '앎'으로 바꾸어서 붙인 셈이다. 그러니까 맞춤법으로는 '살+앎'이라 하겠으나, 뜻으로는 '삶+앎'으로 보아야 옳다. '삶을 앎'이니, 삶을 아는 것이 사람이라는 뜻이다. 왜 사는지 어떻게 살아야 하는지를 알고, 어떤 삶이 보람차고 어떤 삶이 헛된지를 알고, 무엇이 값진 삶이며 무엇이 싸구려 삶인지를 아는 것이 사람이라는 말이다.

우리 겨레가 언제부터 스스로 '삶을 아는' 사람이라 여기며 이 낱말을 썼는지 똑똑히 알 길은 없다. 다만, 한글을 처음 쓰던 15세기에도 이미 사름으로 나타나고 있으니, 그전부터 써 온 낱말임에는 틀림없다. 참으로 놀라운 슬기로 스스로에게 바람직한 이름을 붙이지 않았는가!

이만큼 옳고 마땅한 이름을 사람에게 붙인 겨레가 세상에 얼마나 더 있는지 나로서는 알지 못한다. 우리가 이런 낱말의 뜻을 제대로 알았더라면, 그리고 제대로 가르치며 사람답게 살기로 힘을 썼더라면, 오늘 같이 막가는 세상을 만나지는 않았을 것이라는 생각이 든다. 토박이말을 업신여기며 돌보지 않은 지난 역사의 안타까움을 새삼 느끼지 않을 수 없다.

사 람은 몸과 마음, 그리고 얼로 이루어진다. 몸은 사람이 만질 수
있고, 볼 수 있고, 들을 수 있고, 맡을 수 있고, 핥을 수 있는 이른
바 물질이기에 뚜렷하다. 하지만 마음과 얼은 사람이 만지고, 보고, 듣
고, 맡고, 핥을 수가 없다. 사람이란 참으로 알 수 없다는 소리가 나오는
까닭은 바로 이런 마음과 얼 때문이다. 몸은 위로부터 머리, 몸통, 팔다
리 셋으로 나누어 볼 수 있고, 이렇게 셋으로 나누어지고 뼈와 살로 이루
어지는 몸은 다른 동물과 조금도 다를 바가 없다.

사람을 몸으로만 보면, 우리네 국어사전에서 동물이라 풀이한 것이 바
이 틀리지 않다는 말이다. 하지만 사람을 사람답게 하는 것은 몸이 아니
라, 그 속에 들어 있는 마음과 얼이다. 마음과 얼이 무엇이며 어떠한지를
제대로 알아야 사람을 올바로 아는 것이다. 그것들을 제대로 알면, 우리
겨레가 어째서 사람을 고기와 벌레와 짐승과 새와는 다른 낱말로 나타
내며 뒤섞지 않으려 했는지 깨달을 수 있을 듯하다.

나_ 마음

마음은 몸과 더불어 사람을 이루는 무엇이다. 사람에서 몸뚱이를 빼고 남는 것이 마음이다. 그런데, 좋은 사람과 나쁜 사람, 착한 사람과 악한 사람, 믿을 사람과 못 믿을 사람, 훌륭한 사람과 시시한 사람, 이렇게 사람을 저울질할 적에, 우리는 몸뚱이를 달지 않고 마음을 단다.

몸매를 자랑하느라고 여자들이 미인대회를 연다든지, 남자들이 보디빌딩을 한다든지 야단이지만, 그것으로 사람의 참된 값어치를 저울질하지는 않는다. 사람의 값어치를 매길 적에는 몸보다 마음을 훨씬 무겁게 여기는 것이 예나 이제나 다르지 않다.

마음이란 과연 무엇인가? 우선 국어사전들이 마음을 어떻게 풀이해 놓았는지 살펴보자.

① ①생각, 의식 또는 정신. ②감정이나 기분. ③의지나 결심. ④관심이나 의향.
② ①사람의 정신적이며 심리적인 움직임. 그 움직임에 따라 일어나는 속생각. ②기분이나 심정. ③(어질다, 착하다, 모질다, 약하다, 굳세다 등과 함께 쓰이여) '사람의 성품이나 심사'를 나타낸다. ④(다지다, 먹다 등과 함께 쓰이여) '각오, 결의, 의향 등'을 나타낸다.
③ ①사람이 본래부터 지닌 성격이나 품성. ②사람이 다른 사람이나 사물에 대하여 감정이나 의지, 생각 따위를 느끼거나 일으키는 작용이나 태도. ③ 사람의 생각, 감정, 기억 따위가 생기거나 자리 잡는 공간이나 위치. ④사

람이 어떤 일에 대하여 가지는 관심. ⑤ 사람이 사물의 옳고 그름이나 좋고
나쁨을 판단하는 심리나 심성의 바탕. ⑥ 이성이나 타인에 대한 사랑이나
호의(好意)의 감정. ⑦ 사람이 어떤 일을 생각하는 힘.

보다시피, ①은 속살이 도무지 손에 잡히지 않고 어름어름한 한자말을
끌어다 둘씩 짝지어 늘어놓았을 뿐이니, 풀이를 했다고 보기조차 어렵
다. ②는 풀이를 해보려고 꽤 애를 쓴 듯하지만, 어름어름한 한자말에 기
대어 풀이한 것이나, 네 몫으로 나누어 풀이한 것이 앞의 사전과 크게
다를 바가 없다. ③은 앞의 두 사전을 살펴서 그보다 낫게 풀이하려고
애썼지만, 졸가리가 서지 않고 한자말로 알맹이를 채운 것이 또한 다를
바가 없다.

이런 꼴로 한자말을 끌어다 우리 토박이말의 속살을 풀이하겠다는 생
각부터 애초에 잘못된 것이다. 우리말의 뜻을 중국 사람이나 일본 사람
에게 풀이하는 사전이라면, 저들의 한자말을 끌어오는 것이 쓸모가 있을
지 모르겠지만, 우리에게 우리말을 풀이하면서 남의 말을 끌어온다는 것
은 어느 모로 보더라도 잘한 짓이 아니다. 우리말의 뜻은 우리말로 풀이
해야 속살을 제대로 드러낼 수 있고 우리가 알아먹을 수도 있다.

마음의 속살을 우리말로 어떻게 풀이할 수 있을까? 마음이란 있기
는 틀림없이 있겠지만 몸과 달라서 눈에 보이지도 귀에 들리지도
손에 만져지지도 않는 것이다. 그래서 온 세상 사람들이 일찍부터 이것
을 붙들고 알아보려고 애들을 태웠으나 아직 누구도 제대로 붙잡지 못
했다. 틀림없이 영영 붙잡을 수 없을 것이다.

그러나 틀림없는 사실은 마음이라는 낱말이 있다는 것이다. 낱말이 있
다는 사실은 우리 겨레가 마음이 있다는 것을 똑똑히 알고 살았다는 사
실을 드러낸다. 너나없이 나날이 마음이 있음을 깨달으며 살았기 때문에

마음이라는 낱말이 사라지지 않고 줄곧 살아 있다.

마음의 속살은 느낌과 생각과 뜻이라는 세 낱말로 뜨레를 이루어 있다. 이들 낱말의 속뜻을 잘 살피면 마음의 속살을 알아볼 수 있다. 느낌은 춥고 덥고, 밝고 어둡고, 시끄럽고 고요하고, 쓰고 달고, 매캐하고 향기롭고, 이런 것들이다.

알다시피 이런 느낌은 모두 몸에서 비롯한다. 살갗, 눈, 귀, 코, 혀와 같은 몸의 한 곳이 바깥 세상에 부딪치면서 이런 느낌들이 일어난다. 몸이 세상에 부딪치면 이것들은 싫든 좋든 세상을 받아들일 수밖에 없고, 세상을 받아들이면 어쩔 수 없이 몸이 거기에 맞추어 얼마간 달라지지 않을 수 없다. 그렇게 달라지는 몸에서 빚어지는 마음의 움직임을 느낌이라 한다.

추운 날씨에 몸이 부딪치면 살갗이 오므라들어 달라지면서 소름이 끼치고 춥다는 느낌이 일어난다. 몸이 새로운 것을 받아들이자면 이미 있던 틀이 달라질 수밖에 없고, 달라지려면 많건 적건 얼마간의 움직임이 없을 수 없다. 몸에서 일어나는 이런 달라짐과 움직임으로 말미암아 빚어지는 마음의 속내를 느낌이라 한다. 그러므로 느낌은 몸과 다른 마음의 속살이지만 몸과 떨어질 수 없이 가깝다. 그래서 느낌은 몸에서 마음으로 들어가는 첫 마당이며, 마음의 속살에서는 가장 들머리에 자리 잡고 있어서 바탕이 되게 마련이다.

우리가 몸과 마음을 쉽게 나누어 이야기하지만, 느낌이 마음이면서 몸과 떨어질 수 없다는 사실을 제대로 알면 몸과 마음 또한 동떨어지게 나누어질 수 없다는 사실을 잊지 않을 수 있다. 굳이 말하자면 느낌은 중국 철학이 기(氣)에서 말미암는다는 일곱 가지 정[七情]이나 서양 사람들이 감성(sensibility)이라는 그것과 아주 비슷하다.

생각은 알고 모르고, 같고 다르고, 맞고 틀리고, 참되고 그르고, 옳고 외고, 이런 것을 가려낸다. 이런 생각도 몸에서 말미암지만 느낌보다는 몸에서 한결 멀리 떨어진 마음의 속살이다. 이것은 느낌을 가라앉히고 간추리고 갈무리하면서, 또는 그런 다음에 빚어지는 마음의 움직임이다. 세상에 부딪쳐 세상을 받아들이면서 곧장 몸이 달라지며 일으키는 느낌과는 적잖이 떨어져서 빚어지는 움직임이다. 20세기를 넘어서며 발달한 과학기술의 도움으로 생각은 머릿속 골에서 이루어진다는 사실을 알았다.

몸에서 느낌을 일으키며 받아들이거나 느낌과는 상관없이 받아들이거나, 받아들인 것으로 말미암아 마음의 속살은 새로운 짜임새를 마련하지 않을 수 없다. 따라서 생각은 몸에서 빚어진 느낌을 지나고, 느낌보다는 마음의 가운데로 더 들어와서 일어난다. 이것 또한 굳이 말하자면 중국 철학이 이(理)에서 말미암는다는 네 가지 조짐[四端]이나, 서양 사람들이 이성(reason)이라는 그것과 크게 다르지 않다.

뜻은 느낌과 생각을 지나 좀 더 마음의 한가운데로 들어가면 거기 자리 잡고 있다. 뜻은 마음의 한가운데 자리 잡고 있어서 껍데기인 몸과는 그만큼 더 멀어졌다. "뜻이 있으면 길이 있다" 하는 말에서 알 수 있듯이, 뜻은 생각을 끌고 가는 힘이기도 하다. 뜻이 생각을 끌고 가면 느낌도 끌려갈 수밖에 없을 것이고, 그렇게 뜻이 마음을 끌고 가면 몸도 끌려가지 않을 수 없다. 그래서 마침내 뜻은 사람을 끌고 가는 힘인 셈이다. 사람을 저울질할 적에 몸이 아니라 마음을 달게 마련이라고 했지만, 알고 보면 마음 안에서도 사람의 값어치를 가장 크게 높이고 낮추는 것은 뜻이다. 그래서 사람을 사람이게 하는 마음의 알맹이로서 뜻이란 퇴계 선생이 생각했던 이(理)와 크게 다르지 않을 듯하다.

그러니까, 마음은 몸 안에 마치 돼지고기 삼겹살처럼 세 겹으로 이루어진 속살로서 자리 잡고 있다. 맨 껍데기 가장자리에는 몸에서 비롯하는 느낌이 자리 잡고, 느낌의 자리를 지나 가운데로 들어가면 생각이 자리 잡고, 생각을 뚫고 더욱 가운데로 들어가면 뜻이 자리 잡고 있다. 느낌은 몸이 세상에 부딪치면서 일어나는 것이기에, 세상 채찍에 쉼 없이 흔들리며 걷잡을 수 없다. 생각은 느낌의 흔들림을 가라앉히고 가다듬은 자리에서 일어나는 것인지라, 크게 흔들리지 않고 훨씬 한결같다. 뜻은 느낌을 터전으로 잡고 생각을 바탕으로 삼아서 일어서는 것인지라, 여간 해서 흔들리지도 꺾이지도 않는다.

그러니까 마음의 뼈대와 알맹이는 뜻이다. 뜻이 온전하게 세워지면, 생각을 이끌고, 느낌을 다스리고, 몸까지 사로잡을 수 있다. 뜻이 어떠한가에 따라서 삶은 달라지게 마련이고, 뜻이 어떠한가에 따라 삶이 달라지면 사람의 값어치가 달라지게 마련이므로, 뜻이 사람의 값어치를 매김 하는 잣대가 된다.

그러나 뜻이 온전하게 세워지려면 먼저 생각을 올바르게 다스릴 수 있어야 하고, 그보다 더 먼저 느낌을 제대로 가꾸어 두어야 한다. 몸 바깥 세상을 부드럽게 받아들이며 고스란히 살아 있는 느낌을 바탕에 깔고, 온갖 것을 올바르게 가늠하는 생각을 갖춘 위에, 굳세고 날카로운 뜻을 세우면, 마음은 더할 나위 없이 온전할 것이다. 그래서 마침내 사람의 마음은 느낌과 생각과 뜻이 골고루 제 몫을 다할 수 있어야 바람직하게 되는 것이다.

그러나 우리가 잊지 말아야 할 것은, 이들 마음의 세 가지 속내는 모두 몸에서 말미암고 몸에서 떨어질 수 없다는 사실이다. 그러니까 몸은 이들 세 가지 마음의 속내가 있다는 것을 알고 어떠하다는 것도 안다. 몸은 뜻이 흔들리면 흔들리는 줄을 알고, 생각이 흐려지면 흐려지는 줄을 알고, 느낌이 사라지면 사라지는 줄을 안다. 마음은 몸뚱이와 다른 것이지만, 그렇다고 서로 떨어질 수는 없다는 말이다. 그러니까 몸뚱이는 마음의 껍데기고 마음은 몸뚱이의 속살이다. 그래서 몸뚱이가 죽으면 그대로 마음도 죽어 사라지고 마는 것인가 보다.

다_ 몸

우리말에는 이름씨 낱말이 모자라서 한자말을 쓰지 않을 수 없다는 사람들이 아직도 많지만, 그건 우리말을 몰라서 하는 소리다. 우리말은 어찌씨와 그림씨 낱말이 넉넉하고 푸짐하듯이, 이름씨 낱말도 본디 넉넉하고 푸짐하였다. 있어야 할 이름씨 낱말은 모두 있었고, 없어도 좋은 낱말만 없었을 뿐이다. 그것은 세상의 모든 말이 두루 그런 것이고, 우리말만 남달리 훌륭해서 그런 것도 아니다.

우선 가장 가까운 우리의 몸부터 보아도 그렇다. 몸은 사람에게서 속에 든 마음을 제쳐두고 껍데기만을 이르는 낱말이다. 몸은 겉으로 보면 머리와 몸통과 팔다리로 나누어진다. 머리와 몸통과 팔다리는 저마다 샅샅이 온갖 이름으로 나누어 놓았기 때문에 따로 살펴보지 않을 수 없다. 여기서는 머리, 몸통, 팔다리를 하나로 묶어놓고 이르는 낱말만 보아도, 보는 눈에 따라 아래와 같은 것들이 있다.

몸통(팔다리와 머리를 빼고 나머지 몸), 몸뚱이(몸을 이루는 덩어리), 몸집(몸을 이루는 짜임새), 몸꼴(눈에 들어오는 몸의 생김새), 몸매(몸의 모습을 드러내는 매무새), 몸피(몸의 둘레 굵기, 몸의 부피), 엄장(모습이 훤하고 커다란 몸의 덩치), 덩치(온 몸의 크기), 결때(몸집을 이루는 틀거리의 크기) 같은 낱말들이 모두 몸의 모습이나 생김새를 달리 드러내고 있다.

몸은 속으로 보면 뼈와 살로 이루어졌다. 사람의 몸을 틀 지우는 뼈는 이백 여섯 마디가 서로 맞물려 있다. 그러면서도 위로 정수리뼈에서 아래로 엄지발가락끝뼈까지 이름 없는 뼈마디는 하나도 없다. 이백 여섯 뼈마디를 여기서 어찌 모두 늘어놓을 것인가! 뼈마디 하나만을 두고 보더라도, '뼛골이 빠진다'고 하듯이, 뼈의 맨 안에는 뼛골이 있고, 뼛골에서는 몸이 살아 있도록 하는 피를 만들어낸다. 이만큼 소중한 뼛골은 뼈대가 겉으로 싸고 있고, 뼈대를 또 뼈막이 덮고 있다. 뼈마디의 끝은 뼈끝인데, 거기에는 물렁뼈가 붙어서 마디끼리 부딪치지 않도록 막아준다.

살은 속살과 살갗으로 이루어진다. 살갗은 껍질이니 별게 없지만 속살은 다르다. 속살에는 먼저 몸을 놀리는 힘의 바탕인 힘줄이 있고, 그 다음으로는 힘을 만들어내는 힘살이 있고, 단단한 몸매를 만들어내는 만큼의 참살이 있고, 참살이라도 남달리 굳건하고 튼튼한 대살이 있고, 그냥 아무 힘도 만들지 못하고 몸무게만 늘리는 썩살이 있다.

썩살이랬지만 시도 때도 없이 올랐다 빠졌다 하며 푸석푸석한 푸석살, 물렁물렁하게 쪄서 건듯하면 땀이나 줄줄 물같이 흘리게 하는 무살, 두부처럼 허여멀건하게 부은 듯한 두부살, 늙은이가 나이답지 않게 피둥피둥 찐 청승살, 도부장수의 발이나 등짐장수의 어깨에는 시달려서 굳어진 군살(또는 굳은살 또는 구덩살), 이렇게 여러 가지가 있다.

이렇게 몸을 이루는 뼈와 살의 얼개, 곧 뼈마디 하나하나와 힘줄과 힘살 하나하나를 싸잡아 삭신이라 한다. 날씨가 궂으려 할 적이면 늙은이들이 '삭신이 쑤신다'며 괴로워하고, 젊은이들이라도 몸살이 오면 '삭신이 노곤해진다'고 하소연한다.

라_머리

머 리에 딸린 낱말도 넉넉하고 가멸지니 한번 헤아려보자. 머리라고 하면 절로 머리털을 떠올리기 쉽지만, 사실은 머리털이 나지 않는 얼굴마저 싸잡아서 목에 얹혀 있는 위쪽은 모두 머리다. 머리는 사람의 몸에서 가장 위에 있고, 단단한 머리뼈로 감싸고도 모자라서 머리털까지 덮어놓았다. 사람의 몸을 온전히 다스리는 골을 알뜰하고 빈틈없이 지켜야 하기 때문일 것이다.

머리 맨 위는 쥐독 또는 꼭두머리라고도 하는 정수리다. 정수리의 복판에는 숫구멍(또는 숨구멍)이 있는데, 태어나서 콧구멍으로 숨을 온전히 쉬기까지는 여기로 숨을 쉬느라 발딱발딱 뛰는 모습을 쉽게 볼 수 있다. 정수리의 한 마루에는 가마가 있어서 머리털이 소용돌이를 그리며 나는데, 가마를 위에 두고 머리 마루의 뒤쪽을 뒤꼭지라 하고, 거기서 아래로 내려가면 뒤통수다.

머리털의 한 올 한 올을 머리카락이라 하고, 얼굴을 가리지 못하게 머리카락을 뒤로 묶거나 땋을 적에는 빗어서 가르마를 타게 마련이다. 요즘은 사내도 가르마를 타서 하이칼라 머리를 하지만, 지난날에는 거의 겨집만 가르마를 탔다. 아낙네가 뒤통수에다 쪽을 지려면 앞가르마를 타야 하고, 아가씨가 보기 좋게 두 가닥으로 땋으려면 뒷가르마를 타야 했다.

가르마를 타고 땋거나 쪽을 지려고 머리털을 빗질해 보면, 머릿결이

고운 사람도 있고 그렇지 못한 사람도 있다. 이렇게 머릿결이 좋고 나쁜 것은 담(땀)이라 해서, 담이 좋다거니 나쁘다거니 한다. 담이 좋은 머리카락을 빗질까지 잘 해놓으면 절박머리라 하고, 빗질을 하지 않아서 큰 칼 쓴 춘향이의 그것처럼 마구 흐트러진 머리털은 쑥대머리, 더부룩한 채로 있으면 덩덕새머리, 잠잘 때에 눌려서 들고 일어서 있으면 도가머리라 한다.

이런 머리털은 빗지 않고 풀머리인 채로는 견디기 어려우므로 시간을 바쳐서라도 빗질을 해서 가다듬는다. 빗질을 하면 우선 땋아야 하는데, 18세기 이전까지 사내아이들은 땋기만 해서 길게 늘어뜨리는 떠꺼머리를 했고, 겨집아이들은 외가닥으로 땋은 머리로 쪽을 져서 쪽진머리 또는 조침머리를 했다. 그러다가 사내가 장가를 들어 어른이 되면 떠꺼머리를 풀고 정수리로 빗어 올려 상투를 틀었는데, 상투를 얹기 좋도록 하느라고 정수리 숫구멍 자리는 배코를 쳤다. 겨집아이가 시집을 가서 아낙이 되면 외가닥이 아니라 몇 가닥으로 땋아서 얹은머리(또는 큰머리)를 했는데, 얹은머리도 지체가 높은 궁중이나 양반집에서는 어여머리를 야단스럽게 하지만 여느 사람들은 기껏 트레머리에 그쳐야 했다.

지난날 한때에는 지체 높은 사람들이 어여머리의 크기를 가지고 세력을 뽐낸 적이 있었다. 무엇보다도 딸을 시집보낼 적이면, 다투어 남의 달비(또는 다리)를 사서 큰머리를 요란하게 만드는 바람에, 갈수록 달비 값이 올라 마침내 가난한 양반들은 딸을 늙혀야 하는 지경에 이르렀다. 드디어 임금(영조)이 나서서 이 따위 짓을 뿌리째 뽑으라고 내놓은 법이, 처녀도 총각처럼 땋은 머리로 지내다가 시집을 가면 쪽을 져서 비녀만 꼽도록 한 것이다. 그래서 처녀와 총각의 머리 모습이 같아지니까 차차 아가씨들은 머리 땋는 끝에 댕기를 달아서 댕기머리로 바꾸어갔다.

그뿐 아니라 이때부터 겨집아이들은 머리 땋기에 마음을 쏟으면서 가르마로 갈라 양쪽에 하나씩 땋는 가랑머리(또는 새앙머리), 한 쪽에 세 층씩 세 줄로 땋아서 댕기를 드리는 종종머리, 아주 어릴 적에는 머리털을 조금씩 모숨을 지어 여러 갈래로 땋는 바둑머리도 하였다. 머리털을 이렇게 묶거나 땋아서 간수하지만, 아무리 해도 껴잡히지 않고 쳐지는 갈깃머리가 있게 마련이다. 그것도 뒤통수나 앞이마에 뾰족하게 내미는 제비초리와 함께, 사나이들의 구레나룻으로 이어지는 살쩍 또는 자분치가 가장 말썽이었다.

다 자란 사내와 겨집이 만나 어우러져 한 몸을 이루어 가시버시로 살자면 까다로운 고비들을 넘겨야 하지만, 무엇보다도 종요로운 고비는 물론 혼례를 치르고 첫날밤을 지나는 것이다. 첫날밤 두동달이베개를 나란히 베고 누우려면 우선 귀밑머리를 마주 풀어야 하는데, 이 귀밑머리 언저리도 갈깃머리로 쳐지는 데서는 뒤지지 않는다.

이처럼 성가시기도 한 머리털이니 가위나 칼을 쓰면서는 자르거나 깎아서 가다듬었다. 그런 일은 어쩌면 불교가 들어와서 스님들이 세상 번뇌를 끊는 노릇으로 머리털을 새파랗게 날이 선 칼로 하얗게 배코를 쳐버리는 데서 새로운 눈을 떴을지도 모르겠다.

아이들에게도 더러 배코를 쳐서 머리털 가다듬는 일을 덜고자 하지만, 하도 잘 자라서 머지않아 더펄더펄한 중다버지가 되어버리고, 다시 또 얼마 지나지 않아 더부룩하게 자라서 더벅머리가 되고 만다. 더벅머리를 아래만 빙 돌려 깎으면 활새머리가 되고, 층층이 층이 지게 깎으면 두께머리가 된다. 이도저도 귀찮으면 배코보다 손쉽게 가위로 바싹 잘라 몽구리를 만들거나 옆과 뒤를 치올리고 앞은 몽실몽실하게 두면서 정수리를 평평하게 깎는 상고머리를 만들었다.

그러나 아무래도 머리를 깎는 일은 조선왕조가 무너지고 개혁 바람이 불면서 새로운 고비를 넘어섰다. 남의 머리를 깎거나 가다듬는 일이 이발관이니 미용실이니 하면서 어엿한 직업으로 일어서더니, 요즘에는 내로라하는 예술로까지 떠올랐으니 말이다. 이런 세월과 더불어 새로 나타난 머리 매무새의 온갖 이름은 요즘 젊은이들이 더 잘 알고 있어서, 굳이 내가 이야기할 것이 없다.

머리에서 머리털이 없는 데를 모두 얼굴이라 한다. 요즘 많은 사람들이 얼굴을 낯과 같은 것으로 아는 듯하지만, 낯은 얼굴을 마주 보았을 적에 눈에 들어오는 앞쪽만을 뜻한다. 낯바닥(또는 낯바대기)이니 낯짝이니 하는 말들을 국어사전에서는 낯을 낮춘 말이라고 하지만, 사실은 얼굴과 낯을 가려서 쓰려는 뜻에서 바로 앞쪽의 반반한 데를 나타내는 말들이다. 그러니 낯은 얼굴의 가운데 대목이며 중심인 셈이고, 사람으로서 마음 안에 들어 있는 바를 바깥세상으로 드러내고 바깥세상을 마음 안으로 받아들이는 노릇을 거의 낯에서 하니까, 낯이 사람됨을 온통 맡아서 드러낸다.

그래서 '낯을 가리'거나 '낯을 돌리'면 사람됨을 상대하지 않으려는 것이고, '낯이 간지럽'거나 '낯이 뜨거우'면 사람됨이 송두리째 부끄러운 것이고, '낯을 내'거나 '낯을 들' 수 있으면 사람됨이 떳떳한 것이다. '낯이 두껍다' 또는 '낯가죽이 두껍다' 하면 사람됨이 짐승과 비슷하다는 말이다. 그래서 마음을 다해 모시거나 사귀어야 할 사람이면 언제나 낯빛을 살피는 데에 게을리 할 수 없다. 요즘 아이들이 낯을 쪽이라는 변말로 써서 '쪽 팔렸다'는 소리를 자주 하는데, 이건 틀림없이 한자 면(面)의 새김을 빌린 것으로 보이지만, 이것 또한 사람됨을 싸잡기는 마찬가지다.

낯에서 가장 위에 넓게 자리 잡은 것이 이마다. 이마의 생김새는 사람마다 다르지만 한가운데 자리 잡은 이마빼기에는 가로지르면서 두엇의 이맛살이 있게 마련이고, 언저리로 이맛전을 이루지만 양쪽 구석에는 이맛귀가 자리 잡았다. 사나이들은 나이 들면 이마 위로 이맛머리가 빠져 버리고 다시 나지 않아서 대머리가 되기도 하는데, 대머리가 넓어지면서 번들거리면 번대머리 또는 번대이마라는 말로 달리 부르게 마련이다.

이마는 아래로 눈썹에서 끝나는데, 눈썹은 눈두덩에 뿌리를 내리고 있다. 눈썹이 조선시대까지 눈섭이던 것으로 보면, 본디는 눈 위에 수북하게 자란 숲이라는 뜻으로 눈섶이 아니었을까 싶다. 사나이 눈썹은 숱이 짙고 길어야 좋지만, 아낙네 눈썹은 숱이 적고 빛깔이 엷은 안개눈썹이라야 미인으로 쳤다. 두 눈썹 사이의 살은 눈살인데, 못 볼 것을 보면 절로 찌푸려진다.

눈썹 아래로는 눈알이 눈구덩 안에 들어 있고, 그것을 눈꺼풀이 덮고 있는데, 이것들을 통틀어 눈퉁이라 한다. 눈꺼풀은 위와 아래로 둘이서 여닫는데, 거기서도 위쪽 눈꺼풀은 드나드는 문의 문지방에 견주어 눈지방이라 부른다. 부아가 나거나 놀라서 눈을 홉뜨면 눈지방이 높이 들어 올려지니까 그것을 지방눈을 뜬다고 한다. 지방눈을 뜨거나 눈지방을 치켜 올리는 짓은 손위 사람에게 해서는 안 되는 노릇이다.

눈꺼풀의 끝은 눈시울인데, 거기에 속눈썹이라고들 하는 눈거웃이 가지런히 서서 눈알을 지키고 있다. 눈시울에 줄이 쳐져서 마치 눈꺼풀이 겹친 듯이 보이면 쌍꺼풀이라 하면서, 겹친 듯이 보이게 하는 줄을 가선이라 부르는데, 요즘 성형외과 의사들은 바로 이 가선을 만들어주는 것으로 떼돈을 버는 모양이다.

눈알은 가운데 검은 빛의 눈망울과 가장자리에 흰 빛의 눈자위로 이루어졌다. 위와 아래의 눈시울이 서로 이어진 두 곳 가운데서 안의 코 쪽을 눈굿 또는 눈구석이라 하고, 밖으로 귀 쪽을 눈귀 또는 눈초리라고 한다.

이렇게 여러 가지들이 어우러져서 자아내는 눈의 맵시를 눈매라 하거니와, 샛별처럼 맑고 초롱초롱하다고 샛별눈, 송곳처럼 뾰족하게 쏘아본다고 송곳눈, 동그랗게 흰자위가 골고루 드러나서 문고리 같다고 고리눈, 메밀 열매처럼 작고 세모가 났다고 메밀눈, 걸어놓은 거적데기처럼 축 처져 있다고 거적눈, 개구리눈처럼 불거져 나왔다고 개구리눈, 어물전 동태의 눈처럼 눈망울에 빛이 없다고 동태눈, 옴팡지게 쑥 들어갔다고 옴팡눈(또는 움펑눈), 부스럼 자국 같은 것으로 눈시울이 찍어맨 것 같으면 게 뚜더기, 위 눈꺼풀에 밥풀 같은 군살이 붙은 밥풀눈, 이렇게 눈매 이름들이 재미있다.

눈을 마음의 거울이라지만, 따지고 보면 눈망울을 두고 이르는 말이다. 눈망울에 마음속의 미움을 담아 쏘아보는 눈총이나, 눈망울에 마음속의 욕심을 버리지 않고 여겨보는 눈독은 사람과 세상을 어지럽히고 무너뜨린다. 그러나 사랑하는 사람끼리 마주 앉아 서로의 눈망울에 비쳐진 제 모습인 눈부처를 바라보는 것은 그것만으로 세상을 밝히는 등불이 될 것이다. 우리처럼 오랜 세월에 걸쳐 피를 섞으며 살아온 겨레는 눈빛 하나로도 서로의 마음속 깊은 곳에 갈무리된 모든 것을 읽어낼 수 있다.

눈 아래쪽에도 눈알을 지키느라고 광대뼈가 든든하게 받쳐주는 눈두덩이 있고, 두 눈 사이로 오면서 낮아지는데, 바로 거기서 코가 비롯한다. 코는 눈 사이에 잘록하다고 눈허리라고도 하는 코허리에서 비롯하여, 콧등 또는 콧잔등을 거쳐 코끝에 와서 마무리된다. 콧등의 능선은 칼이나 낫처럼 날카롭다고 콧날이라고도 하고, 단단하고 굽히지 않는다고 콧대라고도 해서, 더러는 '콧대가 높다'느니 '콧날이 세다'느니 하여 사나이들의 굳센 마음가짐을 빗대어 말하기도 한다.

코끝은 가장 우뚝한 콧마루를 위로 하고, 양쪽으로 내려오면서 콧구멍을 둘러싼 콧방울을 이루고 있다. 코는 눈이나 입처럼 움직이지 않으니까 단순하게 보이지만, 목숨을 죽이고 살리는 것이 코가 마시고 내보내는 들숨과 날숨에 달렸다. 그만큼 종요로운 것이기에 코를 낯의 한가운데다 자리 잡게 했을 터이고, 코빼기가 보이지 않으면 사람이 온통 보이지 않는 것으로 친다.

뿐만 아니라 사람의 모습이 코의 생김새에 크게 매인 탓으로 개발처

럼 뭉툭한 개발코, 들창처럼 추켜 들린 들창코 또는 돼지코, 콧등과 콧대
가 거의 없이 엎드린 납작코, 매의 부리처럼 뾰족한 매부리코, 벌렁벌렁
하며 벌어진 벌렁코 또는 말코, 콧등이 벽창처럼 반반한 벽창코, 말안장
처럼 콧등이 잘록한 안장코, 코끝이 유자처럼 둥그스름한 유자코, 주먹
처럼 멋없이 큼직한 주먹코, 활의 등처럼 휘어서 굽어진 활등코 하면서
가만히 놓아두지 않는다.

코의 밑은 바로 입이기 때문에 코밑이라면 입을 이르는 말로 쓰인다.
'코밑이 바쁘다'고 하면 맛있는 것을 먹느라고 다른 데 눈을 돌리지 않
는다는 뜻과 함께, 먹고 사는 일에 매달리느라 겨를이 없다는 뜻이 겹쳐
나타나서 앞뒤 말을 살펴야 한다. '코밑 걱정부터 덜어야 한다'는 말은
하루 세 때 끼니 걱정을 먼저 풀어야 한다는 뜻이다.

그러나 입을 살피기에 앞서 사나이의 입 가장자리에 나는 털을 먼저
이야기하지 않을 수 없다. 겨집과는 달리 사나이들은 머리에 머리털만
나는 것이 아니라 얼굴 여기저기에도 털이 나는데, 이것을 나룻이라 한
다. 우선 소나 말의 목에 거는 굴레처럼 얼굴 두 쪽으로 뻗어 내린다고
해서 이름이 붙은 구레나룻은 앞에서 이미 말했거니와, 그것도 성기게
나서 길게 자라지도 않으면 가잠나룻이라 하고, 더부룩하게 많이 나서
길게 자라면 텁석나룻이라 하고, 다보록하게 흩어져 나서 자라면 다박나
룻이라 한다. 바로 코밑에 나는 코밑나룻은 양옆 바깥쪽으로 길게 뻗어
자라면 가재나룻이고, 그러면서도 끝이 갈라져 위로 치켜 꼬부라지게 되
면 나비나룻이라 한다. 그리고 입 아래에 나는 턱나룻은 성글게 나서 잘
자라지도 않으면 염소나룻이기 십상이고, 저마다 뻣뻣하게 자라면서 굽
히려 들지 않으면 솔잎나룻, 부드러우면서도 골고루 잘 나서 거룩하면
공작나룻이다.

입을 이루는 맨 가장자리는 눈시울과 마찬가지로 입시울인데, 요즘은
입술로 줄어졌다. 입술은 살갗이 빛깔도 붉고 부드러워 여느 살갗과 다

르거니와, 입술보다 조금 넓게 싸잡은 가장자리는 입가라 한다. 입가에서도 양쪽 구석은 입아귀라 하는데, 아귀가 얼굴에서는 따귀로 바뀌어 자주 쓰인다.

입은 겉보다 안으로 들어가야 제 모습이 드러나고, 들어가면 맨 먼저 만나는 것이 위아래에 마주 보고 솟아나 있는 이(빨)다. 앞니 또는 떡니라고도 하는 대문니를 비롯하여, 송곳니와 사랑니와 어금니와 맷돌니까지 가지런히 서 있다. 이렇게 나란히 서 있는 이들의 사이를 잇새라 하지만, 어금니나 맷돌니 같이 커다란 이들의 사이는 고샅처럼 깊어서 잇샅이라 한다. 잇새나 잇샅에는 먹던 찌꺼기가 끼어 성가시기도 하고, 이를 닦지 않으면 잇똥이 앉아서 빛깔이 누렇게 된다. 이는 낱낱이 잇몸에서 솟아나 있고, 잇몸은 잇틀의 받침을 단단히 받으며 서로 이어져 살아 있기 때문에, 이빨마다 속에는 잇골이 있다. 간수를 잘못하여 이빨이 삭아서 잇골이 드러나기라도 하면 아려서 견딜 수가 없는 것은 그 때문이다. 이빨의 생김새와 입술을 싸잡아 입가의 모습으로 빚어지는 맵시를 입매라 하는데, 입아귀가 길게 째져 넓게 생긴 입은 메기입이다.

굴처럼 생긴 입안은 이빨과 잇몸이 담을 이루고, 아래로는 입바닥, 위로는 하느라지라고도 하는 입천장이 있다. 입천장은 잇몸 쪽으로 센입천장과 목구멍 쪽으로 여린입천장으로 나뉜다. 여린입천장 끝에는 목젖이 있어서 위로는 콧구멍으로 아래로는 목구멍으로 갈라지지만, 거기는 이미 입안이 아니다.

입안에서는 뭐니 뭐니 해도 혀가 가장 주인이다. 혀는 혀뼈에 박힌 혀뿌리에서 혓바닥을 거쳐 혀끝으로 이루어지는데, 혓바닥에는 빽빽이 우둘투둘한 혀돌이가 돋아 있다. 혀는 아주 색다른 살로 이루어져서 온갖 맛을 느끼는 것도 그렇지만, 마음대로 움직이면서 갖가지 소리로 말을 만들어내는 노릇은 참으로 놀랍다. 사람의 말이 다른 짐승의 소리와 아주 다르듯이, 사람의 혀도 여느 짐승의 혀와는 견줄 수 없을 만큼 뿌리가 깊으며 놀림이 더없이 자유롭다. 오죽했으면 '입안의 혀 같다'고 할까. 그러나 그런 자유를 올바르게 쓰지 못하고 '혓바닥에 침도 바르지 않은 채로' 거짓말을 하거나 '혀 아래 도끼 든' 줄 모르고 함부로 지껄이다가는 큰코다치는 수가 많다. 입안은 맨 안에 드리워져 있는 목젖을 지나 목구멍에서 끝난다.

턱은 본디 입을 놀릴 수 있도록 하는 위아래 잇틀의 바탕을 뜻해서 윗턱, 아랫턱 하지만, 실제로는 흔히 아랫턱만을 뜻하기 일쑤다. 턱뼈를 턱살이 덮어서 턱을 이루는데, 이마나 코에서 하듯이 가운데를 턱배기라 하고, 턱의 아래 끝은 턱부리 또는 턱주가리라 하고, 윗턱과 아랫턱이 맞물린 데를 턱의 아가미란 뜻에서 턱자가미라 한다. 턱이 남달리 길어서 앞으로 굽기까지 한 모습을 보이면 밥주걱을 닮았다고 해서 주걱턱, 밑이 두툼하고 너부죽하게 내밀었으면 제비턱, 살이 쪄서 턱 아래 겹쳐지면 군턱이라 한다. 턱에서 더 아래로 내려가면 바로 목이니까 머리는 턱에서 끝난다.

이제 머리에서는 얼굴에서 낯을 빼고 두 옆쪽의 뺨만 남았다. 뺨은 길이 마주 볼 수 없는 왼뺨과 오른뺨으로 갈라져 있는데, 저마다 한가운데는 볼이 자리 잡고 있어서 이 또한 왼볼, 오른볼이라 한다. 뺨에 살이 쪄서 볼이 메주처럼 늘어지면 메주볼이 되고, 유독 볼에만 살이 쪄서 마치 밤톨 둘을 입안에 넣은 것처럼 불룩하면 밤볼이라 한다. 이마빼기, 코빼기, 턱배기처럼 낯 쪽에서 반반한 곳의 가운데 자리를 '배기'라 했는데, 볼에는 그것을 '때기'로 바꾸어서 양쪽 볼 한가운데를 볼때기라 한다. 겨집아이들이 어릴 적에는 그냥 민낯으로 지내지만, 자라서 시집을 가는 날에는 얼굴에다 분을 바르고, 이마빼기에는 빨간 곤지를 동그랗게 찍고, 양쪽 볼때기에도 빨간 연지를 동그랗게 찍어서 멋을 내었다.

뺨에서 위아래 두 턱뼈가 물려 아귀를 짓고 있는 데를 뺨따귀라 하고,

그 자리가 바로 귀밑이기 때문에 더러 귀밑따귀 또는 그냥 귀따귀라고
도 하는데, 바쁘면 줄여서 그냥 따귀라 해도 알아듣기는 마찬가지다. 그
러나 이때 뺨과 귀에 붙는 '따귀'와 볼에 붙는 '때기'가 비슷한 소리인지
라, 내기 힘든 따귀가 내기 쉬운 때기로 넘어가 버리는 수가 많다. 뺨따
귀는 뺨때기로, 귀따귀는 귀때기로 많이 넘어가서, 사전조차 이것을 가
려놓지 못하고 있다. 이런 사정은 귀와 뺨의 어름을 귀싸대기라 하는 것
에서도 마찬가지다.

밖에서 세상을 받아들이고 안에서 마음을 내보내는 여러 길을 모두
낯에다 마련했는데, 오직 소리를 받아들이는 귀만 뺨 뒤쪽 끝에다 마련
했다. 귀를 아주 뒤쪽으로 치우쳐 붙이지 않은 것은 잠잘 때를 걱정한
것일 듯하여 생각할수록 조물주의 요량이 기막히다. 게다가 귓구멍은 콧
구멍과 마찬가지로 결코 닫을 수 없도록 마련한 것도 잠잘 적에 소리를
들으라는 것이니 또한 놀랍다.

그러나, 잠이 아주 깊이 들면 아무리 열린 귀라도 듣지 못하는 시간이
있게 마련이고 이런 잠을 귀조차 잠든다 하여 귀잠이라 부른다. 귀는 뺨
에서 가장 뒤쪽에 자리 잡았는데, 뺨에 붙은 데를 귀뿌리라 하고 그 언저
리를 귓가 또는 귀퉁이라 한다. 귓가에서도 귓구멍 뒤 아래쪽에 엄지손
가락 끝 만하게 동그스름이 돋은 데를 귀뒤꼭지라 한다.

귀는 귀뿌리에서 밖으로 솟아나 있는 데를 겉귀라 하고, 안으로 들어
가면 안귀와 속귀가 따로 나뉘어 있다. 겉귀는 거의 귓바퀴뿐인데, 귓전
을 고비로 해서 앞쪽은 겉귀길이 되어 소리를 귓구멍으로 흘러들게 하
지만, 뒤쪽은 귓등이라 해서 쓸모없이 여긴다. 마음먹고 해준 말을 귀여
겨듣지 않고 딴소리를 하면 '남의 말을 귓등으로 들었느냐' 하면서 깊이
사귈 사람이 아니라는 딱지를 붙여도 그만이다. 귓전으로 듣는 것도 옳
지 못한 듣기인데, 하물며 귓등으로 듣고서야 그런 딱지를 붙여도 할 말
이 없다.

귓바퀴에서 맨 아래는 불알처럼 처졌다고 귓불이라 하고, 귓불의 두께를 귓밥이라 한다. 안귀는 귓문을 들어서 귓구멍을 지나 귓속으로 들어가는데 귀청에 닿으면 끝이고, 귀청 안에 있는 속귀는 작은 **뼈**들이 소리를 키워서 달팽이홈으로 넘겨주면 귀의 몫은 모두 끝난다. 그러나 달팽이홈에서 넘겨받은 소리는 신경이 골로 가져가서 처리하여 좋고 나쁜 것을 가리는데, 거기서 마침내 귀맛을 느끼게 된다. 귓문을 낮 쪽에서 지켜 주려고 젖꼭지처럼 볼록 나온 살은 귀젖이다. 귓속은 소리가 들어가는 길로서 귓밥이라고도 하는 귀에지가 끼어 소리를 막기 때문에 귀이개로 후벼내는 일에 많은 사람들이 애를 먹는다.

마_ 몸통

우 리 몸에서 몸통은 말 그대로 몸을 몸이게 하는 통으로서, 목을 사이에 두고 머리와 나뉜다. 따라서 목은 몸통이라 하기도 머리라 하기도 마뜩찮고 어중간한 자리다. 그래서 그런지 목은 몸에서 대수롭지 않은 것으로 여기는 듯하지만 그렇지는 않다. 몸을 다스리고 이끌어 나가는 머리와 그것을 삶으로 옮기는 행동의 주체인 몸통 사이를 이어주는 외길이므로, 사람을 살게 하는 모든 먹이와 기운과 정보와 통신이 목으로만 오르내릴 수 있다. 그만큼 목이 몸에서 맡는 몫은 가볍지 않다.

목은 우선 머리를 떠받치는 목뼈가 등뼈로 이어져 몸통의 기둥 노릇을 하고, 목뼈에는 머리에서 온몸으로 오고가는 온갖 정보의 통로가 복잡하게 감추어져 있다. 목 안에는 목구멍이 있는데, 코에서 가슴속 허파(부아)로 바람이 드나드는 바람길과, 입에서 양(밥통)으로 먹이를 들여보내는 먹이길을 싸잡고 있다. 목구멍이 맡은 가장 종요로운 일은 목숨이라는 낱말이 드러내듯이 들숨과 날숨을 드나들게 하는 숨쉬기일 터이고, 다음으로는 몸을 살아 있게 하자면 없을 수 없는 먹이를 들여보내는 일이 종요로울 것이다. 하지만, 목구멍의 셋째 일도 여간 종요롭지 않으니 곧 목청(목청은 본디 소리를 내는 자리를 뜻하지만 거기서 나는 소리의 결을 뜻하기도 하여 지금 두 가지 뜻으로 쓰인다)을 울려서 소리를 내는 일이 그것이다. 목구멍에서 내는 소리니까 목소리라고도 하는 이것으로 사람은 서로의 마음을 주고받는 말을 하고 노래를 부르면서 짐승과는 다른 문명의 길로 내달릴 수 있었다.

목의 바깥쪽은 대수로울 것이 없지만, 앞쪽은 멱이라 하고 뒤쪽은 덜미라 하여 이름이 색다를 뿐이다. 멱에서 멱살(멱의 살가죽)이 나오고 멱살잡이도 나오는 것인데, 멱의 맨 위에는 울대뼈가 조금 튀어나와 있어서 눈에 띈다. 울대는 짐승에게만 쓰는 말이지만 울대뼈라는 낱말을 보면 본디는 사람의 목이나 목청도 그렇게 불렀던 것으로 보이고, 지금도 사람의 목이나 목청을 낮추어 말할 적에 더러 쓰기도 한다. 덜미는 지난날 놀이패들이 꼭두각시놀음의 이름으로 끌어다 써버려서 그런지, 목덜미니 뒷덜미니 하면서 목이니 뒤니 하는 말을 굳이 보태서 쓰기 십상이다.

목에서 몸통으로 내려가면, 몸통은 앞에서 보아 가슴과 배로 크게 나뉜다. 가슴은 골 다음으로 가장 아까운 것을 담는 까닭인지 머리 같이 단단한 통뼈는 아니지만 갈비뼈 또는 갈빗대라 부르는 뼈대가 감싸고 있다. 가슴 한가운데 갈비뼈 아래 오목하게 들어간 곳을 명치라 하는데, 거기는 명치뼈가 명치끝을 아래로 하여 뾰족하게 내밀고 있다. 그러나 배는 뼈대로 감싸지 않고 등뼈가 기둥 노릇을 하는 것에 기대어 겉으로 뱃살과 뱃가죽이 갖가지 배알을 감싸고 있을 뿐이다. 배알은 공들여 감쌀 만한 값어치가 없다고 보았는지, 아니면 요즘처럼 과학이 발달하여 갖가지 배알의 질병을 수술로 치료하기 쉽도록 미리 내다보고 열어두었는지 뼈로 감싸지 않아 조물주의 신비를 알기는 어렵다.

가슴에는 겉에 이렇다 할 것이 없어 따로 이름을 붙인 낱말도 없지만 오직 품이 비슷한 뜻으로 쓰인다. '품 안에 자식'이라는 말에서 품은 곧 가슴을 뜻하는 것이다. 다만 젖이 가슴 양쪽에 있을 뿐으로, 젖이 자리 잡은 거기를 젖가슴이라 하고, 두 젖가슴 사이의 골짜기를 살품이라 한다. 남자는 젖가슴이라야 별게 없지만, 여자는 사춘기를 들어서면 젖가슴이 불룩하게 솟아올라 아이를 낳아 젖먹일 채비를 하는데, 그것을 젖통, 젖퉁이, 젖몸이라 하고, 생김새가 무덤 같다고 젖무덤이라고도 한다. 남녀 모두 젖가슴 한가운데는 젖꼭지가 있고, 젖꼭지의 끄트머리를 따로 젖부리라 한다. 젖꼭지와 그 둘레에 빛깔이 함께 가뭇하고 동그란 자리를 젖무리라 하는데, 마치 꽃판 같아서 젖꽃판이라고도 부른다. 젖을 먹이는 어머니의 젖꽃판 위에 좁쌀 같이 오돌토돌 돋은 것은 옴이다.

젖퉁이도 모양새에 따라 이름이 갖가지다. 연적 같이 몽실하면 연적젖, 백자 술병 같이 길쭉하면 병젖, 쇠뿔 같이 젖부리가 뾰족하면 쇠뿔젖, 쇠불알처럼 축 늘어지면 쇠불알젖, 대접처럼 불룩하지만 처지지 않고 탄탄하면 대접젖, 젖꼭지가 안으로 오목하게 들어갔으면 귀웅젖이다.

가슴속은 거의 허파와 염통이 자리 잡고 있다. 허파는 한 마디로 목숨의 샘인 피를 걸러내는 일을 한다. 온 몸을 돌면서 산소와 양분을 세포에게 주고 내버릴 찌꺼기를 받아서 돌아온 피를 걸러 새롭게 만들어 몸으로 내보내는 것이다. 그렇게 종요로운 일을 하느라고 작은 구멍이 송송 뚫린 꽈리와 같은 모습을 하고 있는데, 그것을 허파꽈리라 부른다. 허파는 피를 걸려서 맑게 만드는 몸의 일뿐 아니라 느낌을 일으키는 마음의 일도 한다고 보았다. 마음의 일을 할 적에는 허파가 아니라 부아라는 이름으로 부른다. "부아가 났다"거나 "부아가 치밀어 참을 수 없다"거나 하는 말들은 모두 느낌을 드러낸다. 말하자면 허파는 몸에 걸려 있을 적의 이름이고, 부아는 마음에 걸려 있을 적의 이름이다. 그만큼 우리 겨레는 온갖 것을 속속들이 가려서 이름을 붙이며 살아왔다.

염통은 허파와 떨어질 수 없다. 온 몸에서 더러워진 피를 받아들여 허파로 보내고, 허파에서 깨끗해진 피를 받아 온 몸으로 내보내는 일을 염통이 하기 때문이다. 왼쪽 젖가슴 아래 발딱발딱하며 뛰는 것으로 살아있다는 느낌을 가장 쉽게 받을 수 있는 그것, 그 움직임이 온몸으로 퍼져 있는 핏줄로 피를 보내서 곳곳의 구비마다 함께 발딱발딱 뛰는 것을 느낄 수 있는 그것, 온몸에 피를 돌려 살아 있게 하는 그 염통을 동서양 사람들은 한결같이 목숨의 샘으로 여겼다. 주먹만한 주머니로서 피를 담아 있는 통이라 해서 염통이라 하고, 여기에 병이 들면 염병(우리네 국어사전들은 염병을 전염병에서 줄어진 한자말로 보지만 그건 잘못이다)이라 하여 가장 무서워했다. 염통이니 염병이니 한 것으로 보면, 본디 이름은 염이었을 듯하다. 그리고, 어려운 일을 앞두고 안절부절못할 적에 더러 "가슴을 졸인다" 또는 "가슴을 태운다" 또는 "마음을 졸인다" 하는데, 이때 가슴이니 마음이니 하는 것은 아마도 가슴 안에서 발딱발딱 뛰고 있는 바로 이 염을 뜻했을 것이다.

배도 겉에서 보면 배꼽밖에 아무것도 없다. 알다시피 배꼽은 엄마 뱃속 아기집에 있을 적에 엄마에게서 영양을 받아먹던 탯줄의 그루터기다. 엄마 몸 밖으로 태어나면서 탯줄을 끊어내면 남은 탯줄은 말라서 뿌리째 빠지고, 탯줄 뿌리가 빠진 자리는 배꼽이 된다. 탯줄 뿌리가 빠진 자리라 구멍처럼 움푹하게 들어가 있어서 뱃구멍이라 부르기도 한다. 배꼽이 배 겉에 드러난 오직 하나의 자국이라 그런지, 그것을 기준으로 위쪽으로는 이름이 없고 아래쪽만을 가리켜 아랫배라 한다.

요즘에는 먹거리가 넉넉해서 오나가나 살빼기가 일인데, 거기서도 가장 애물단지가 뱃살이다. 그래서 아무리 먹어도 살이 오르지 않고 날씬한 갈치배가 부러움을 받고, 걸핏하면 동그랗게 솟아오르는 동배는 천덕꾸러기다. 장구통처럼 아래 위가 번번하게 부른 장구배, 올챙이처럼 옆으로 동그랗게 불룩한 올챙이배, 해산이 가까운 여인처럼 아랫배가 불룩한 똥배, 먹을 것이 없어 끼니를 물로 채워서 잠시나마 불룩하게 만든 물배, 이렇게 뱃살의 모습도 갖가지다.

뱃속에는 몸을 살리려고 온갖 일을 나누어 맡는 갖가지 배알들이 가득하다. 그 가운데서도 부아와 염처럼 마음에 닿아 있다고 여긴 배알로

애가 있다. 마음이 몹시 아프면 우리는 흔히 "애가 터진다", "애가 탄다", "애를 끊는다", "애를 끓인다" 하고 말한다. 애는 가슴이라 하기도 어려운 자리, 곧 오른쪽 갈비뼈 끝자리에 가로누워 있는데도 어떻게 마음과 닿는 것으로 느꼈던 것인지 모르겠다. 그러나 잠시도 마음을 놓을 수 없도록 붙잡는 '애물단지', 아무리 잊어버리려 해도 잊을 수 없이 '애지고' '애껏한' 마음, 이런 말에서처럼 우리는 애를 마음과 떨어질 수 없는 것으로 보고 있다. 그리고 실제로 애를 자꾸 태우면 애가 숯처럼 검댕이가 되면서 황달이니 흑달이니 하다가, 요즘 말로 간암이라는 질병까지 가서 마침내 목숨을 잃기도 한다.

애와 떨어질 수 없도록 가까이 붙어 있는 쓸개도 마음에 닿아 있는 배알로서 애와 비슷하다. 가슴과 배의 어름에 자리 잡은 것이나 마음과 깊이 닿아 있는 데서 모두 그렇다. 다만 애처럼 태우거나 끓이는 것이 아니라 쓸개는 빠지는 것으로 상상한다. '쓸개 빠진' 사람은 바로 마음의 알맹이가 빠진 사람으로 여겨서 더불어 사귈 만한 값어치가 없다고 보는 것이다.

애와 쓸개처럼 가슴과 배의 어름에 자리 잡은 양은 오로지 몸쪽이지 마음쪽은 아니다. 양은 속된 말로 밥통이라 하는데, 이거야말로 통이라 할 만하다. 먹은 것을 모두 함께 받아서 삭여내니, 온갖 먹거리를 통에 넣어서 방아를 찧는 것과 비슷하기 때문이다. "양껏 먹어라" 한다든지 "양이 차지 않는다" 하는 말들에는 아직도 양이 살아 있지만, 그것이 밥통을 뜻하는 줄 아는 사람은 찾아보기 어렵게 되었다. 그러나 푸줏간에 가서 횟감으로 '소의 양'을 사보고서는 그것이 소의 밥통인 줄 알 수 있을 것이다. 어린 아이들도 '위'라고 하면 아래 위를 떠올리기보다 먼저 밥통으로 알아들으면서, '양'이라면 엉뚱한 한자말만을 떠올리게 되었으니, 우리 토박이말의 신세가 가엽다 하지 않을 수 없다.

배알에서 뱃속을 가장 많이 차지하는 것은 창자다. 창자는 양에서 일단 삭여낸 음식물을 받아 더욱 곱삭이면서 쓸모 있는 양분은 빨아들여

몸으로 보내고 쓸모없는 찌꺼기는 뒤로 내보내는 일을 맡는다. 양에서 내보내는 것을 맨 먼저 받아 지라에서 샘솟는 소화액으로 섞는 길이 20에서 30센티미터의 샘창자, 샘창자를 이어받아 음식물의 소화와 영양 흡수를 거의 맡아 하는 길이 6에서 7미터에 이르는 작은창자, 작은창자를 이어받아 큰창자로 넘겨주는 길이 6센티미터의 막창자, 막창자를 이어받아 소화를 마무리하며 뒤처리로 물기까지 빨아들이는 길이 1.5미터의 큰창자, 큰창자를 이어받아 밖으로 내보낼 찌꺼기를 모았다가 똥구녕으로 밀어내는 길이 20센티미터의 곧은창자를 모두 싸잡아 창자라 한다.

그 밖에도 양(밥통) 뒤쪽에 둥근 모양으로 핏속의 흰피톨을 만들어내고 낡아버린 붉은피톨을 없애는 일을 하는 지라, 양과 애 뒤쪽으로 가로누워 있으면서 쉬지 않고 소화와 소독에 쓰일 물기를 만들어 샘창자로 보내는 길이 15센티미터의 이자, 배 뒤쪽 맨 위 등뼈 양쪽에 누에콩 모양으로 짝을 이루어 있으면서, 피에서 오줌을 걸러내어 오줌통으로 보내는 콩팥, 콩팥에서 보내는 오줌을 받아 바깥으로 보내려고 모아두는 오줌통이 있다. 그리고 여자에게는 애기알을 만들어 키우는 알집과 남자의 애기씨를 받아들인 애기알, 곧 애기를 태어날 때까지 키워내는 애기집이 있다.

배 안에 있는 이런 것들을 모두 싸잡아 배알이라 한다. 배 안에 들어 있는 알이라는 뜻이다. 줄여서 흔히 밸이라고 하면서, 몹시 아니꼬우면 더러 "밸이 꼬여서 못 참겠다" 또는 "밸이 뒤틀려서 못 살겠다" 이런 소리를 한다. 그런데 실제로 밸이 꼬이거나 뒤틀리는 수가 없지 않으니, 그러면 말로 다할 수 없이 아프고, 서둘러 수술이라도 하지 않으면 목숨을 잃을 수도 있다.

몸 통의 아래쪽 끝에는 구멍이 둘 있다. 위로 머리에는 구멍이 일곱 (눈 둘, 귀 둘, 코 둘, 입)인데, 여기에서 세상 온갖 것을 몸 안으로 받아들인다. 그것들 가운데 입으로 들어온 것은 모두 배에서 온갖 탈바

꿈을 거쳐 몸을 살리는 갖가지 힘으로 바뀌고, 마침내 남은 찌꺼기는 몸 바깥으로 내보낼 수밖에 없다. 이때 내보내는 구멍 둘이 몸통 아래쪽 앞 뒤에 자리 잡고 있다. 앞쪽 구멍으로는 오줌을 내보내니 오줌구멍이라 하겠고, 뒤쪽 구멍으로는 똥을 내보내니 똥구멍(또는 똥구녕)이라 한다. 똥구멍은 당근줄이라는 힘줄로 단단히 오므릴 수 있도록 해서 안쪽으로 곧은창자와 이어지는데, 바로 그곳 이음새가 다름 아닌 미주알(또는 밑자 발)이다. 지난날에는 아이들이 영양이 부실하거나 몸살이 심하면 흔히 미주알이 똥구멍 밖으로 빠져서 애를 먹였는데, 요즘은 그런 수가 거의 사라진 듯하다.

오줌구멍은 몸속의 찌꺼기를 내보내는 일과 더불어 더욱 값진 일도 맡 는다. 곧 사람의 목숨을 길이 잇는 구실을 오줌구멍과 그 언저리에서 맡 는 것이다. 남자와 여자는 몸이 자라 어른에 이르면 서로에게 마음이 끌 리는 때, 곧 사춘기를 만난다. 사춘기를 넘긴 남자와 여자가 마음이 끌리 는 짝을 만나 서로를 깊이 받아들여 어르고자 하면, 반드시 오줌구멍과 그 언저리를 빌려야 한다. 남자의 오줌구멍을 여자의 몸속에 밀어 넣어 한 몸을 이룬 가운데 남자가 애기씨를 쏘아 보내면 여자의 애기알이 받아 들여 그것들이 하나를 이루면서 새로운 목숨이 생겨난다. 그리고 그것은 여자의 뱃속 애기집에서 남자든 여자든 한 사람의 모습을 갖추며 자라나 마침내 때가 차면 애기집을 버리고 바깥세상으로 태어나는 것이다.

이처럼 새로운 목숨을 만들어내도록 마련한 오줌구멍이 남자의 것은 바깥으로 나와 있고 여자의 것은 안으로 들어가 있어서 서로 다르다. 새 로운 목숨을 만들 적에 남자와 여자의 몸을 하나로 짝지을 수 있도록 조 물주가 그런 마련을 한 것이다. 새로운 사람을 만드는 목숨의 신비를 맡 는 것인지라 몸에서 가장 감추어진 곳, 두 다리 사이 가장 깊숙이 구석진 곳, 곧 샅 또는 사타구니에 자리 잡고 있다. 샅에는 위쪽에 가로지른 뼈 대를 받쳐 이루어진 두덩(남자의 것은 불두덩, 여자의 것은 우두덩)이 있고, 두덩에서부터 거꾸로 선 세모꼴 모양으로 거웃(남자의 것은 불거웃, 여자의 것은 ㅜ거웃)이라 부르는 털이 나서 비밀스런 곳을 더욱 감싸고 있다. 그러나 가장 보배로운 것은 역시 남자와 여자가 서로 얼러 하나를 이룰 적에 주고받아야 하는 그것, 곧 남자의 ㅅ과 여자의 ㅜ이다. 이것도 남자와 여자로서 만나 어르기 이전의 아이들 것은 자△와 보△라 부르는데, 그나마도 바로 부르기 낯 뜨거워 흔히 고추와 조개로 빗대어 부르기 일쑤다. 그리고도 남자에게는 애기씨를 만들어 간수하고 있는 불알 두 개가 불망태(또는 불주머니)에 담겨 밖으로 매달려 있고, 여자의 것은 맨 위에 감씨가 빠꼼이 내민 아래로 오줌구멍을 지나면 ㅜ구녕으로 들어가는데, 거기 천장에 둥글게 박힌 공알이 있다. 그리고 구녕은 깊숙이 들어가 애기집에 닿아서 끝난다.

이제까지 몸통의 앞쪽과 몸속을 살폈기에 뒤쪽은 아직 남았다. 몸통의 뒤쪽을 두루 싸잡아 흔히 등이라 하지만, 넓이를 마음에 두고는 등판이라 하고, 생김새를 마음에 두고는 등때라 하고, 함부로 말할 적에는 등짝이라고도 한다. 몸통 뒤쪽을 두루 싸잡아 등이라 한다 했으나 사실은 그것이 위로부터 어깨, 등, 허리, 엉덩이, 궁둥이로 더욱 잘게 나누어진다.

어깨는 덜미에서 좌우 두 쪽으로 갈라져 팔이 붙은 어깻죽지까지 이른다. 덜미 끝에서 어깻죽지까지를 어깨통이라 하고, 어깨통 위를 어깨판이라 한다. 어깨가 끝나는 어깻죽지 뒤쪽에는 세모꼴 모양의 주걱뼈가 버텨주는데, 주걱뼈 언저리를 따로 어깨부들기 또는 어깨더버지라 부른다.

등은 목뼈에서 이어지는 등뼈가 기둥 노릇을 하면서 내리뻗고, 그 옆 양쪽으로 작은 고랑을 이루는 등골이 나란히 내려오고, 또 그 옆으로 두두룩한 등마루가 양쪽으로 내려온다. 등골은 등뼈를 따라 내려오는 두 고랑을 뜻하지만, 등뼛골의 준말로도 쓰여서 두 가지 뜻을 제대로 가려

써야 한다. 이를테면 "등골로 식은땀이 주루루 흘러내렸다" 할 적에는
고랑을 뜻하지만, "등골이 빠지도록 일해도 입에 풀칠하기 어려우
니……" 할 적에는 등뼈 속에 들어 있는 등뼛골을 뜻하는 것이다. 등은
제 눈에 보이지 않는 곳이라 어둡고 어수룩한 일을 뜻할 적에 "등 쳐 먹
는다"거나 "등을 벗겨 먹는다"거나 하는 말들로 쓰인다. 등을 툭툭 치면
서 어르고 달래며 속여 먹는 일이라든지, 거짓과 속임수로 남의 재물을
빼앗아 먹는 일들에 애꿎은 등이 이용을 당하는 것이다. 등판이 허리 가
까이 오면 좁아지면서 끝나는데 여기를 잔등이라 한다.

　허리는 잔등이 끝나면서 등판이 좁아진 곳으로부터 아래로 다시 넓어
지는 엉덩이에 이르기까지를 뜻한다. 허리에 오면 등뼈가 허리뼈로 바뀌
는 것 말고는 이렇다 할 것이 없다. 그리고 이어서 엉덩이인데, 엉덩이는
몸속 찌꺼기를 내보내고 새로운 생명을 만드는 종요로운 일을 맡는 자
리를 앞뒤로 지니고 그것을 지키려고 굵은 엉덩이뼈들로 감싸고 떠받치
느라 둥그스름하고 넙적하게 불어나 있다. 그것이 허리뼈를 가운데로 하
여 두 쪽으로 갈라져 있는데, 한쪽만을 가리켜 엉덩판 또는 엉덩짝이라
하고, 그것들에서 뒤로 살이 가장 두두룩하게 솟아 있는 데를 볼기라 한
다. 젖먹이 어린애는 엉덩이 양쪽 바깥에 오목하게 쏙 들어가는 자라눈
이 생겨서 거기까지 귀엽다.

　볼기 아래, 그러니까 주저앉으면 똥구멍을 중심으로 바닥에 닿는 자리
가 궁둥이다. 궁둥이도 궁둥이뼈로 감싸고 떠받칠 뿐 아니라, 둘로 갈라
져서 하나씩을 가리켜 궁둥짝이라 한다. 궁둥이는 곧 다리로 이어지기
때문에 이제 몸통은 여기서 끝이다. 몸통을 흔히 윗도리와 아랫도리로
짝지어 부르기 일쑤인데, 그럴 적에 윗도리는 어깨에서 허리까지를 이르
고 아랫도리는 허리에서 다리까지를 싸잡아 부른다. 그러니까 윗도리와
아랫도리라는 말은 지난날 여자의 치마와 저고리나 남자의 바지와 저고
리를 입는 것으로 판단하면 한결 알아듣기 쉬울 것이다.

바_ 팔다리

팔다리라고 하면 두 팔과 두 다리를 함께 싸잡아 이르는 말이다. 그러나 팔과 다리뿐만 아니라 두 손과 두 발까지 모두 싸잡아 그렇게 부르기 일쑤다. 사람의 몸에서 머리와 몸통을 빼고 나머지 모두를 싸잡아서 흔히 팔다리라고 한다는 말이다. 그러고 보니 어쩌면 본디 팔은 손까지 싸잡아 이르고 다리는 발까지 싸잡아 이르다가 뒷날 손과 발이 제 몫을 찾아 떨어져 나왔는지도 모를 일이다.

아무튼 팔은 왼팔과 오른팔(또는 바른팔)로서 둘이다. 어느 팔이든 팔꿈치를 가운데 두고 위팔과 아래팔로 나뉘는데, 이들을 저마다 팔마디라고 한다. 팔마디는 위팔뼈와 아래팔뼈가 속에서 버티고 힘줄과 힘살과 살과 살갗이 겉에서 팔뼈를 감싸고 있다. 위팔과 아래팔이 본디 이름이지만 사람들은 그보다 오히려 팔죽지와 팔뚝이라 부르기를 좋아한다. 팔죽지의 안쪽 힘살은 팔을 바짝 굽힐 적에 모여서 둥글게 튀어 오르면 이것을 알통이라 하는데, 사춘기의 소년들은 그것을 뽐내며 남자다움을 자랑한다. 팔을 다른 팔과 얽혀서 사귀게 할 적에는 그냥 팔이라 하지 않고 팔짱이라 부른다. 제 스스로 두 팔을 사귀게 하든지, 남의 팔끼리 사귀게 하든지 마찬가지로 팔짱이다.

팔꿈치는 오금과 안팎으로 짝을 이루어 팔을 굽히고 펴면서 마음대로 놀릴 수 있게 하는 뼈마디 자리다. 온 몸의 뼈마디가 모두 그렇듯이, 팔꿈치와 오금의 뼈마디도 물렁뼈가 감싸고 놀림을 돕는다. 그런데 팔꿈치와 오금을 사람들은 흔히 팔뒤꿈치와 팔오금이라 하여 '뒤'니 '팔'이니 하는 말을 보태서 쓴다. 아마도 팔꿈치는 발의 뒤꿈치에 이끌려서 그렇고, 오금은 다리의 오금과 헷갈릴까 싶어서 그런 듯하지만 괜한 군더더기임에는 틀림이 없다.

아래팔, 곧 팔뚝의 끝은 팔목이다. 그런데 팔목은 손의 들머리인 손목과 마주 붙어 있어서 두 낱말을 제대로 가려 쓰지 않는다. 팔목이 곧 손목이며, 손목이 또한 팔목인 것으로 여기고 쓴다는 말이다. 그런데 따지고 보면 팔목이나 손목의 목은 팔도 아니고 손도 아니고 그 둘의 사이다. 그러므로 우리 고향 쪽에서 부르는 홀목이라는 이름이 오히려 마땅하다는 생각이 들고, 발목과 손목을 싸잡아 회목이라 부르는 까닭도 거기 있는지 모르겠다.

손은 먼저 손바닥과 손등으로 안과 밖을 이루고, 손끝으로 나가면서 다섯 손가락이 갈라져 있으니, 엄지손가락, 집게손가락, 가운뎃손가락(또는 장가락), 약손가락, 새끼손가락이 그것들이다. 아주 귀하지만 덤으로 덧붙은 육손이의 손가락은 곁손가락이라 했다. 손가락 사이맨 골짜기를 손샅 또는 손살피라 하는데, 다만 엄지손가락과 집게손가락 사이만을 손아귀라 한다. 손아귀를 더욱 강조할 적에는 범아귀라 부르고, 두 손가락 뿌리가 맞닿은 손아귀의 맨 골짜기를 웃아귀라 한다.

손가락은 모두 마디로 나뉘는데, 엄지손가락만 두 마디고 나머지는 모두 세 마디씩이다. 이들 손가락의 마디 덕분에 그야말로 손을 마음대로 움직일 수 있거니와 다섯 손가락을 오그려서 움큼을 만들고, 주먹을 불끈 쥘 수도 있다. 손가락마다 마지막 마디의 등 쪽으로는 손톱이 나서 덮어주고, 바닥 쪽으로는 손가락무늬가 사람마다 다르게 그려져 있다.

이 무늬를 도장 삼아 찍으면 사람을 가릴 수 있어서 지장이라 하여 주민 등록증에 찍었는데, 요즘에는 전자기계로 자물쇠를 만들어 이것으로 열쇠처럼 쓰기까지 한다. 손가락도 손가락바닥과 손가락등으로 안팎을 이루는데, 손바닥에다 손가락바닥 다섯을 모두 보태면 손뼉이다.

손바닥에는 이리저리 금이 그어져 있는데, 손뼉을 오그리면 모두들 손갈피가 된다. 금 가운데 가로 세로 길게 그어진 네 금은 감정의 금, 슬기의 금, 목숨의 금, 운명의 금이라 하면서 그것으로 삶의 운세를 점칠 수 있다고 한다. 한 사람의 삶이 손바닥에 그어진 손금에 모두 드러난다는 생각인데, 손가락 맨 끝 마디에 새겨진 무늬가 사람마다 다르다는 것을 생각하면 손금과 운명 사이의 상관을 밝혀내는 날이 올지도 모르겠다.

손금으로 사람의 삶을 점치는 일은 잘 모르겠지만, 손이 사람의 삶에 더없이 요긴하다는 사실은 누구나 알 만한 일이다. 무엇보다도 사람의 몸속 구석구석으로 흐르는 기운이 모두 손으로 모여 들어서 손뼉 곳곳을 지나는 기운의 길목에다 침을 놓아 흐트러진 건강을 바로잡는 손침의 신통함은 널리 알려졌다. 손이 우리 삶에 요긴하다는 사실은 손을 빌려서 표현하는 아래의 낱말들을 보아도 알 만하다.

손으로 대중을 잡아 재는 손가늠, 가까이 두고 늘 손쉽게 쓰는 손그릇, 사랑을 나누려고 내미는 손길, 손을 말아 입에다 대고 부는 손나발, 손을 이리저리 움직이는 손놀림, 손으로 건드려서 일어나는 손때, 손으로 만져서 솟아나는 손맛, 손으로 이루어내는 일의 모습인 손매, 일을 치러나가는 솜씨가 날렵하면 손바람, 망가뜨리는 일을 손에 익혀버린 손버릇, 손을 펴서 휘저으며 거절하는 손사래, 남의 힘을 빌리지 않고 스스로 하는 손수, 손으로 일을 치러내는 솜씨, 손으로 대충 헤아리는 손어림, 거의 손의 힘으로만 하는 손일, 부질없이 손을 놀려서 하는 손장난, 손으로 뭐든지 잘 만드는 손재주, 손을 대어서 매만져 가다듬는 손질, 손으로 만져서 대충 가늠하는 손짐작, 손으로 마음의 뜻을 나타내는 손짓, 손으로 남을 치고 때리는 손찌검.

다섯 손가락을 모두 오무려서 만드는 웅큼은 물이나 낟알을 셈하는 데 쓰이지만, 그 밖에도 손으로 쥘 수 있는 것들을 줌, 손, 모숨 같은 단위로 셈하기도 했다. 한 줌 두 줌 하는 줌은 주먹이 줄어진 것으로 가장 사사로이 쓰이는 것이고, 손은 제법 공공연하게 장터에서 조기니 갈치니 하는 물고기나 시금치나 배추 같은 남새를 셈하는 단위로 쓰인다. 모숨은 본디 고추나 가지처럼 모판에서 키워 옮겨 심어 가꾸는 작물의 모를 셈하는 단위다.

다리도 왼다리와 오른다리(또는 바른다리)로 둘이지만 팔처럼 많이 갈라서 부르지는 않는다. 아무튼 다리도 가운데 무릎을 사이에 두고 윗다리와 아랫다리로 나뉘는데, 이것들을 저마다 다리마디 또는 다리뭉둥이라 한다. 윗다리는 허벅다리 또는 넓적다리라 하고, 허벅다리뼈 또는 넓적다리뼈가 속에서 버티고 있다.

윗다리는 엉덩이와 궁둥이에서 이어지기 때문에 부피가 아주 굵은데, 이를 싸잡아 다리통이라 하고, 안쪽으로 살이 깊은 데를 따로 허벅지라 하지만, 더 안쪽으로 들어가면 다리샅이고, 두 다리샅이 만나는 데가 사타구니다. 아랫다리는 앞쪽을 정강이(또는 정갱이)라 하고 뒤쪽을 종아리 또는 장딴지라 하여 가려서 부르는데, 속에서 버티는 뼈도 정강이뼈와 칼뼈 둘이 있다. 아랫다리의 끝에는 안과 밖 양쪽으로 둥글게 복사뼈가 튀어나와 있다. 복사뼈는 복숭아뼈라는 뜻이라 그대로 복숭아뼈라고 부르기도 하고, 더러는 곧이곧대로 복숭씨라 하기도 한다.

무릎은 윗다리와 아랫다리가 부딪치는 곳이라 물렁뼈가 위아래 다리뼈를 감싸고 부딪침을 막는데, 팔꿈치와는 달리 앞쪽으로 종지뼈가 무릎을 덮어서 물렁뼈의 부딪침을 더욱 부드럽게 한다. 무릎 뒤쪽은 다리를 구부릴 적에 접쳐지는 오금인데, 오금쟁이라 부르는 곳도 많다. 오금의 양쪽에는 오목하게 들어간 곳이 있으니 이것을 차개미라 한다. 오금은 대수로울 것도 없는 곳인 듯하지만 몸을 움직이려면 다리를 움직여야 하고, 다리를 움직이려면 오금을 펴고 오므려야 하기 때문에 쓰임새가 더없이 긴요하다. 그래서 그런지 "오금을 못 쓴다"느니 "오금을 못 편다"느니 "오금이 굳었다"느니 "오금이 쑤신다"느니 "오금이 저린다"느니 "오금을 박는다"느니 "오금을 박힌다"느니 "오금아, 날 살려라"느니 하는 말들이 많다. 이런 말들은 모두 오금이 나약한 곳이라 그런지 어감이 아주 절실하다. 오금을 못 쓰거나 못 펴면 아주 온몸이 힘을 못 써 안절부절 못하는 것이고, 오금이 쑤시면 잠시도 가만히 견디며 기다릴 수가 없어서 곧장 일어서야 한다. 오금이 저리면 옴짝달싹을 할 수가 없어서 가만히 그대로 저리기가 그치도록 기다리는 수밖에 없고, 오금이 박히면 아무리 살짝 박혀도 그냥 잘쑥 주저앉는 수밖에 당장은 다른 방도가 없다.

걸음걸이와 걸음새에 쓰이는 토박이말들은 이미 잘 찾아 간추려 놓은 데가 있어서 그대로 여기 옮겨 놓는 것이 좋겠다. "걸음새로 볼 때, 안짱다리는 두 발끝을 안쪽으로 우긋하게 하고 걷는 사람을 말하고, 밭장다리는 두 발끝이 밖으로 벋어지게 걷는 사람을 가리키는데, 곱장다리는 안짱다리와 밭장다리를 아울러 이르는 말이다. 다목다리는 추위로 살갗이 검붉게 된 다리, 전다리는 절름절름 저는 다리, 뻗정다리는 구부렸다 폈다 하지 못하고 늘 뻗치기만 하는 다리, 봉충다리는 한쪽이 짧은 다리를 말한다. 봉충다리로 걷는 걸음은 봉충걸음, 뻗정다리로 걷는 걸음은 뻗정걸음인데, 이 밖에도 걸음에는 재미있는 것들이 참 많다. 바빠서 진둥한둥 걷는 걸음은 진둥걸음, 발을 통통 구르며 빨리 걷는 통통걸음, 긴 다리로 성큼성큼 걷는 황새걸음, 아기작거리며 걷는 씨암탉걸음, 느릿느릿 꾸준히 걷는 황소걸음, 몹시 느리게 걷는 장승걸음, 나아가고 있는지 서 있는지를 알 수 없을 만큼 천천히 걷는 달팽이걸음, 옆으로 걷는 게걸음이 있는가 하면 뒤로 걷는 가재걸음도 있는 것이다."(장승욱, 《재미나는 우리말 도사리》, 하늘연못, 2004, 374쪽)

아 랫다리가 끝나면 발회목을 지나 복사뼈 아래가 곧 발목이고, 팔에서 팔목이 있던 것과는 달리 다리에는 다리목이 없다. 발목을 지나면 발이다. 발은 생김새에 따라 볼이 넓은 마당발(가리지 않고 아무 데나 돌아다니는 사람을 마당발이라 부르기도 한다), 볼이 좁고 길쭉한 채발, 발끝이 오그라져 잘 펴지지 않는 쥐엄발, 발바닥이 잘록하지 않고 평평한 평발 같은 이름을 만들어 부른다.

발도 손처럼 발등과 발바닥이 위아래로 안팎을 이루고, 발바닥은 가운데가 잘록하여 발허리를 이룬다. 발끝에는 발가락 다섯이 있으며 발톱이 그것들을 덮어준다. 다섯 발가락의 이름은 엄지발가락, 둘째발가락, 가운뎃발가락, 넷째발가락, 새끼발가락이라 둘째와 넷째가 손가락의 이름과 다르다. 이름뿐 아니라 길이에서도 손가락과 달라 다섯 발가락에서 가장 긴 것은 엄지발가락과 둘째발가락이고, 이것의 끝은 발부리가 되어 자칫 밤길에서 돌부리(발부리, 돌부리에서 '부리'는 본디 새의 입을 뜻하지만 새의 입처럼 끝이 뾰족한 것까지 두루 뜻하게 되었는데, 요즘에는 그런 줄도 모르고 발뿌리니 돌뿌리니 하는 사람이 많다)에 채이기 일쑤다.

손가락 사이 맨 골짜기가 손살이듯이, 발가락 사이 맨 골짜기는 발살이고, '발살에 낀 때만도 못하다' 하는 속담은 더없이 하찮다는 뜻이다. 그리고 손과는 달리 발에서는 뒤쪽에서 몸의 무게를 몽땅 떠받치고 있어 발꿈치라는 이름을 따로 붙여 부른다. 그것도 땅에 닿지 않는 뒤쪽을 두루 발뒤꿈치 또는 뒤꿈치라고도 한다. 발뒤꿈치의 위에 튼튼한 힘살(서양에서 아킬레스건이라 부르는 것)은 흙뒤라 하고, 발뒤꿈치의 아래 부분은 발뒤축이라 하여 가려서 부른다.

둘

학문을
우리말로 하는 날

말을 갈고 닦고 지켜야 하는 사람은 지식인들이다.

코밑에 매달려 살아야 하는 사람들은 말을 갈고 닦을 겨를이 없다.

그래서 말을 갈고 닦으며 지키는 일은 지식인들의 특권이며 책임이다.

지식인이란 말로써 사람의 삶을 밝히고 바로잡는 사람들이기 때문이다.

시인을 모국어의 파수꾼, 학자를 모국어의 대장장이라 하는 까닭이 바로 거기 있다.

그런데 슬프게도 우리는 지식인이 모국어를 짓밟고 팽개친 앞잡이들이었다.

농사짓고 고기잡이 하며 살던 사람들이 삶으로 모국어를 지켜온 것과는 달리

지식인들은 앞을 다투며 외국어를 끌어들여 모국어를 짓밟았다.

그것이 저를 살리고 겨레를 살리는 길인 줄 알았겠으나

그것이야말로 저를 살렸을지는 몰라도 겨레를 죽이는 굴레였다.

오늘도 우리 사회에서 토박이말을 가장 차갑게 팽개치는 무리가 바로 학자들이다.

학자들이 마음을 바꾸어 토박이말로 학문을 하는 날,

그날은 우리 겨레의 역사에 드리워진 어둠이 마지막으로 걷히는 날이 될 것이다.

가_ 마씨모와 의사 교수의 토론

우리에게도 학문을 우리말로 하는 날이 올까? 길을 막고 좀 물어보았으면 하는 마음이 굴뚝같다. 그러나 그런 날은 반드시 와야 한다. 하루라도 빨리 와야 한다. 왜 그런 날이 와야 한다고 하는가? 이 물음에 바른 답을 찾아볼 수 있도록 여러분들과 더불어 생각을 나누고 싶어서 이 글을 쓴다.

나는 1981년에 우리 정부의 도움으로 난생 처음 이탈리아라는 서양 나라에 가서 한 해를 보낸 적이 있다. 가서 한 달이 겨우 지나자 급성 간염(B형)이 드러나 병원 신세를 지지 않을 수 없었다. 한 주일 꼬박 머리끝에서 발끝까지 검사를 받고, 간염 말고는 다른 병이 없다는 진단 결과에 따라 전염병만 보는 병동으로 옮겨서 치료에 들어갔다. 다섯 주면 깨끗하게 나을 것이니 아무 걱정 말고 치료에 협조하라는 담당 의사의 당부를 듣고, 가벼운 마음으로 간호사가 데려다 주는 병실로 갔다. 병실은 두 사람이 함께 쓰는 것인데, 거기서 마씨모를 만났다.

마씨모는 열일곱 살 먹은 고등학교 3학년 남학생이었다.(이탈리아는 초등학교를 다섯 해에 마치기 때문에 고등학교 3학년이면 나이로는 우리네 고등학교 2학년과 맞먹는다) 그는 피아트 자동차 회사에 다니는 아버지와 식품 회사에 다니는 어머니 사이에 난 맏아들이고, 세 살 아래 남동생이 하나 있었다. 몸집과 키는 나처럼 작지만, 얼굴이 잘 생기고 검은 머리에

푸르고 맑은 눈에다 부드러운 마음씨를 지닌 여느 라틴 겨레 소년이었
다. 카누를 즐기다 다쳐서 치료하느라 수혈한 피 때문에 간염에 걸려 병
원 신세를 지고 있었다.

하 룻밤을 자고, 이튿날 아침나절에 첫 회진을 받는 자리에서 나는
놀라운 일을 구경하게 되었다. 의과대학 교수인 의사 선생님이
후배와 제자 의사들을 여럿 거느리고 회진을 왔는데, 나와 마씨모의 상
태를 꼼꼼히 묻고 살핀 다음 방을 나서려다가 마씨모에게 붙들렸다. 그
러고는 아마도 반시간이나(그때 내 짐작에 그만큼 길게 느껴졌지만 실제
시간은 얼마나 걸렸는지 알 수 없다) 두 사람 사이에 토론이 벌어졌다. 마
씨모는 병상 머리맡에 걸린 일지를 펴들고 거기 적힌 내용들을 들이대
면서 토론에 맞섰는데, 토론의 속내를 제대로 알아듣지 못하는 내 눈에
는 교수 의사 선생님이 연신 몰리는 것으로 보였다.

가까스로 마씨모의 공격을 누그러뜨려 놓고 회진 팀은 다음 방으로
간신히 빠져나갔다. 그제서야 나는 잡았던 먹이를 놓친 사냥꾼처럼 마음
을 가라앉히지 못하는 마씨모를 마치 개선장군을 쳐다보는 눈으로 바라
보았다. 그러고는 다툼의 속살이 무엇이었는지를 천천히 물어서 알아보
았다. 도대체 교수 의사 선생이 무슨 잘못을 크게 저질렀다는 말인가?

알고 보니 속내인즉, 철부지 마씨모의 억지 주장을 저 고명하신 교수
의사 선생님이 하나하나 풀어서 납득시키는 토론이었다. 마씨모는 제 병
상 일지에 적힌 여러 내용들을 가지고 이만하면 집에 가서 치료해도 되
겠으니 퇴원시켜 달라는 것이었고, 의사 교수는 전염병 치료 규칙에 따
라 아직 좀 더 병원에서 치료를 받아야 한다는 사실을 여러 가지 자료와
경험을 들어 설명을 한 것이었다.

그런 속내를 알고서도 내가 놀란 가슴을 다스리지 못한 까닭은, 고등학교 3학년짜리 소년 마씨모와 원숙한 의대 교수 사이에 간염이라는 병의 치료를 놓고 토론을 벌일 수 있다는 사실이었다. 그리고 마씨모가 교수 의사에게 토론을 벌이며 맞설 수 있게 한 바로 그 병상 일지였다. 내 병상 머리맡에도 책처럼 맨 나의 병상 일지가 걸려 있었는데, 그런 일을 겪고서야 살펴보았더니, 거기에는 내 병에서 찾은 모든 정보가 적혀 있었다. 병원에 와서 조사한 모든 자료가 날짜대로 적혀 있고, 나에게 먹인 음식과 약과 맞힌 주사가 시간에 따라 적혀 있었다. 날마다 회진을 왔다가 돌아가면서 이 일지를 거두어 가서는 하루 사이에 있었던 모든 자료를 적어 넣고, 회진 회의를 거쳐 오늘 하루 간호사들에게 지시할 일들을 적어서 다시 병상에 가져와 걸어두는 것이었다. 그러니 환자는 자기의 병세가 어떻게 돌아가고 있는지를 일지에 적힌 내용을 보기만 하면 환히 알 수 있었다. 마씨모가 교수 의사와 토론을 벌일 수 있었던 사정이 이랬던 것이다.

병상 일지만 걸어두면 토론을 벌일 수 있는가? 아니다. 일지에 적힌 말이 마씨모가 얼마든지 알아볼 수 있는 일상의 이탈리아 말이었기에 그럴 수 있었다. 마씨모 같은 고등학생이 아니라 중학생인 마씨모의 아우도 문병을 오면, 으레 일지를 들고 엄마나 아빠와 함께 언니의 병세를 살폈다. 그도 거기 쓰인 말들을 모두 알아볼 수 있기 때문이다.

여기서 나는 우리네 사정을 떠올리지 않을 수 없었다. 십이지장 궤양을 비롯하여 병치레가 잦던 나는, 이탈리아에 가기 전에 여러 해 동안 가기 싫어하면서도 어쩔 수 없이 자주 병원을 찾아다녔다. 그럴 적마다 의사 선생님들이 쓴 진단서나 처방전을 받아보는 수가 있는데, 그때마다 느꼈던 답답하고 막막한 심정을 떠올리면서 마씨모의 토론을 놀라워하지 않을 수 없었다. '허파'라고 쓰면 짐승을 잡아본 경험에 비추어 농부라도 대강 자기 몸속에 있는 그것을 짐작할 터이지만, 우리말로 쓴다면서 기껏 '폐장'(肺臟) 같이 알기 어려운 한자말을 쓰고, 아예 서양말 'the lungs'를 휘갈겨 써버리기 일쑤니까, 주눅이 들어 말도 못 걸어보는 것이 내가 늘 겪던 일이었으니 마씨모의 토론이 놀라울 수밖에 없었다. 그러고는 이탈리아를 한없이 부러워하기 시작했다.

이탈리아는 본디부터 이랬을까? 아니다. 이탈리아도 지난날에는 배웠다는 사람들이 이탈리아 말을 업신여기고 라틴말을 쓰면서 우쭐거렸다. 농사지으며 가난하게 사는 사람들은 죽으나 사나 이탈리아 말밖에 쓸 수 없었지만, 귀족들은 라틴말을 쓰지 않으면 사람 구실조차 못하는 것으로 알았다. 라틴말을 알아야 고전을 읽어서 지식인 노릇을 할 수 있고, 라틴말을 알아야 나라를 다스리는 사람들이 내놓는 온갖 공문서를 읽고 거기 맞추어 살아갈 수 있고, 라틴말을 알아야 귀족들끼리 모여서 사교하고 사업하는 자리에 끼어들어 내로라할 수 있었다.

그런데 13세기에 프란체스코라는 사람이 나타나서 가난하고 보잘것없는 사람들을 사랑하라는 하느님 말씀의 속뜻을 깨닫고 이탈리아 말로 설교를 하고, 글을 쓰고, 시를 지었다. 이분에게 감화를 받아서 14세기에 단테가 《토박이말 드높임》(De Vulgari Eloquentia)이라는 논설을 라틴말로 써서 귀족들에게 돌리고, 이탈리아 말로 위대한 서사시 《신곡》(Divina Commedia)을 지었다. 이것이 이탈리아 말로도 시를 짓고 학문을 할 수 있다는 본보기가 되어, 페트라르카와 보카치오 같은 사람이 뒤따르면서 세상을 바꾸는 길을 열었다.

그러나 라틴말로 적힌 고전 유산이 워낙 많아서, 오늘도 대학에 갈 사람을 교육하는 학문고등학교(Liceo)에서는 누구나 라틴말 원전을 자유롭게 읽을 수 있도록 매주 다섯 시간씩 가르친다. 이탈리아는 대학이 최고의 학문 연구기관인지라, 거기 가는 사람들은 고전의 유산을 마음껏 맛볼 수 있도록 준비해야 한다. 그래서 대학에 가려는 사람들이 공부하는 학문고등학교에서는 라틴말뿐 아니라 그리스말도 원전을 **휑**하니 읽을 수 있도록 가르친다.

그러나 의무교육인 초·중학교는 말할 나위도 없고, 수많은 온갖 직업 고등학교들에서도 라틴말은 조금도 가르치지 않는다. 저들의 의무교육이란 모든 사람이 자랑스러운 이탈리아 국민으로 살아가는 길에 어려움이 없도록 하는 것을 목표로 하는데, 라틴말은 그런 목표에 끼어들지 못한다는 것이다. 여느 국민으로 갖가지 직업에 매달려 살아갈 사람들은 대학을 마친 지식인들이 쉬운 이탈리아 말로 밝혀주는 고전 지식을 의무교육 안에서 알뜰하게 배운 것으로 넉넉하다는 것이다.

그래서 대학까지 마친 전문 지식인들은 여느 백성들이 누구나 읽고 알아볼 수 있도록 쉬운 이탈리아 말로 글을 쓴다. 신문 기사를 쓰는 사람들도 한결같이 여느 사람들이 누구나 쉽게 알아볼 수 있는 말을 골라 깨끗한 글을 쓰려고 무진 애를 쓴다. 어려운 낱말, 까다로운 문장, 말본에 어긋나는 글을 실은 신문은 전국 모든 중학교에서 매주 한 시간씩 '신문'을 읽고 따지는 국어교육에 걸려 살아남을 수가 없다. 대학 교수가 논문을 쓰고 책을 써도 할 수 있는 데까지 쉬운 이탈리아 말로 쓰려고 애를 쓴다. 내가 존경하는 어느 신부님은 이탈리아에서 학위논문을 쓸 적에 지도교수에게서 가장 많이 지적 받고 들은 말이 "초등학생도 읽을 수 있도록 쓰라"는 것이었다고 했다.

우리도 학문을 쉽고 아름다운 우리 토박이말로 하면 좋은 세상이 앞당겨질 수 있다. 학자들이 애쓰고 땀 흘려 찾은 정보를 곧바로 필요한 여느 사람들에게로 보내서 그들의 삶을 드높일 수 있기 때문이다. 건축학의 업적은 목수와 미장에게, 농학의 성과는 농부에게, 법학의 이론은 피의자에게, 의학과 회계학의 정보는 환자와 상인에게 곧바로 넘어가서 그들의 삶을 도울 수가 있다. 학문에서 밝혀낸 이론과 정보에 힘입어 여느 사람들이 세상을 지름길로 올바르게 살아갈 수 있으면 여느 사람들은 저절로 학문을 고맙게 여기고 학자를 우러러볼 것이다. 그러면 학자들도 밤잠 못 자고 일한 보람을 바로 맛볼 수 있어서 힘이 솟을 것이다.

그런데 우리네 학문은 예나 이제나 여느 사람들이 알아들을 수 없는 글로만 적혀 나온다. 할 수만 있으면 여느 사람은 그런 정보와 지식에 가까이 오지 않는 것이 좋다는 듯이. 언제 우리에게도 학자들이 조상대대로 써온 토박이말로 논문을 쓰고 책을 쓰는 날이 올까? 그래서 우리 고등학생들도 이탈리아의 마씨모처럼 의사 교수님과 제 병세를 두고 토론을 마음껏 벌일 수 있는 때가 올까?

나_ 우리에게 학문은 살아 있는가

요즘 우리나라에서 학문하는 곳이라면 누구나 대학을 떠올릴 터이다. 마찬가지로 학문하는 사람이라면 대학 교수를 떠올린다. 그래서 서양 사람들처럼 우리 대학에도 '학문의 전당'이라는 이름을 붙이는 사람들이 있다. 오늘은 우리네 학문의 전당에서 우리말이 어떤 모습을 하고 있는지 잠시 들여다보았으면 한다.

사실 요즘 우리나라에서는 수많은 사람들이 젊은 시절에 대학에 들어가서 교수를 만나고 학문의 속내를 들여다본다. 그들이 대학에서 보고 들은 학문으로 세상눈을 뜨고 사회에 나가 살아가기 때문에 우리 대학은 살아 있는 셈이다. 그리고 그들이 대학에서 교수들의 학문을 엿보았기 때문에 사회에 나가서도 더러 교수를 불러다 이야기를 듣고자 한다. 신문이다 잡지다, 라디오다 텔레비전이다, 무슨 공청회다 좌담회다 하면 약방에 감초처럼 대학 교수가 끼이는 까닭이 거기 있다.

그러나 참으로 우리네 대학과 교수가 살아 있는가. 그렇게도 수많은 사람들이 대학에서 젊은 날을 보내지만 대학에서 배운 학문의 힘으로 살아가는 사람이 정작 얼마인가. 백에 하나는 되는가. 세상 사람들이 삶에서 맞닥뜨리는 고비를 수월하게 넘길 수 있도록 올바른 길을 밝혀주는 교수가 과연 몇 사람인가. 백에 한 사람이나 되는가. 대학은 그냥 여느 사람들이 잘 알 수 없는 '무엇'을 속에 감춘 채(?) 버텨 서 있고, 사람들은 어떻게든 거기를 거쳐 나와야 사람대접을 받는 풍토에 떼밀려 돈과 젊음을 내놓고 거기 들어가 세월을 보내는 것은 아닌가. 이런 물음에 성이 나서 눈을 부릅뜨고 대드는 대학 교수가 있으면, 기꺼이 일어나 절하고 뺨이라도 얻어맞고 싶다.

하지만 이런 생각은 어느 교육부 장관이나 노벨상까지 탄 대통령이 우리 대학과 교수를 바라보고 비난한 바와는 다르다. 그분들은 요즘 와서 우리 대학과 교수들이 연구를 게을리 해서 대학을 그냥 둘 수 없다고 한다. 그래서 어떻게든지 불꽃 튀게 하는 경쟁을 붙일 길이 없을까 궁리한 끝에 마침내 찾은 채찍이 돈이다. 돈을 들고 경쟁을 잘 하면 주고, 못하면 주지 않는다는 것으로 대학 개혁정책이라는 것을 여러 가지 내놓고, 힘차게 밀어붙인다. 그런데 내가 보기에 우리나라 대학 교수들이 요즘 와서 연구를 게을리 하는 것은 아니다. 그러지 않으면 살아남지 못하게 돌아가는 현실 때문인지 모르지만, 요즘에는 오히려 지나치다 할 만큼 서둘러 논문과 책들을 많이 내놓는다. 강의 평가제다 연봉제다 하면서 강의며 논문이며 책이며 모조리 점수를 매기니까, 밥줄이 무서워서도 안간힘을 다해 써내놓는다. 온갖 학술활동이니 사회활동이니 하는 것들도 점수로 매겨 거기 따라 월급과 승진을 결정하기 때문에, 하루 스물네 시간을 손가락으로 꼽아가며 사는 꼴이다. 서른 해를 넘게 대학에 몸담고 지나온 세월을 되돌아보아도 요즘처럼 대학 교수들이 연구에 부지런한 때가 지난날에는 없었던 듯하다.

그런데 머리가 아픈 것은 대학과 교수들이 그처럼 달달 볶이며 수많은 논문과 책을 쓰고 별의별 활동을 많이 해도, 우리 국민들은 그 속내를 모른다는 사실이다. 신문과 잡지에다 글을 쓰고, 라디오와 텔레비전에서 말을 해도 무슨 소리를 하는 것인지 국민들이 가장 알아듣기 어려운 것이 대학 교수들의 글이고 말이다. 게다가 그처럼 여느 사람들이 어렴풋이나마 알아듣게 글을 쓰고 말을 하는 교수를 돌팔이로 여기는 진짜(?)
교수들이 많다. 농사짓고 고기잡고 장사하고 공장 돌리는 여느 사람들은
죽었다 깨어나도 알아볼 수 없는 전문 학술지, 그것도 외국 학술지에다
연구 논문을 실어야 하고, 책 한 권을 써도 아무나 알아볼 수 없도록 써
야 진짜 대학 교수라고 뻐긴다.

우 리네 대학과 교수의 풍토가 이처럼 여느 사람을 무시하는 데에는
뭐니 뭐니 해도 우리말을 보는 눈길이 커다란 자리를 차지하고
있다. 요즘 우리네 대학에서 내놓는 논문을 눈으로 한번 보자.

㉮ These techniques use the concept of synchronizing torque and damping torque,
and theory of phase compansation to improve damping torque at a low frequency
range.

㉯ Lara, Hyaishi 및 Kornberg 등은 Nocardia corallina에 의해 pyrimidine이 분해될
때 barbitrate를 거쳐 urea와 malonate가 생성된다는 것을 보고하였고, Vennecland
와 Evans는 돼지 심장에서의 xoaloacetate로부터 malonate가 생성된다고 보고하
였다.

㉰ 사과나무는 植物分類學上 薔薇科(Rosaceae) 배나무亞科(Pomoideae), 사과나
무屬(Malus) 植物로서 지금까지 유럽, 아시아, 북아메리카 등 世界的으로는
25種이 確認되어 있으며 現在 栽培되고 있는 사과의 基本種은 유럽 東南部
의 Caucasus 地方과 아시아 西部의 페르시아 北部에 原生하고 있던 種들이다.

㉱ 이러한 개별적인 회계제도만으로는 總括的인 資源管理를 위한 資料算出
이 困難하고, 現實性 있는 費用基準 定立이 불가능하며 資源使用部隊의
資源執行實績 把握이 困難하여 過不足 및 浪費現象이 發生하였다.

㉲ 勳舊戚臣들의 횡포와 정치적 비리는 新進士林들의 시정 사항이자 척결 대

상이었고, 堯舜시대의 存賢樂道하는 仁德의 정치는 그들의 소망이었다. 당시 신진사림들은 文風의 浮薄·華藻함에 반발하여 詞章學을 배척하여 道學의 구현을 표방하였다.

이것들은 우리나라에서 누구나 한 번 들어가 보기를 꿈꾸며 우러러보는, 이른바 서울의 명문 대학들이 내놓은 논문에서 그대로 뽑은 것이다. 아직 10년도 지나지 않은 요즘의 20, 30대 젊은 학자들이 쓴 박사학위 논문들에서 뽑았다. 이런 논문은 우선 논문 쓰는 사람이 공부를 많이 해서 동서·고금을 꿰뚫고는 나름대로 새로운 뭔가를 밝혔다고 해서 내놓는다. 게다가 지도교수라는 이가 옆에서 여러 해에 걸쳐 깨우치며 이끌어준다. 마지막에는 그런 쪽에서 내로라하는 다섯 사람의 교수들이 다섯 차례나 모여서 따지고 꼬집고 바로잡아준 다음에, 이만하면 됐다 해서 도장들을 찍고 내놓게 한다.

그처럼 알뜰하게 해서 세상에 내놓은 논문의 속내가 이렇다. 여기 보인 대목을 읽고 무슨 소리를 하는지 알아차릴 사람이 얼마나 될까. 여기 담긴 말뜻의 속내가 깊고 그윽해서 여느 사람들이 알아듣기 어려운 것인가. 깊은 이야기로 미처 들어가지도 않은 들머리 대목에서 뽑았기 때문에 그게 아니다. 알아들을 수 없는 것은 오직 '말과 글자' 때문이다. 보다시피 ㉮는 사뭇 서양말을 서양 글자로 써버렸다. ㉯는 서양 낱말들을 그대로 가져와 서양 글자로 썼다. ㉰는 서양말과 일본 한자말을 서양 글자와 중국 한자를 섞어 썼다. ㉱는 일본 한자말을 중국 한자로 쓰고, ㉲는 중국 한자말을 중국 한자로 썼다. ㉮를 빼면 우리가 쉽게 읽을 수 있는 한글이 더러 쓰이기는 했지만, 앞뒤로 서양 글자와 중국 글자가 버티고 있어서 한글은 눈에 잘 띄지도 않는다. 게다가 한글로 적힌 말들도 거의 한자말인지라 알기가 어렵다.

"**박**사 논문이란 무엇이게?" "누구나 알고 있는 것을 아무도 모르도록 써놓은 글이지!" 하는 우스갯소리가 나도는 까닭을 알 만하다. 이제 막 학문의 길로 들어서서 새로운 뭔가를 찾아 사람들에게 빛을 밝혀야 마땅한 젊은 학자들의 논문이 이러니, 생각하면 가슴이 답답하고 앞길이 캄캄하다. 말이 나온 김에, 젊은 사람들이 대학 교수를 꿈꾸며 학문을 하고 논문을 쓰면서 왜 저런 구덩이에 빠져 헤어나지 못하는가. 혹시라도 이런 물음에 시달릴 분들이 계실까 싶어 견문을 조금 열어드려야겠다. 그러자면 우선 앞에서 '대학 교수가 발표한 논문을 모조리 점수로 값을 매긴다' 하는 사실을 되짚어야 한다. 그리고 그것을 점수로 매기는 속내를 부끄럽지만 드러내야 한다.

우선 점수 매기는 원칙의 바탕은 이렇다. 아무나 읽을 수 있는 이른바 대중 잡지 같은 데다 발표하면 논문으로 쳐주지 않고, 그 학문에 밥줄을 걸고 있는 사람들만 읽어보는 논문집에다 실어야 값을 쳐준다. 그런 논문집은 또 다음과 같은 기준을 세워놓고 값을 매긴다. 저희 대학 안에서 내놓는 논문집에 실으면 점수가 없거나 있어도 가장 낮다. 제가 몸담은 대학을 벗어나 여러 대학 교수들이 어우러져 만드는 논문집, 나아가 온 나라 대학에 두루 회원이 깔려 있는 학회지에 실을수록 점수를 많이 쳐준다. 물론 외국 학술지에 실으면 그보다 더 많은 점수를 주고, 미국 사람들이 온 세계의 논문을 끌어들이려고 좋다는 딱지를 붙여놓은 몇몇 논문집에다 실으면 가장 높은 점수를 준다.

말하자면, 우리네 대학 교수의 논문은 경쟁을 많이 뚫고 발표한 것일수록 높은 점수를 받는데, 얼핏 들으면 그럴 듯하다. 그러나 알고 보면 그것은 우리의 학문이 우리네 여느 사람들이 잘 모르는 곳으로 떠나갈수록 높은 대우를 받는다는 뜻이다. 그래서 우리네 대학 교수들은 땀 흘려 연구해서 밝혀낸 사실을 어떻게 하면 여느 사람들이 쉽게 알아보고 삶에 보탬이 되게 할까 하는 걱정은 애초에 하지 않는다. 그보다는 어떻게 하면 남의 나라 논문집에 논문을 실을까 걱정하고, 영어로 논문을 써서 미국의 논문집에 실어보는 것을 꿈꾸며 살도록 되었다. 이런 흐름에서 젊은 학자들이 다투어 앞에서 본 그런 논문들을 써내는 것이고, 아직은 미국 논문집에 싣지 못하더라도 영어로 논문 쓰는 솜씨를 키우려고 애쓴다.

이만 해도 "참으로 우리네 대학과 교수가 살아 있는가." 또는 우리네 대학은 "그냥 여느 사람들이 잘 알 수 없는 '무엇'을 속에 감춘 채(?) 버텨 서 있다" 하는 소리가 왜 나왔는지 까닭을 짐작할 수 있을 듯하다. 우리네 대학의 학문, 우리들 교수의 연구는 스스로 우리 삶과 우리 이웃과 우리 세상을 등지고 우리가 알 수 없는 어딘가로 달아만 나도록 길을 닦고 있다. 학문이, 학문한다는 대학이 우리 겨레의 여느 사람들이 나날이 부대끼며 사는 삶을 떠나서 우리는 잘 모르는 딴 세상으로 가서 살려고 한다면, 거기 가서 아무리 잘 산다고 그것을 우리가 살았다고 할 수 있는가. 그런 것이라면 적어도 우리한테서는 죽었다고 해야 마땅하지 않은가.

딴 세상이라니 무슨 소리냐? 세계화라는 말도 모르느냐? 세계 일류의 학자들과 어깨를 나란히 겨루며 '인류 공영에 이바지'하려는 거룩한 뜻과 능력을 모독하느냐? 학문이 찾는 보편 진리의 고귀함을 국수주의나 민족주의로 더럽히려느냐? 이렇게 말하며 달려들고 싶은 교수들이 적지 않으리라. 그러나 그런 소리는 최면에 걸린 꿈에서 하는 소리라고 나는 생각한다. 꿈에서 깨어나 정신을 똑바로 차려야 한다는 것이 내 못난 생각이다. '세계화'를 하려면 먼저 '민족화'부터 해야 하고, 인류 공영에 이바지하려면 먼저 우리 겨레에게 이바지를 해야 한다. 우리 겨레에게 이바지하려면 먼저 내 고장 사람들에게 이바지가 되어야 하고, 우리 고장 사람들에게 이바지하려면 우선 내 이웃 사람들과 내 가족에게 이바지가 된 다음이라야 한다. 내 가족, 내 이웃, 내 고장, 내 겨레를 거쳐야 세계 인류에게로 나아갈 수 있다. 우리는 알아듣지 못해도 인류에게는 이바지 할 수 있다는 생각이라면 처음부터 틀렸다. 뿌리를 내리지도 않은 나무 에서 열매를 따먹는다는 소리와 비슷하다. 어떻게 그럴 수가 있겠는가!

우리의 학문, 우리네 대학과 교수는 무엇보다도 애써 밝혀낸 진리를 우리 겨레가 먼저 알아보고 도움을 받도록 해야 도리에 마땅하다. 그러 려면 무엇보다도 우선 쉬운 우리말로 논문을 써서 내놓아야 한다. 그런 다음에 아무도 흉내 낼 수 없는 우리말의 말씨로 스스로의 문체를 세우 도록 안간힘을 쓰는 것이 바람직하다. 일찍이 뷔퐁(1707~1788)이 정보 와 지식으로 독창성을 보장받는 것이 아니라 말씨가 그것을 보장한다는 뜻에서 "문체가 바로 그 사람이다" 했던 말을 곱씹을 일이다. 쉬운 우리 말로 우리네 여느 사람들이 아무나 알아보게 하고, 스스로의 우리말 문 체로 독창을 드러내어 우뚝 일어서는 학자들이 나와야 우리 겨레가 떳 떳하게 살아난다. 그런 다음에 온 세상 사람들에게 널리 읽혀야 한다면, 그때에는 영어로 써도 좋고, 프랑스어로 써도 좋고, 중국어나 일본어로 써도 나쁠 까닭이 없다.

이 쯤에서 우리네 대학 교수들은 너나없이 2,500년 전에 살았던 공 자(기원전 551~478)가 《대학》 들머리에서 한 말을 곰곰이 되새겼 으면 싶다.

온 세상을 가지런히 하려는 사람은 먼저 제 나라를 다스려야 하고, 제 나 라를 다스리려고 하는 사람은 먼저 제 집을 가다듬어야 하고, 제 집을 가다 듬으려고 하는 사람은 먼저 제 몸을 닦아야 한다. 제 몸을 닦으려는 사람은 먼저 제 마음을 바로잡아야 하고, 제 마음을 바로잡으려는 사람은 먼저 제 뜻을 알차게 해야 한다. 제 뜻을 알차게 하려는 사람은 먼저 제 슬기를 넓혀 야 하고, 제 슬기를 넓히는 일은 사물을 바로 아는 데에 달렸다.

사물의 이치를 바로 안 다음에 슬기가 일어난다. 슬기가 생겨난 다음에 뜻이 알차게 된다. 뜻이 알차진 다음에야 마음이 바로잡힌다. 마음이 바로 잡힌 다음에야 몸을 닦을 수 있다. 몸을 닦은 다음에야 집을 가다듬을 수 있다. 집을 가다듬은 다음에라야 나라를 다스릴 수 있다. 나라를 다스린 다음에라야 온 세상을 가지런히 할 수가 있다.

그러나 많은 교수들은 이렇게 묻고 싶을 것이다. '우리말로 어떻게 학문을 한단 말이냐?', '내가 다루는 정보와 지식을 우리말로 어떻게 담아낼 수가 있단 말이냐?' 티 없는 마음으로 이런 물음을 던진다면 참으로 반가운 노릇이다. 이런 물음을 걸어놓고 여기저기서 이야기판을 벌이면 그때 비로소 우리 학문의 움이 트고 싹이 나는 것이겠다.

다_ 우리말로 어떻게 학문을 하나

"**우**리말로 어떻게 학문을 한단 말이냐?"

깨놓고 말하자면, 나는 이런 물음이라도 더러 들어보았으면 좋겠다. 시골에 파묻혀 살아서 그런지 모르지만 나는 아직 우리네 학자들이 이런 물음을 걸어놓고 입씨름이라도 벌였다는 소리를 듣지 못했다. 도대체 학문하는 일에서 '말'이라는 것이 입씨름을 피나게 벌여야 할 거리라는 생각이나 우리네 학자들이 하고는 있는지 그것조차 모르겠다. 사실 학문하는 사람에게 말이란 마치 장가가는 총각에게 불알과 같고, 싸움터에 나가는 군인에게 무기보다 더한 것인데도, '학문과 말'을 두고 입씨름조차 벌이지 않으니 이거야말로 어찌된 일인지 어디다 좀 물어볼 일이다.

하지만, 나처럼 누가 나서서 '우리말로 학문을 해야 한다' 하면 그제는 틀림없이 '우리말로 어떻게 학문을 한단 말이냐' 하면서 삿대질할 학자들이 많을 것이다. 이것은 내 경험과 직관에서 짐작하는 소리지만, 실험을 해보면 영락없이 그런 사실을 확인할 수 있을 것으로 믿는다. 그런데 "우리말로 어떻게 학문을 한단 말이냐" 하는 소리는, "우리말로 학문하는 길을 알려 달라" 하는 말이 아니다. 열에 아홉은 "우리말로는 학문을 할 수 없다" 하는 뜻이다. 그건 내가 겪은 일들로 미루어도 장담할 수 있다.

나는 40년이나 지난 옛날에 논문에다 '서론'과 '결론'이란 한자말을 쓰고 싶지 않아서 우리말로 '머리말'과 '마무리'라고 썼더니(이 두 낱말은 서로 짝이 맞지 않아 쓰면서도 늘 꺼림칙했다. 애를 태우다가 10년 세월이 흐른 뒤에야 '들머리'를 찾아내고, 그로부터는 여태 '들머리'와 '마무리'로 쓴다) 허물없는 벗 하나가 여러 선배 학자들의 뒷말을 전하는 것이라고 하면서 "두꾸마리 만드는 것도 아닌데 웬 마무리냐?" 했다. 그 말이 바로 '그런 우리말로는 학문을 할 수 없다' 하는 뜻임은 두말할 나위도 없다. 그러나 그때 내 대꾸는 "두꾸마리 만드는 일하고 학문하는 것하고 뭐가 다른가?" 하는 되물음이었다. 두꾸마리는 하찮은 시골 농사꾼이 만들고 학문은 거룩한 대학 교수들이 하는 것이냐 하는 물음이기도 하지만, 두꾸마리 만드는 일은 우리말로 할 수 있어도 학문은 우리말로 할 수 없다는 말이냐 하는 물음이기도 했다. 나는 시골서 자란 촌놈이라 그런지 모르지만, 그 시절부터 농사짓는 말이나 학문하는 말이나 한결같이 다름없어야 한다는 생각을 지니고 있었기 때문이다.

그런데 '두꾸마리 만드는 일'과 '학문하는 것'은 다를 바가 없으며, 두꾸마리 만드는 일에 쓰는 말을 그대로 학문하는 것에다 써야 한다는 생각은 우리네 학문 풍토에서 아직도 어림 반 푼어치도 없는 엉터리에 지나지 않는다. 그런 생각은 그냥 둘 수 없는 '이단' 쯤으로 여긴다. 이단까지는 아니더라도 그런 소리를 하는 사람은 더불어 이야기할 수 없는 무식쟁이로 돌려버린다. 학문이 얼마나 거룩하고 높은 것인지를 아직 모르는 철부지일 것으로 치부해서, 속으로 코웃음치고 마는 것이다. 어째서 그렇게 장담할 수 있는가? 그렇게 장담할 수 있는 까닭은 요즘 학문한다는 사람들이 쓰는 말을 눈여겨보아도 넉넉히 알 수 있지만, 우리네 학문의 역사를 조금만 훑어보아도 쉽게 짐작할 수 있다.

알 다시피 우선 우리네 학문은 조선왕조가 무너지던 날까지 꽤 오래 도록 우리말로는 하지 않고 중국 글말(한문)로만 해왔다. 고구려의 태학(372년 세움)이나 신라의 국학(682년 세움)에서 우리네 학문을 비롯했다고 본다면 1,500년을 넘도록 긴 세월에 걸쳐 우리는 우리말을 버리고 남의 글말만으로 학문하는 길을 걸어온 셈이다. 그래서 신라의 저 이름 높은 의상이며 최치원을 비롯하여, 고려의 최충이며 의천에다 이규보며 충지, 조선의 서경덕이며 보우에다 송시열이며 현변, 이런 세속 학자와 종교 학자들의 이름이 하늘의 별처럼 널려 있었지만 그들이 모두 중국 글말로만 학문을 한 사람들이다.

백성들이 알 수 없는 중국 글말로만 학문을 했기 때문에 그들이 무엇을 어쩌자고 하는 것인지 우리 백성들은 일천 수백 년 동안 아무 것도 모르고 살았다. 따라서 저들이 찾아내고 밝혀낸 사실과 생각이 아무리 뛰어났다 하더라도 그것이 백성들의 마음과 삶을 가꾸고 드높이는 몫을 할 수가 도무지 없었다. 그처럼 뛰어난 학자들이 거룩한 학문으로 이름을 빛냈다지만 백성들의 삶과 마음은 1,500년을 넘도록 내내 '칠월에 잣 던 그 가락'으로 남아 있을 수밖에 없었던 까닭이 바로 거기 있다. 학문 쪽에서 말하자면, 백성을 살리지 못하고 백성의 삶을 드높이지 못하는 안타까움 가운데서 몇 안 되는 높은 사람들 손에 사로잡혀 외로운 세월을 보낼 수밖에 없었다. 쓸모를 잃어버린 학문의 가련한 신세여!

15 세기에 와서 한글을 만들어내고 17세기를 넘어서면 제법 많은 백성들이 우리 한글로 삶을 담아내기에 이르렀다. 아무도 가르쳐주지 않았지만 글자가 워낙 쉬우니 200년 세월을 지나자 어깨너머로 곁눈질만 하는 데도 그렇게 되었다. 그러나 높은 자리에 앉아 중국 글말로 재미를 보던 사람들, 무엇보다도 학문한다는 선비들은 한글을 거들떠보지도 않고 예나 다름없이 외국 글말인 한문을 '진서'(참글)라 부르면서

그것으로만 학문을 하느라 진땀을 흘렸다.

천주학이 들어와 하느님 앞에서 모든 사람은 한결같다고 가르치고, 동학이 일어나 사람이 곧 하느님이라 부르짖고, 온 나라 백성들이 들고 일어나 왕실이며 양반이며 선비들이 나라를 망친다고 달려들고, 이렇게 백성들의 머리와 마음 안에 새로운 세상의 힘이 소용돌이치는 가운데서도 학문하는 사람들은 왕조가 무너질 때까지 죽어라 하면서 중국 글말에만 매달려 있었다. 한없이 거룩한 학문을 어찌 하찮은 백성들도 읽고 쓰는 한글로 의논할 수 있느냐 하는 것이 그분들의 신념이었다.

이런 우리네 역사와 풍토 안에서 학문이라면 으레 백성들은 상관할 바 아닌 것으로 여기게 되었고, 한문을 읽고 쓸 줄 아는 백에 한두 사람들만 학문을 하면서, 저들끼리 자랑스러워해도 당연한 것으로 여기게 되었다. 마침내 한문이 중국서 빌려온 중국의 글말이라는 사실도 잊어버리고, 우리 입말과는 맞지 않아 중국 사람들보다 두세 곱절 더 힘을 들여야 겨우 배울 수 있다는 사실조차 모르고, 애초에 우리 것인 양 착각까지 하기에 이르러 깨어날 줄 몰랐다.

많은 사람들이 우리 근대 사상의 으뜸이며 겨레의 선각자라고 손꼽아 떠받드는 박지원이나 정약용 같은 이들을 보더라도 어떤가. 이들은 백성을 누구보다도 깊이 사랑하고, 백성들이 고달프게 사는 것을 마음 아파하면서, 백성들의 가난한 삶을 도우려고 온갖 애를 썼다고 여러 사람들이 말한다. 실제로 그들이 남긴 한문 글에는 그런 마음을 담아 놓은 것이 적지 않다. 그런데 그들마저 그런 마음과 생각과 앎을 백성들도 쉽게 읽고 알아볼 수 있는 한글로 적을 생각은 꿈에도 해보지 않았다. 백성들의 삶을 이야기하면서도 장본인들은 도무지 알아볼 수 없는 한문으로만 굳이 적으며 학문의 몫을 다하는 줄로 여겼다. 이들이 살았던 18세기 후반과 19세기 전반에는 얼마나 많은 백성들이 한글을 읽고 쓰면서 살았던가. 그처럼 이미 백성들이 널리 쓰던 한글을 거들떠보지도 않고 굳이 백성들은 죽었다 깨어나도 알아볼 수 없는 한문으로만 학문을 하고도 아무런 뉘우침 없이 세상을 떠났다. 겨레의 선구자로 새로운 시대를 열었다고 손꼽히는 사람들이 이러니, 그 밖에 여느 학자며 선비라는 사람들이야 무슨 말을 더 할 것인가?

조선왕조까지는 왕조시대라 그랬다 치고, 왕조가 무너진 뒤로는 우리 학문을 무슨 말로 했던가. 물론 중국의 글말인 한문을 가지고 학문을 하려는 사람은 하루가 다르게 사라졌다. 박은식, 이능화 같은 이들이 바뀐 세상은 아랑곳없이 한문만을 끝까지 고집했지만, 그건 일천 수백 년 흐름에서 크게 놀랄 일이 아니다. 그리고 주시경, 신채호, 최남선, 정인보 같은 이들이 잇달아 나서서 한문을 버리고 우리말로 학문의 길을 열었다. 그런데 문제는 이런 분들이 우리말을 어떻게 학문에다 부려 썼느냐 하는 것이다. 주시경을 따로 꼽으면, 다른 이들은 한결같이 우리말의 터전을 거들떠보지 않았다.

물론, 애초부터 그런 사람들에게서 백성들이 두꾸마리를 만들며 쓰는 우리말로 학문하기를 바란다는 것은 물정 모르는 짓이다. 한문으로 벼슬길을 열던 과거시험도 사라지고, 중국 청나라도 망해서 뒤죽박죽이 되었으니 한문이 쓸모없어진 줄은 잘 알았으나 우리 토박이말로 학문을 해야 한다는 생각까지는 아직 어림도 없었다. 학문은 거룩한 것이기에 백성들이 알아듣기 어려운 말로 하는 것이 당연하다고 여겼다.

그래서 새로 나타나 이른바 신식 학문을 하는 사람들은 너나없이 새로운 외국어 쪽으로 눈을 돌려 얼을 빼앗겼다. 중국 쪽을 버리고 우선 일본 쪽으로 눈길을 돌려 일본말을 배워서 학문하는 길로 들어섰다. 팔팔한 젊은이를 예순 남짓 골라 '신사유람단'을 만들어 일본에 보낸 일(1881), 김옥균이 부산에 와 있던 일본 사람의 돈을 꾸어 다시 젊은이 예순 몇을 뽑아 일본에 유학을 시킨 일(1883), 정부에서 손수 일백예순두

사람의 유학생을 뽑아 일본에 보낸 일(1895), 고종 임금이 양반의 아이들
만 쉰을 뽑아 '황실특파유학생'이라는 이름으로 일본에 보낸 일(1904) 같
은 것을 잇달아 마련하면서 그런 길을 다투어 넓혀 나갔다.

그리고 머지않아 일본도 서양을 배워서 큰소리친다는 것을 알고는 서
양 쪽으로 눈을 따라 돌렸다. 통리교섭통상사무아문협판 겸 총세무사라
는 긴 이름으로 들어와 앉은 독일인 묄렌도르프가 세운 동문학(1883, 일
명 통변학교)을 비롯하여, 한미수호조약 보빙대사로 미국에 다녀온 민영
익이 앞장서서 미국에서 교사를 바로 들여와 문을 연 육영공원(1886) 하
며, 나라에서 맡아 세운 일어학교(1891), 영어학교(1894), 프랑스어학교
(1895), 러시아어학교(1896), 독일어학교(1898)가 앞을 다투어 문을 열었
다. 이런 틈을 타고 미국의 감리교회와 장로교회에서 건너온 선교사들도
재빨리 온 나라 곳곳에 이른바 선교 학교(미션 스쿨)를 세웠다. 일제 총독
부가 설 때에 이미 서른여덟 학교나 문을 열어 미국의 영어를 배워야 새
로운 학문을 할 수 있다는 풍조에 부채질을 해댄 것이다.

새로 나타난 우리 학문의 길이 이렇게 일본과 서양 쪽으로 잡히고,
일본말과 서양말을 배워서 학문하는 세월이 이제 한 세기를 넘겼
다. 그 사이에 오직 주시경 한 분, 그리고 그분의 얼을 이으려던 몇몇 사
람들만 깜깜한 그믐밤에 가물거리는 호롱불처럼 우리말로 학문을 해야
한다는 생각을 지녔을 뿐이었다. 주시경의 얼을 이으려던 사람들을 호롱
불이라 했지만, 그나마 1960년대 곧 박정희 정부가 들어서면서 모조리
밀려나 꺼지고 말았다. 박정희 정부가 가난을 벗어나게 해준다는 명분을
내세우며 일본에게 돈을 얻어 쓰려던 것이 탈이었다. 일본 돈을 얻어 쓰
자니 이른바 친일세력을 북돋우는 쪽으로 정권의 길을 잡는 수밖에 없
었다. 이처럼 그릇된 바람을 타고 경성제국대학에서 고바야시에게 말의
학문을 배운 사람들이 힘을 얻어 설치면서 주시경의 얼을 이르려던 사

람들을 곳곳에서 밀어냈다. 이래서 말본은 문법이 되고, 이름씨는 명사가 되고, 셈본은 수학이 되고, 네모꼴은 사각형이 되고……. 일본 한자말을 그대로 끌어들여 학문하는 길을 다져나간 것이다.

이런 사람들은 학문이 말을 가지고 생각을 찾고 사실을 밝히는 일임을 제대로 몰랐다. 무슨 말을 쓰며 어떻게 쓰느냐에 따라 다루는 사실과 생각이 사뭇 달라진다는 학문의 첫걸음조차 올바로 깨치지 못했다. 그래서 너나없이 앞을 다투어 일본말과 서양말을 배워야 학문을 할 수 있다는 생각에 사로잡혀 남의 말 중독에 깊이 빠졌다. 할 수만 있으면 일본이나 서양으로 건너가서 몸으로 배워보려고 안간힘을 다하며 기를 쓰고 외국으로 나갔다. 그리고 다시 돌아와 내로라하고 뽐내며 일류라는 대학의 교수 자리를 차지하여 떵떵거리며 학문하는 사람으로 존경받고 살아갈 수 있었다. 지난날 신라가 무너지던 시절에 중국으로 유학하던 사람들의 망령이 천 년 뒤에 다시 살아나 날뛰는 흐름이 오늘까지도 갈수록 거세지고만 있다.

이런 판국이니 '학문을 우리말로 해야 한다' 하는 소리를 듣고 우리 학자들이 '우리말로 어떻게 학문을 한단 말이냐' 하는 소리를 내는 것은 당연할지 모른다. 나부터도 당장은 우리 토박이말로만 학문을 하려는 엄두를 내지 못한다. 바로 지금 쓰고 있는 이 글에서부터 중국 한자말과 일본말·서양말의 말씨와 낱말이 수두룩하지 않은가. 말이란 나 혼자 마음대로 쓸 수 있는 것도 아니고, 내 머리 속의 생각이나 내가 밝혔다는 사실 또한 우리 모두의 삶과 풍토 안에서 나온 것이기에 그럴 수밖에 없다.

그러나 크고 무거운 것은 '학문을 우리말로 해야 한다' 하는 뜻을 깨닫고, 그렇게 해보려는 마음을 지니는 일이다. '진짜배기 우리말'로 학문을 해야 거기서 다루는 사실과 생각이 '참된 우리 것'일 수 있으며, 백성들이 두꾸마리 만들며 쓰던 우리 토박이말을 살려 학문을 해야 거기서 찾아내고 밝혀낸 바를 우리 모두 함께 마음껏 누리며 살아갈 수 있다. 학자들이 이런 마음과 깨달음을 지니면 그야말로 '뜻이 있는 곳에 길은 있게 마련' 아니겠는가. 학문을 우리말로 하는 날이 머지않아 밝아올 것이다.

알고 보면, 제 겨레말을 잘 살려서 남다른 학문의 꽃을 피워 오늘날 인류 문화를 이끌고 있는 서양 여러 나라들도 애초부터 그럴 수 있었던 것은 아니다. 그들도 처음에는 한결같이 '우리말로 어떻게 학문을 한단 말이냐' 하는 사람들이 일어나 시끄럽게 떠들었고, 그런 소리를 잠재우는 세월이 100년 넘게 걸린 겨레도 많다. 그러나 말이라는 것에 먼저 눈을 뜨고, 말이 살아야 학문이 살고, 학문이 살아야 문화가 살고, 문화가 살아야 겨레가 산다는 사실을 깨달은 학자들이 나서서 '우리말로 학문을 해야 한다' 하는 소리를 앞장서 외쳐댔다. 그리고 가시밭길 같은 학문의 길을 제 겨레말로 닦아 나가려고 피땀을 흘리며 애를 쓴 나머지 마침내 그렇게 될 수가 있었다.

우리가 부러워하지 않을 수 없는 것은 먼저 눈을 뜬 학자들이 나서서 외치는 일이다. 그리고 그런 외침을 듣고 많은 사람들이 그런 뜻을 알아차리고 뒤따라 주었다는 사실이다. 그런데, 저들보다 늦기는 했지만 우리도 주시경 같은 참 스승이 나서서 외치며 몸부림했지만, 뒤따르는 사람이 너무 적어서 우리는 여태 세상을 바꾸어놓지 못했다. 그리고 광복한 지 반 세기를 넘긴 오늘까지도 '우리말로 학문을 해야 한다' 하는 소리를 외치며 길을 여는 학자를 찾아보기 어렵다. 때도 늦고 철도 늦었지만, 이제라도 우리말을 살려야 겨레가 살아나겠다고 '우리말살리는겨레모임'을 만들어도 학자가 팔을 걷고 나서는 사람이 없다. 이것이 우리가 서유럽 사람들을 부러워하며 안타깝게 여기는 까닭이다.

라_ 《배달말꽃》으로 본 토박이말 살리기

'우리말로 학문하는 모임'에 나와서 여러분을 뵙게 되어 반갑습니다. 저는 여러분의 모임을 처음부터 우러러보며 잡지 《사이》를 사보기도 하면서 혼자 손뼉을 치고 있던 사람입니다. 그런데 보잘것없는 저에게 이런 자리를 마련해서 말씀을 드릴 수 있도록 시간까지 주시니 커다란 영광입니다.

인사를 드리자니 마음에 똬리를 틀고 있는 한 마디 소리를 털어놓지 않을 수가 없습니다. 아시다시피 지난날 선비들은 때맞춤(時中)에 마음을 적잖이 썼습니다. 천하나 나라에 걸린 큰일을 내놓는 것뿐만 아니라 한 마디 말이나 한 걸음 움직임이라도 때맞춤을 못하여 지나치거나 못 미치는 것을 몹시 걱정했습니다. 거기서도 지나치는 것은 차라리 못 미치는 것보다 못하다고 여겼습니다. 그런데 저는 우리 토박이말을 살려 쓰려고 마음먹은 뒤로 늘 때맞춤에 속으로 시달렸습니다. 저가 쓰는 토박이말도 때를 맞추어야 살아남고 못 미치거나 지나치면 헛되이 죽어버릴 것이라는 두려움 때문이었습니다. 게다가 저가 토박이말을 학문하는 글에다 끌어 쓰는 뜨레가 아무래도 지나치다는 생각이 일어나기 때문입니다.

그런데 어느 날 문득 그게 아니라는 생각이 떠올랐습니다. 때라는 것은 한결같이 흐르고 있을 뿐이고 '바로 그때'는 사람이 저마다 깨달은 바로 그때가 아닌가 싶었습니다. 그러면서 두려워할 것은 때맞춤이 아니라 깨달음이 얼마나 참되고 옳으냐 하는 것이라는 생각이 꼬리를 물었습니다. 그러니까 이제는 저가 토박이말을 찾아서 학문하는 글에다 끌어 쓰는 노릇이 참되고 옳은가 아닌가가 걱정으로 떠올랐습니다. 그러나 그것까지 가리는 일이 어렵기도 하고 머리가 아프기도 해서 그만 덮어두기로 마음먹었습니다. 참되지도 않고 옳지도 못하더라도 저는 이것을 그만둘 수 없다는 느낌을 본능처럼 지니고 있었기 때문입니다.

이렇게 못난 소리를 털어놓고 나니까 여러분 앞에서 이야기를 이어가기가 더욱 부끄럽습니다만, 오늘은 내친걸음이라 어쩔 수가 없으니 헤아려 참아주시기 바랍니다.

'**고** 자 앞에 문자 쓰는 소리'를 두어 마디 하지 않을 수가 없습니다.
ㅇ 저보다 훨씬 더 깊고 넓게 헤아려 알고 계시는 분들에게 쓸데없는 군소리를 굳이 하겠다는 것은, 혹시라도 그렇지 않은 사람이 저의 글을 읽을까봐 그렇습니다. 글이란 것이 생각지도 않은 사람의 눈에도 띄어서 뜻밖에 말썽을 부리는 수가 없지 않기 때문입니다.

우리에게는 학문할 말이 없다는 소리를 저는 많이 들었습니다. 얼굴을 맞대고 듣기도 했고 사람을 건너서 듣기도 했습니다. 물론 글로 써놓은 것을 읽기도 했습니다. 그런 소리에 대답할 말이 없었으면 저는 토박이말을 끌어다 쓰는 노릇을 하지 못했을 터입니다. 옹졸한 대답이겠으나 저는 속으로 이렇게 뇌까리면서 그런 소리에 귀를 기울이지 않았습니다.

"학문을 하지 않았으니까 없을 수밖에……."

토박이말로 학문을 하지 않았으니까 학문할 말이 없을 수밖에 없다는 대답입니다. 이것은 알고 보면 대답도 아닙니다. 그러나 이제부터라도 토박이말로 학문을 하면 학문할 말이 있게 된다는 대답입니다. 학문할 말이 없으니 남의 말로 학문을 하겠다는 소리인 줄을 알겠으나 그건 갈

길이 아니라는 대답입니다. 학문하는 말은 본디 따로 만들어 놓고 쓰는 것도 아니고 어디서 따로 받아와 쓰는 것도 아니고 그냥 먹고 자고 입고 살면서 쓰는 말을 학문에도 끌어다 쓰는 것일 뿐이라는 대답입니다. 그렇게 끌어다 쓸 사람은 다름 아닌 바로 학문하는 사람 당신이라는 대답입니다.

그리고 이 대답에는 죄송스럽지만 지난날 우리 겨레의 이름 높으신 학자들에게 원망하는 뜻이 담겼습니다. 적어도 한글을 만들어낸 다음부터 조선이 무너져 내린 때까지 400년 동안에 살다 가신 수많은 학자들에게 그런 뜻이 감추어져 있습니다. 더구나 18세기와 19세기 200년 동안 이름 없는 백성들까지 한글을 읽고 쓰는 세상이 되었는데도 우리 토박이말로 학문을 하려는 학자가 다만 한 사람도 없었다는 역사까지를 원망하는 뜻이 서렸습니다.[1] 이렇게도 지난날 우리네 크고 거룩하신 학자들은 학문이라 하면 으레 중국 한문으로만 해야 하는 줄로 여기고 살았던 사실을 안타까워하는 뜻입니다. 이분들이 우리 토박이말로 학문을 하지 않았기 때문에 지금 우리에게 학문할 토박이말이 없는 것은 어쩔 수가 없다는 말입니다.

학문할 우리 토박이말이 없는 것은 어쩔 수가 없다고 했지만 그것은 당장 오늘을 이야기하는 것일 뿐입니다. 내일부터는 아닙니다. 오늘 우리가 마음을 바꾸어 애를 쓰면 내일은 학문할 우리말이 얼마든지 생겨날 수 있습니다. 애를 쓰는 길은 여럿이겠지만 가장 올바른 지름길은 뒤침입니다. 그리스 문명(헬레니즘)과 유대 문명(헤브라이즘)을 묶

---

1) 여기서 쓸데없는 소리 한 마디를 또 덧붙이고 싶습니다. 많은 사람들이 18세기와 19세기에 한문으로만 뛰어난 학문을 남겨놓은 분들을 겨레의 등불이었다고 하는 말에 저는 고개를 끄덕이지 못합니다. 그분들이 한문으로 적어남긴 학문을 읽어서 삶에 보탬을 받았던 사람이 백에 둘(2%)도 미치지 못했는데 어떻게 그분들을 겨레의 스승으로 여길 수 있겠느냐 하는 옹졸한 생각을 떨쳐버리지 못하기 때문입니다.

고 이어서 유럽 문명의 뿌리 노릇을 한 라틴 문명도 200년 동안 그리스와 유대의 학문과 경전을 뒤치고서야 일어났습니다. 라틴 문명을 이어서 뛰어넘은 유럽의 여러 나라 근대 문명도 이른바 고전주의라는 시대에 라틴의 학문을 뒤치고서 일어났습니다. 인류 문명의 역사에서 이런 보기를 더 꼽을 까닭이 뭐가 있겠습니까?

우리 겨레도 한글을 만든 다음 그런 때를 놓치지 않았습니다. 세종과 세조 때에 정음청(언문청)을 두어, 중국 글말로 적힌 고전들을 우리 토박이말로 뒤치는 일에 힘을 쏟았습니다. 중국에서 꽃핀 유교 문화의 알맹이들과, 인도에서 꽃핀 불교를 중국의 글말로 뒤친 경전을, 우리 토박이말로 다시 뒤치는 일에 늑장을 부리지 않았습니다. 백성들의 삶에 당장 쓸모가 있는 한문으로 된 책들(질병을 물리치고 농사에 도움을 주는)을 뒤치는 일도 빠뜨리지 않았습니다. 그러나 안타깝게도 그런 흐름은 머지않아 중국과 중국의 한문에 얼을 빼앗긴 사람들에게 가로막히고 말았습니다.

저는 이제라도 나라에서 이른바 번역청 같은 관청을 세우자고 말합니다. 지난 100년 동안 우리는 동서양의 고전을 비롯하여 수많은 책을 한글로 뒤쳤고, 무엇보다도 우리 선인들이 한문으로 적어놓은 수많은 글들도 한글로 뒤쳤습니다. 그런 일이 오늘 우리네 학문과 문화의 바탕이 되었음은 두말할 나위조차 없습니다. 그러나 그런 뒤침들이 모두 우리 토박이말을 제대로 살려 쓰지를 못했고, 어름어름한 한자말 투성이로 뒤쳐서 차라리 원전을 바로 읽는 쪽이 낫겠다는 소리가 높았습니다. 그런 뒤침으로는 참다운 토박이말 문명을 일으키는 바탕과 터전 노릇을 할 수가 없습니다. 이제라도 동서양의 고전과 우리 선인들의 한문 전적을 깨끗한 토박이말로 새롭게 뒤쳐내는 일이야말로 토박이말로써 우리 겨레의 삶을 제대로 일으켜 세우는 길이라고 저는 생각합니다.

학문하는 말과 여느 말은 둘이 아니라 하나입니다. 농사짓고 고기잡고 장사하는 말이 그대로 학문하는 말입니다. 그런데 우리는 지난 왕조시절 오랜 세월에 걸쳐 농사짓고 고기잡고 장사하는 우리 겨레의 토박이말로는 학문하지 않았습니다. 그런 말과는 아주 다른 중국의 글말인 한문으로만 학문을 했습니다. 그래서 학문하는 말은 여느 말과는 다르다는 믿음으로 빠져버렸습니다. 그런 뿌리가 아직도 뽑히지 않아 학문하는 말과 여느 말은 하나가 아니라는 그릇된 믿음의 진창길에서 헤어나지 못합니다.

그런데 저는 이탈리아를 살피면서 학문하는 말이 여느 말과 본디 하나였다는 사실을 알았습니다. 이탈리아 사람들도 그리스 문명 안에 살았을 적에는 그리스말로만 학문을 하고 라틴말은 한낱 농사짓고 고기잡고 장사하는 말일 뿐이었습니다. 200년 세월의 뒤침을 건너서야 드디어 라틴말이 그리스말을 몰아내고 학문하는 말로 올라섰습니다. 라틴말이 학문하는 말로 올라선 뒤에도 이탈리아 토박이말은 농사짓고 고기잡고 장사하는 말에 지나지 않았습니다. 그런데 프란체스코에게서 깨달음을 얻은 단테가 《토박이말 옹호》(1304~1305)를 내놓으니까 그제서야 이탈리아 토박이말도 학문하는 말로 올라서는 길이 열렸습니다. 이런 역사를 건너다보면서 저는 학문하는 말이 본디 씨가 따로 있는 것이 아니라 학문하는 사람들이 부려 쓰면 어떤 여느 말이든지 학문하는 말로 올라설 수 있다는 사실을 알았습니다.

이런 사실은 라틴 문명을 뿌리로 삼아서 자라난 서유럽의 모든 겨레들에게서도 비슷하게 찾아볼 수 있었습니다. 그런 가운데서도 저는 프랑스 사람들이 라틴말을 밀어내고 프랑스말을 학문하는 말로 끌어올리며, 마침내 18세기에 와서는 모든 유럽 사람들에게 '두 가지 모국어가 있다'는 소리까지 듣는 역사를 구경하는 것이 가장 재미났습니다. 그런 역사 안에서도 몽테뉴의 집안 내력과 그의 삶, 그의 《에세》(1580, 1588, 1595)

와 '파리 시장 바닥의 말'을 끌어들이려고 무진 애를 썼다는 실토가 놀라웠습니다. 아시다시피 16세기 후반의 파리 시장은 오늘의 그것과 달라서 가장 보잘것없는 사람들이 모여들어 득실거리던 난장판 장터였습니다. 그런 장터 말에다 가장 값지다는 고전의 지식을 실어서 가난하고 보잘것없는 사람들도 들여다보게 하겠다는 뜻이었고, 그래서 책 이름을 "되는지 안 되는지 해보자"는 뜻의 《에세》로 붙였습니다.

저는 1981년에 난생 처음 이탈리아에 가서 한 해 동안 구경한 적이 있습니다. 가자마자 급성 간염이 드러나서 거의 한 달 동안 병원 신세를 졌는데, 같이 입원한 고등학교 3학년 마씨모를 만나 스무날을 한 방에서 지냈습니다. 거기서 저는 희한한 구경을 했습니다. 날마다 의사들이 몰려서 회진을 오면 머리맡에 걸린 병상 일지를 들이대면서 마씨모는 우두머리 의사와 실랑이를 벌였습니다. 저는 1972년에 위를 잘라낸 적이 있어서 우리나라에서도 병원 신세를 많이 졌지만 고교생 환자가 노련한 교수 의사와 맞서서 병세를 놓고 토론을 벌이는 일은 꿈에도 생각 못한 일이었습니다. 회진 팀이 간신히 녀석을 달래놓고 돌아가고 나면 저는 그제야 병상 일지를 놓고 녀석한테서 강의를 들었습니다. 병상 일지에는 날마다 녀석이 먹은 음식과 음료와 약이며 맞은 주사를 비롯해서 검사한 온갖 것들의 결과가 시간에 맞추어 적혀 있었고, 마지막에는 담당의사의 소견까지 나와 있었습니다. 녀석은 그걸 가지고 스스로 퇴원을 해도 좋다는 판정을 하면서 퇴원을 시켜주지 않는 의사에게 시비를 걸었던 것입니다.

저는 녀석의 강의를 들으면서 병상 일지에 적힌 모든 말이 이탈리아 사람들이 나날이 쓰는 여느 말이라는 사실을 알고 몹시도 놀랐습니다. 지난날 쓰던 라틴말에서 넘어온 낱말이 없는 것은 아니지만 이탈리아 사람이면 누구나 알 만한 그런 것들뿐이었습니다. 그러니까 병상 일지라는 것을 환자의 머리맡에 걸어놓는 까닭도 환자가 그것을 보고 제 병세를 내다보며 의사며 간호사와 함께 힘을 모아 병을 몰아내게 하자는 것이었습니다. 그런 사실을 보면서 저는 속으로 깨달았습니다. 제 삶을 스스로 밝혀내는 참된 학문의 임자는 여느 말로 학문을 하지만, 남의 학문을 배워서 본뜨는 학문의 거지는 여느 말과는 다른 남의 말로 학문을 하는 수밖에 없는 것이라는 깨달음이었습니다.

이만 해도 저가 굳이 토박이말을 써보려고 발버둥치는 속내를 헤아리실 줄 압니다. 그러나 우리 이웃에는 이렇게 시시콜콜 이야기해도 남의 속을 못 알아주고 딴소리를 하는 사람들이 더러 있지 않습니까? 그런 분들에게 드리는 셈치고, 같은 소리를 말만 바꾸어 몇 마디 덧붙이겠습니다.

아시다시피 남의 말로는 우리 삶을 담아낼 수가 없습니다. 말이란 것이 본디 삶 안에서 씨앗이 뿌려지고 싹이 돋고 자라나는 것인지라 삶과는 떨어질 수 없기 때문입니다. 그래서 사람들은 글말을 쓰던 그날부터 남의 글말에 담긴 진리를 보면 있는 힘을 다해서 굳이 저희 글말로 뒤쳐 제 것으로 만들고자 했습니다. 그런 뒤침이 깊고 넓게 이루어지면 진리를 일으키는 문명의 자리가 그쪽으로 옮겨지고 새로운 문명이 일어났습니다.

그러나 삶이란 것이 눈높이에 따라서는 언제 어디서나 그게 그거라 할 수도 있는 것이기에 아무 말로서나 누구의 삶이든지 담아낼 수 있다고 생각할 수도 있습니다. 그러므로 굳이 네 말 내 말 가릴 것이 없다고 하는 사람들이 나타나는 것인 줄도 압니다. 우리의 선인들이 그처럼 기나긴 세월에 걸쳐 중국의 글말인 한문으로 학문을 하면서 우리 삶을 담아낸다고 여겼던 사실도 바로 이런 생각이었으리라 짐작하고도 남습니다. 하지만 그게 아닙니다. 눈높이를 높게 잡아 삶의 껍데기를 훑어보면 그렇다고 할 수 있으나 눈높이를 낮추어 삶의 속살을 들여다보면 그게 아닙니다. 남의 말, 들온말에 담을 수 있는 것은 우리 삶의 껍데기에 지나지 않습니다. 껍데기라도 주고받는 이른바 의사소통은 할 수 있으나 마음의 모든 속내까지 주고받아야 하는 어우러짐에는 다다를 수 없습니다. 무엇보다도 우리 삶의 속살을 이루고 살아가는 여느 사람들은 남의 말, 들온말로써는 의사소통에조차 끼어들 수가 없습니다. 우리 삶의 알맹이인 그들은 남의 말, 들온말 앞에서 기가 죽고 밀려나는 수밖에 없습니다. 지난날 기나긴 세월에 걸쳐 우리 백성들은 그렇게 기가 죽고 밀려나 살았습니다.

우리도 언제까지나 학문의 거지 노릇을 하며 살 수는 없습니다. 우리말로 학문하는 모임을 만들어 모이신 여러분의 마음에도 반드시 이런 뜻이 자리 잡고 있었으리라 짐작합니다. 학문의 임자 노릇을 하는 길이 무엇입니까? 한 마디로 우리 스스로의 삶을 밝히는 학문을 하는 것입니다. 자연과학이면 우리 자연을 밝히고, 사회과학이면 우리 세상을 밝히고, 인문과학이면 우리 사람을 밝히는 일에 매달리는 것입니다. 우리 자연이면 우선 우리 마을의 뫼와 들과 시내와 하늘과 땅, 그리고 거기 가득한 푸나무와 곡식과 과일과 벌레와 날짐승과 길짐승과 물고기입니다. 우리 세상, 우리 사람이라도 모두 마찬가지입니다. 먼저 우리 마을의 자연과 세상과 사람을 밝히는 학문을 우리가 하면 우리 마을 사람이 모두 그것에 힘입어 삶을 새롭게 만들어갈 수가 있을 것입니다. 그때에 비로소 우리가 학문의 임자 노릇을 하게 되는 것입니다. 그때에 학문을 토박이말로 하지 않고 어쩌겠습니까? 토박이말로 하지 않고 어떻게 우리 마을의 자연과 세상과 사람을 밝히겠습니까? 토박이말로 하지 않았는데 어떻게 우리 마을 사람들이 학문에 힘입어 삶을 새롭게 바꾸어 나갈 수 있겠습니까? 마을 사람이면 누구나 알아듣는 토박이말을 가지고, 마을

사람이 나날이 어우러져 살아가는 자연과 세상과 사람을 밝히는 학문을
할 수 있으면, 그때는 우리가 학문의 임자 노릇을 제대로 하게 되는 것이
라고 생각합니다.

《배 달말꽃》(지식산업사, 2002)은 하루아침에 문득 쓰인 책이 아닙니
다. 《배달문학의 길잡이》(금화출판사, 1978)를 거치고 《배달문학
의 갈래와 흐름》(현암사, 1992)을 거치며 썼습니다. 토박이말을 살려 쓰
겠다는 마음도 이런 책들과 더불어 자라나고, 토박이말을 살려 쓰는 솜
씨도 부끄럽지만 그런 걸음에 따라 자라났다고 생각합니다. 그러므로 오
늘 저가 이야기해야 하는 '《배달말꽃》으로 본 토박이말 살리기'도 《배
달말꽃》만 잘라놓고 이야기하기가 쉽지 않을뿐더러, 지난 이야기는 접
어두고 《배달말꽃》만으로 이야기한다 해도 절로 앞의 것들이 싸잡히는
수밖에 없다고 봅니다. 그런 점을 헤아려 주시기 바라면서 지금 저는 두
가지로 나누어 말씀을 드리면 어떨까 싶습니다. 먼저는 글월이고 다음은
낱말입니다.

저 는 무엇보다도 우리 겨레는 글월에서 사람 아닌 것을 여간해서
는 임자로 삼지 않는다는 사실을 알았습니다. "성천담배가 금테
상표를 둘렀다", "곡산공장에서 '555' 담배가 생산됐다", "위조 담배가
잇따라 등장했다", "중국 돈이 흘러들어간다", "백도라지 분조가 생겨났
다", "배급과 물자가 1순위로 조달됐다." 여기 보인 것은 우리나라에서
손꼽히는 신문의 기자가 잇따라 쓰는 기사 하나(지난 2월 1일 치)에서 따
왔습니다. 글월의 뼈대를 알아보기 쉽도록 임자말과 풀이말만 간추려
따왔습니다만, 보다시피 모두 사람 아닌 것을 글월의 임자로 삼았습니
다. 이것을 우리 토박이말본에 맞추어 고치면 이렇습니다. "성천담배에
다 금테 상표를 둘렀다", "곡산공장에서 '555' 담배를 생산했다", "위조

담배를 잇따라 내놓았다", "중국 돈을 홀러들게 한다", "백도라지 분조를 만들었다", "배급과 물자를 1순위로 조달했다." 이래야 우리말답게 됩니다.

이런 말본을 더러 피동형이니 사동형이니 하면서 일문법이나 영문법을 가져와 풀이하는 것을 보지만 저는 그보다 훨씬 먼저 우리 겨레가 저들과 다른 마음으로 세상을 바라본다는 생각을 합니다. 세상 어천만사의 임자는 사람이고, 사람만이 세상만사를 이루어내는 임자라고 보기 때문에, 글월의 마지막 풀이말은 사람인 임자말에만 걸리도록 한다고 봅니다. 저는 이런 마음으로 세상을 바라보는 우리 겨레가 참으로 자랑스럽습니다. 잘못 생각하면 사람이 세상 어천만사를 틀어쥐고 못된 짓을 휘두르자는 것이 아닌가 걱정할 수도 있지만, 속으로는 사람이 틀어쥐고 휘두르면서 겉으로만 어천만사에게 떠넘기고 슬쩍 비껴서는 짓보다는 훨씬 떳떳하고 올바르다고 저는 생각합니다. 《배달말꽃》에서 토박이말을 살려 쓰며 글월에 마음 두었던 일이 있었다면 이것 하나를 꼽겠습니다.

부끄럽지만 저는 《배달말꽃》을 쓰면서 할 수 있는 데까지는 토박이말로만 쓰고자 했습니다. 토박이말을 찾아낼 수 없을 적에는 어쩔 수 없이 한자말을 쓰기로 하고 한자말조차 찾아낼 수 없을 적에는 서양말이라도 쓰기로 했습니다. 그러나 서양말은 사람이나 나라의 이름을 빼면 별로 쓰지 않았으리라 생각합니다. 그러니까 저가 《배달말꽃》 안에 끌어다 쓴 토박이 낱말을 찾아 헤아리는 노릇은 부질없습니다. 저의 속셈은 몽테뉴가 파리 시장 바닥의 말로써 《에세》를 쓰고자 했던 것처럼 우리 토박이말로써 《배달말꽃》을 쓰고자 했던 것입니다. 주제넘은 속셈이었고 '날이 넘는다'는 걱정을 스스로 적잖이 했던 까닭이 여기 있었습니다.

그러나 저는 저보다 예순세 해나 일찍이 태어나신 주시경(1876~1914) 선생만큼도 나아가지 못했습니다. 아시다시피 그분은 우리 겨레의 말본과 우리말의 소리를 밝히면서 있는 토박이말로는 모자라니까 없는 낱말을 만들어 쓰는 것도 두려워하지 않았습니다. 그분에게 가르침을 받은 여러 제자들도 있는 토박이말이 모자라면 새로운 낱말을 만들어서 쓴다는 생각을 지니고 그렇게 학문을 하셨습니다. 그런데 그분들의 전통이 1960년대를 넘어서자 갑자기 허물어지고 학문하는 사람들이 남의 말을 끌어다 학문하는 노릇을 부끄러워하지 않았습니다. 그래서 저도 기껏 있는 토박이말을 끌어들이는 데서 그쳤습니다만, 따지고 보면 새 말을 만들 만한 재주가 본디 없는 데다 반드시 우리말로만 학문의 길을 열고야 말겠다는 뜻이 모자랐기 때문입니다. 아무튼 저가 끌어들인 토박이 낱말 가운데 이른바 학술용어라 할 만한 것들과 새로 만든 낱말을 《배달말꽃》의 처음 열 쪽에서만 골라 보이겠습니다.

끌어들인 여느 낱말 — 뜻매김(10), 갈래짓기(10), 갈래(10), 바탕(11), **뜻겹침**(12), 짜임새(12), 처음(12), 가운데(12), 끝(12), 틀거리(12), 도막(12), 조각(12), 느낌(12), 생각(12), 마음(12), 겉뜻(13), 속뜻(13), 맛보다(13), 누리다(13), 마디(15), 말미(17), 동아리(19), 배달겨레(19)

새로 만든 낱말 — 말꽃(10)[2], 입말(10), 글말(10), 전자말(10), 배달말꽃(17)

마무리 삼아 꼭 드리고 싶은 말씀이 있습니다. 《배달말꽃》은 《배달문학의 길잡이》나 《배달문학의 갈래와 흐름》과는 아주 다른 책이 되어버렸다는 말씀입니다. 이들 세 책은 모두 우리 배달겨레의 말

---

2) '말꽃'을 더 걸게 써놓은 까닭은 이것만이 진정으로 저가 만들어낸 낱말이라 할 수 있기 때문입니다. 그리고 '말꽃'이라는 낱말을 두고는 이미 짤막한 글을 한 꼭지 써서 발표한 적이 있어서 따로 덧붙여 놓겠습니다.

꽃을 있는 그대로 간추려서 드러내 보이겠다는 한결같은 뜻으로 썼습니다. 그래서 앞의 두 책은 틀거리를 거의 바꾸지 않고 속살만을 좀 더 채워서 알아듣기 쉽도록 쓴다고 했을 뿐입니다. 그런데 《배달말꽃》은 앞의 두 책과는 아주 다른 틀거리의 책이 저절로 되어버렸습니다.

무엇보다도 국문학계의 논쟁거리인 갈래짓기가 크게 달라졌습니다. 갈래라는 말의 뜻이 제 눈에 새롭게 드러나 보이더니 놀이말꽃, 노래말꽃, 이야기말꽃에 싸잡히지 않았던 것들이 모두 싸잡혀졌습니다. 그리고 그런 세 갈래의 말꽃은 저마다 굿말꽃과 삶말꽃으로 다시 갈라졌습니다. '굿말꽃'이라는 것이 이렇게 자리 잡는다는 사실은 저가 듣지도 보지도 못한 것이었고, 털어놓고 말씀드려서 그 밖에 여러 가지들도 본디 저가 뜻하지 못했던 것들이 저로서는 적잖이 간추려졌습니다. 본디는 토박이말을 살려 쓰겠다는 마음뿐이었는데, 토박이말을 살려 쓰자니까 토박이말로 살아온 백성의 삶을 좀 더 들여다보게 되고, 백성의 삶을 좀 더 들여다보니까 말꽃이라는 것이 저절로 그렇게 갈래지고 간추려졌다는 말입니다. 이것은 거짓말이 아닙니다. 그리고 저 스스로도 놀라지 않을 수 없는 일이었습니다.

라_ 김만중과 페트라르카

나는 지난번 글에서 '인류 문화를 이끌고 있는 서양 여러 나라들이 부럽다' 하는 소리를 거듭 했다. 저들은 먼저 눈을 뜬 학자들이 나서서 '우리말로 학문을 해야 한다' 하고 외치니까, 많은 사람들이 쉽사리 그런 뜻을 알아차리고 뒤따라 주어서 저마다 남다른 문화를 꽃피웠기에 그것이 부럽다고 했다. 그래서 오늘은 그게 무슨 소리였는지 이탈리아를 보기로 들어서 이야기를 조금 해보아야겠다.

이탈리아 이야기를 하려니까 대뜸 페트라르카가 먼저 머리에 떠오른다. 그러자 어쩐 일인지 우리의 김만중도 따라서 떠오른다. 두 사람 사이에 무슨 끈으로 이어진 바가 있을까 싶어 곰곰이 혼자 생각을 해보아도 이렇다 할 끈 같은 것은 잡히지 않는다. 이어진 끈은커녕 오히려 아주 어긋나서 서로 닿을 수 없는 존재로 역사에 남았다는 생각만 뚜렷해진다. 그러면서도 어쩐지 이들 두 사람을 놓고 따져보면 어긋나면서도 닿을 듯한 무슨 까닭이라도 드러나지 않을까 싶은 마음을 뿌리칠 수가 없다.

알다시피 페트라르카는 이탈리아 문예부흥의 아버지로 손꼽힌다. 《신곡》을 쓴 단테와 《데카메론》을 쓴 보카치오와 더불어 이탈리아 문예부흥을 이끌어낸 세 사람의 아버지로 손꼽히며, 그때를 살았던 수많은 사람들 가운데 가장 훌륭한 사람으로서 이탈리아 사람들의 사랑과 존경을 받고 있다. 그러나 김만중은 그만한 사랑과 존경을 받는 사람으로 보이지 않는다. 문예부흥처럼 문화와 삶의 흐름을 크게 바꾸는 일 같은 것도 우리 조선에서는 물론 벌어진 적이 없거니와, 양반 집안에 태어났으니 중국 글말을 배워 학문과 문학도 해서 책을 남기고 정치를 하다가 귀양을 가기도 했다. 그러나 그것은 그때 양반들이면 누구나 걸어가던 길일 뿐이다. 그런 그가 다른 양반들이 하지 않은 일을 한 가지 했으니, 다름 아닌 《구운몽》과 《사씨남정기》라는 소설을 한글로 쓴 것이다. 이탈리아에서 페트라르카가 그때 귀족들이 하지 않던 일, 곧 이탈리아말로 시를 쓴 것과 비슷하게 김만중도 조선말로 소설을 쓴 것이다. 이래서 페트라르카를 떠올리자 김만중도 따라 떠오른 것이 아닌가 싶다.

그런데 이처럼 비슷한 일이 300여 년 세월을 사이에 두고 이탈리아와 조선에서 일어났는데, 이탈리아 사람들과 조선 사람들은 생판 다른 반응을 보이고 다른 길을 걸었다. 이탈리아에서는 300여 년을 앞서 페트라르카가 라틴말을 제쳐두고 이탈리아말로 시를 쓰니까 많은 사람들이 쳐다보고 손뼉을 치며 뒤따르려고 했다. 그래서 그런 사람들이 기를 펴고 활개를 치면서 문예부흥이라는 커다란 문명의 새로운 흐름을 만들어내고 세상을 송두리째 바꾸어 놓았다. 그런데 300여 년을 지난 뒤에 조선에서는 김만중이 한문을 제쳐두고 조선말로 소설을 쓰니까 아무도 쳐다보려고 들지 않았다. 얼마를 지난 뒤에 조카가 그것을 거꾸로 중국글(한문)로 뒤쳐놓으니까 그제서야 읽어보고 이러쿵저러쿵 하는 사람들이 나왔다. 조선말(한글)로 썼던 소설은 다시 300년을 지나 왕조 사회가 무너지고 서양 바람이 세상을 뒤덮고 나서야 겨우 사람들의 입에 오르내리게 되었다.

사실, 페트라르카와 김만중 두 사람을 제대로 견주면 김만중을 더 훌륭한 사람으로 평가해야 마땅하다. 깨놓고 말하자면, 나에게는 페트라르카를 문예부흥의 아버지라 부르는 사실조차 괴이쩍게 느껴진다. 그는 단테처럼 라틴말을 버리고 이탈리아말로 시를 써야 하느님의 뜻을 따라 사는 것이라는 깨우침을 가슴에 품은 사람도 아니고, 보카치오처럼 라틴 말을 쓰면서 거드름 피우는 교회와 세속의 높은 사람들이 아니꼬워서 안달이 났던 그런 사람도 아니었다. 문예부흥과 같이 커다란 문화사의 새로운 마당을 열어야 한다는 역사의식을 느끼지도 못했고, 귀족들과 성직자들이 값지게 여기는 라틴말보다 가난하고 보잘것없는 백성들이 쓰는 이탈리아말을 쓰는 것이 예수 그리스도의 뜻을 따라 사는 길이라는 신앙의식을 얻지도 못한 사람이었다. 참으로 미안한 말이지만 그가 그처럼 거룩한 이름을 얻은 것은 참으로 뜻밖의 일, 그러니까 마치 '소 뒷걸음치다가 쥐 잡은' 것이나 다를 바가 없는 일처럼 나에게는 보인다.

페트라르카는 단테나 보카치오와는 달리 죽을 때까지 라틴말로 시를 쓰고 글을 쓴 사람이다. 보잘것없는 백성들이 주고받는 이탈리아말로는 값진 학문이나 문학을 할 수 없는 것이라고 굳게 믿으며 살다가 돌아간 사람이다. 그런데 그에게 딱 하나의 사건이 생겨서 이탈리아말로 시를 쓰지 않을 수 없게 만들었다. 우연히 만나 마음을 빼앗기고 사랑에 빠진 아가씨가 안타깝게도 라틴말을 깜깜하게 모르는 백성의 딸이었던 것이다. 라우라라는 이 아가씨에게 뜨거운 사랑의 마음을 알리자니 어쩔 수 없이 상것들이나 쓰는 이탈리아말로 시를 쓰지 않을 수가 없었다. 그것도 백성들이 아무나 입으로 노래 부르며 즐기는 칸초네를 비롯한 민요들을 본떠서 하늘이 내려준 재능을 쏟아 사랑의 노래를 불렀던 것이다. 사람들은 이것을 《칸초니에레》(Canzoniere)라는 책으로 묶어 펴내고, 너도나도 본떠서 '소네트'라는 하나의 갈래를 이루기에 이르고, 마침내 문예부흥의 횃불로 떠받들려진 것이다.

김만중이 한글로 소설을 쓴 일은 그렇게 우연한 사건으로 이루어진 것이 아니다. 물론 그도 죽을 때까지 중국 글말인 한문으로만 시를 쓰고 학문을 했다. 한문을 모르는 백성들의 삶에 눈을 뜬 사람도 아니고, 백성들이 쓰는 우리말을 가지고 시를 쓰지도 않았고, 우리말로 학문을 하려는 꿈도 꾸지 않았다. 한글로 쓴 두 마리의 소설조차 여러 사람들은 늙으신 어머니의 시름을 풀어드리려고 썼다고들 말한다. 그러나 꼭 그렇게 못 박고 넘어갈 수는 없는 일이다.

"사람의 마음이 입에서 나오면 말이 되고, 말이 가락을 지니면 여러 가지 노래가 된다. 온 세상의 말은 비록 같지 않으나, 말을 할 줄 아는 사람이면 저마다 그 말로써 가락을 만들어 하늘과 땅을 움직이고 귓것과 통할 수도 있다." "우리나라의 한시는 우리말을 버리고 다른 나라 말을 배워서 하는 것인지라 아주 그럴 듯하다 해도 다만 앵무새가 사람의 말을 흉내 내는 셈이다. 마을 거리에서 나무하는 아이들이나 물 긷는 아낙네가 '이아' 하면서 서로 주고받는 노래가 비록 하찮다 하지만, 참과 거짓으로 따지면 양반 선비들의 한문 시부와 견줄 수 없을 만큼 참된 것이다." "정철의 《관동별곡》, 《사미인곡》, 《속미인곡》은 우리나라의 보배로운 노래다. 이 세 마리 노래는 자연스럽게 우러난 것으로 오랑캐의 더러움이 없으니 이것이야말로 우리 겨레의 참된 노래다."

비록 한문으로 썼지만 김만중은 이런 글들을 남겨놓았다. 마음속 생각으로만 지니고 있은 것도 아니고, 입말로 누구에게 들려주기만 한 것도 아니고, 벼루를 꺼내고 먹을 갈아서 붓으로 써놓았다. 《구운몽》과 《사씨남정기》를 한글로 쓴 것이 반드시 어머니 때문에 그런 것만은 아니라는 생각을 하지 않을 수 없도록 만든다. 중국 한시와 조선 노래를 두고 이만한 깨달음을 지닌 사람이 긴 소설을 두 마리나 한글로 썼다는 것은 어느 모로 보나 페트라르카가 이탈리아말로 연애시를 쓴 것보다는 높이 평가해야 마땅하지 않을까 싶다.

이탈리아에서는 소 뒷걸음치다가 쥐 잡은 것을 두고도 문예부흥을 이루어 커다란 문화의 흐름을 돌려놓았는데, 우리나라에서는 제법 깨달음을 얻어서 마음을 먹고 해놓은 일이라도 '소 닭 보듯이' 지나치고 말았다는 이것이 내가 저들을 부러워하는 까닭이다. 사실, 이탈리아에서도 우리의 김만중처럼 페트라르카 혼자였다면 백성들의 마음에 그처럼 불을 붙일 수 없었을지도 모른다. 여러 가지 사정들이 우리와는 아주 다른 터전을 이루고 있었기에 그럴 수 있었던 것이다. 이탈리아에서 라틴말을 버리고 이탈리아말로 학문을 하고 문학을 하는 쪽으로 흐름을 돌려놓은 이야기를 조금만 더 해보지 않을 수 없겠다.

그쪽으로 맨 앞에서 문을 연 사람은 프란체스코 성인이었다. 그는 비단 장사로 벼락부자가 된 아버지의 뜻과 세상 풍조를 따라 출세의 길로 내달리다가 스무 살에 돌아서서 한평생을 거지로 살았다. 십자가에 못 박혀 죽은 예수처럼 손발과 옆구리에 구멍이 뚫리는 기적을 입었고, 제자들에게 옷을 벗겨 맨땅에 눕혀 달라고 해서 태어나던 모습처럼 발가벗고 마흔다섯 살에 눈을 감았다. 이 사람이 이탈리아에서는 맨 처음으로 라틴말이 아닌 이탈리아말로 노래를 지어서 불렀다. 세상 만물을 언니 아우 누나 누이로 마련해 주신 아버지 하느님의 사랑을 그지없이 고마워하는 〈태양의 노래〉가 그것이다. 이 노래가 가난하고 보잘것없는 백성들에게로 눈과 마음을 돌려 온몸으로 사랑하며 살았던 그의 정신과 함께 이탈리아의 사람들에게 커다란 소용돌이를 일으켰다.

프란체스코의 소용돌이에서 영향을 크게 받은 단테는 이탈리아말을 끌어올려 라틴말의 기세를 한풀 꺾어놓았다. 물론 귀족인 그가 젊은 시절에 라틴말로 시를 짓고 학문을 한 것은 당연하다. 그러나 30대 중반을 넘어서면서 깨달음을 얻어 가난한 백성들에게로 눈을 돌리고, 그들이 입으로 주고받는 이탈리아말에서 새로운 삶의 숨결을 느꼈다. 그런 깨달음에서 나온 첫 불꽃이 소네트, 칸초네, 발라타 같은 갖가지 백성들 노래의 모습을 본떠 지어낸 노래책 《새로운 삶》(Vita Nuova; 1300)이다. 그리고 곧바로 귀족들에게 읽히려고 라틴말로 쓴 논설문 《토박이말 옹호》(De

Vulgari Eloquentia; 1304~1305)다. 이것은 단테가 공들여 펼쳐낸 말의 역사라 하겠지만, 무엇보다도 가난하고 보잘것없는 백성들이 쓰는 토박이말 곧 이탈리아말이야말로 값지고 훌륭한 말이라는 사실을 밝히려 한 것이다. 그리고 이런 즈음부터 스무 해를 넘게 마음과 힘을 다하여 이탈리아말로 보편 신앙의 모든 세계를 노래하려 했던 《신곡》(*La Divina Commedia*; 1300~1321)을 내놓았다. 이것이야말로 이탈리아말이 라틴말에 조금도 뒤지지 않는 거룩하고 훌륭한 말이라는 사실을 증명해 보인 역사의 고비였다.

이런 터전 위에서 페트라르카와 보카치오의 이탈리아말 노래와 이야기가 뒤따라 나타난 것이다. 그러면서 가난하고 보잘것없는 사람들이 입으로만 주고받던 이탈리아말이 거룩한 라틴말을 밀어내면서 문학과 학문의 세계에 떳떳하게 모습을 드러내고 안방 자리를 차지한 것이다. 가난하고 보잘것없이 업신여김을 받으며 기를 펴지 못하고 살던 백성들이 너도나도 제 삶을 놀이와 노래와 이야기로 자랑스럽게 드러내게 된 것은 말할 나위도 없다. 이래서 이탈리아는 중세 라틴말의 제국에서 벗어나 모든 백성들이 더불어 문화의 주인으로 일어서는 문예부흥을 이루고, 유럽에서도 가장 먼저 근대 문명의 세계로 내달릴 수 있었다.

마_ 두 가지 논쟁

　앞글에서 나는 17세기에 살았던 조선의 김만중과 14세기에 살았던 이탈리아의 페트라르카를 견주면서 이탈리아 사람들을 몹시 부러워했다. 이번에는 16세기 중반 조선에서 벌어진 논쟁과 17세기 후반 프랑스에서 벌어진 논쟁을 견주어볼까 한다. 프랑스에서 벌어진 논쟁은 낡은 것과 새 것의 다툼이라 하여 이른바 '신구 논쟁'(La Querelle des anciens et des modernes)이라는 이름으로 온 세상에 널리 알려진 것이다. 조선에서 벌어진 논쟁도 온 세상은 아니지만 조선 안에서는 왕조가 무너질 때까지 200년을 훨씬 넘도록 이른바 '사단칠정논쟁'(四端七情論爭) 또는 '사칠이기논쟁'(四七理氣論爭)이라는 이름으로 지식인들 사이에 잊혀지지 않았던 것이다.

　공간으로 지구의 이쪽과 저쪽, 시간으로 300년을 넘게 앞뒤로 떨어져 있는 두 사람을 견주어본 앞의 글도 억지스럽게 보일 수 있었다. 그런데 지금 글은 한 술 더 뜨는 억지로 보일는지 모르겠다. 두 가지 논쟁에서 견주어볼 만하게 비슷한 건덕지가 거의 없기 때문이다. 억지로 비슷한 것을 찾자면 논쟁을 벌인 사람들이 학자, 그것도 그때뿐만 아니라 역사 안에서도 따를 사람이 없을 만치 이름 높은 학자들이었다는 사실을 겨우 꼽을 수 있을까. 그런 줄을 뻔히 알면서 굳이 견주어보려는 까닭은 말 때문이다. 말과 학문의 얽힘 때문이다. 서양 사람들은 말을 두고 논쟁을 벌여서 저절로 새로운 학문의 세상을 열어나갔으나, 우리는 말을 덮어둔 채로 논쟁을 벌이니까 아무리 해도 새로운 학문의 세상이 열리지 않았다는 사실을 깨우치고 싶어서다.

두 가지 논쟁은 겉으로 드러나는 모습부터 서로 어긋난다. 우선, 조선의 것은 매인 데가 없는 두 사람이 저마다 혼자서 주고받으며 다투었으나, 프랑스의 것은 학술원 회원의 자격을 지닌 여러 사람들이 두 쪽으로 무리를 지어서 주고받으며 다투었다. 그리고 프랑스의 것은 '지나간 옛 것과 다가올 새 것에서 어느 쪽이 더 좋은가' 하는 속살로 갈라졌으나, 다툼에 뛰어든 사람들의 나이로는 많고 적은 것이 들쭉날쭉 하였으나, 조선의 것은 다툼의 속살에는 낡고 새로운 구별이 없었지만, 다툼을 벌인 사람은 예순을 바라보는 노인과 서른을 갓 넘긴 젊은이로서 나이의 많고 적음이 뚜렷했다. 또한, 프랑스의 것은 꼬박 10년에 걸쳐 쉬지 않고 와자지껄하게 다투어 옳고 그름이 뚜렷하게 드러나자 깨끗하게 끝이 났으나, 조선의 것은 서너 해 동안 다잡고 다투다가 한쪽에서 슬그머니 논쟁을 그치며 물러나니까, 다른 쪽에서도 다툴 일이 없어졌다는 뜻을 알리고 끝나버렸다. 이런 몇 가지 모습은 어쩌면 저쪽과 이쪽의 학문 풍토나 문화 모습을 어느 한 구석 드러내는 듯도 해서 곱씹어볼 만하다.

우리의 논쟁은 알다시피 이황과 기대승 둘이서 벌였다. 이들의 논쟁은 사실 논쟁이라기보다는 사귐이라고 해야 어울릴지 모른다. 스물여섯이라는 나이 차이를 뛰어넘어, 학문과 사람됨으로 이루어낸 사귐이 더없이 빛나기 때문이다. 그들이 벌인 논쟁은 서른둘의 나이로 두려움을 모르던 기대승이, 과거를 보려고 서울로 올라가 마침 서울에 와 있던 이황을 찾아가면서 비롯되었다(1558). 이황은 나이 이미 쉰여덟인 대가로서, 고향에 내려가 학문에만 힘쓰다가, 거듭되는 임금의 부름을 거절할 수 없어 잠시 서울에 와 있던 참이었다. 기대승은 정지운의 《천명도》에 대한 이황의 평가를 못 마땅히 여기며 스스로의 생각을 펼쳤는데, 이황은 어린 그의 말을 받아들여 스스로를 고치고 또 그것을 바로잡아 달라면서 편지로 보내어 논쟁을 열었다(1559). 이로부터 두 사람은 이황이 세상을 떠날 때까지 열세 해 동안 거진 일백스무 마리의 편지를 주고받으며 사귐을 일구어나갔다. 그러나 참다운 논쟁이라 할 만한 것은, 처음 서너 해 동안에만 벌어졌다. 스스로의 삶에서 깨달은 바가 아니라, 남들의 이야기를 끌어와서 떠들고 있다는 사실에 마음이 닿은 이황이, 부끄러워서 그만두겠다는 뜻을 한시에 넌지시 담아 보내고는 물러서 버렸기 때문이다(1562). 그러나 논쟁이 아닌 여느 편지는 주고받으며 네 해를 보낸 다음, 기대승은 두 사람의 논쟁을 돌아보고 간추려서 두 마리의 글(〈후설〉과 〈총론〉)을 이황에게 보내어 두 사람의 뜻이 같아졌다고 했다(1566). 이황도 그것을 받아들이는 뜻의 글을 적었으나 기대승에게 보내지는 않았고, 세상을 떠난 뒤에야 문집에 실려 기대승이 읽을 수 있었다.

보다시피 이 논쟁은 두 학자의 사귐이라는 쪽에서 바라보면 빛나고 아름답다. 이미 부제학을 지내고 환갑을 바라보는 나이로 나라 안에서 첫손 꼽히는 대학자가, 이제 갓 서른을 넘기고 과거시험을 치러 올라온 시골의 이름 없는 젊은이와 더불어, 그처럼 온몸으로 논쟁을 벌이며 사귐을 일구어내었다는 사실은 참으로 놀랍다. 그러나 학문의 논쟁이라는 쪽에서 들여다보면 뭐라고 할 말을 찾기 어렵다. 처음에는 두 분이 마음을 다해 논쟁을 벌였으나 마무리는 너무도 흐지부지했다.

두 분은 서로의 뜻이 하나로 모였다고 했지만, 조선왕조가 무너질 때까지 200년을 넘게 수많은 뒷사람들은 끝난 것이 아니었다면서 논쟁을 이어받아 되풀이했다. 뿐만 아니라 그렇게 논쟁을 되풀이해도 주고받은 글들만 쌓였을 뿐, 옳고 그른 가닥을 찾아내지는 못하고 서로의 주장만 갈수록 풀기 어렵게 얽혀졌다.

프랑스의 논쟁은 페로(C. Perrault)와 발로(D. N. Boileau) 두 사람이 앞 장서 벌였다. 임금(루이 14세)이 앓다가 일어났다고 축하하는 모임을 벌인 학술원 회원들 앞에서 페로가 손수 프랑스말로 지은 〈루이 대왕의 세기〉를 소리 내어 읊조린 것(1687)이 빌미였다.

> 아름다운 고대는 언제나 우러러볼 만하다.
> 그러나 나는 일찍이 그것을 찬양할 것으로 여기지는 않았다.
> 나는 무릎을 꿇지 않고 고대인들을 바라본다.
> 그들은 위대하다, 참으로. 그러나 우리와 다를 바 없는 사람들이다.
> 루이 임금의 시대를 아우구스투스의 시대에 견주어본들,
> 마땅찮다는 말을 들어야 할 까닭은 없지 않은가.

이 노래를 듣고 학술원 원장이었던 발로는 학술원의 창피라며 펄펄 뛰었다. 그러자 라 퐁텐(J. La Fontaine), 라신(J. B. Racine), 라 브리엘(J. La Bruyere) 같은 사람들이 발로 쪽에 서서 거들었다. 고전을 제대로 몰라서 건방지고 철없는 소리를 지껄인다면서 페로 쪽을 꾸짖었다. 그러나 페로는 〈옛 사람과 요즘 사람을 견줌〉(1688~1697)으로 줄기차게 맞섰다. 퐁테네(B. L. B. Fontenelle)도 〈옛 사람과 요즘 사람에 대한 여담〉(1688)으로 거들고, 궁정의 아낙네들과 학술원의 젊은 회원들도 차차 이쪽을 편들었다. 시간이 흐를수록 옛 사람과 그 문화를 우러러보자는 사람들은 뒤로 밀렸다. 마침내 발로가 페로에게 잘못을 비는 편지를 보내면서(1694) 논쟁은 뚜렷이 기울어지고, 17세기의 프랑스는 지난 옛날의 언제 어디보다도 뛰어날 수 있다는 데에 뜻을 모아서 10년 논쟁을 끝맺었다(1697).

이 논쟁은 10여 년이 지난 1711년에 다시 되살아났으나, 5년 만에 꼭 같은 결론으로 영영 끝나고, 이로써 프랑스는 이성과 진보와 자유가 활개 치는 합리주의를 마음껏 누리며 유럽을 이끄는 겨레로 올라섰다. 그러나 이 논쟁을 사상과 문화의 고비로만 이야기하면 속살을 놓치는 것

이다. 논쟁의 참된 속내에는 라틴말과 프랑스말의 싸움이 자리 잡고 있었기 때문이다.

사실은 개선문을 세우려고 하던 1680년 즈음부터, 머릿돌에 새길 빗글을 라틴말로 써야 하느냐 프랑스말로 써야 하느냐 하는 논쟁이 일어났다. 물론 거의 모든 지식인들은 길이 사라지지 않을 빗글이니 마땅히 라틴말로 써야 한다고 입을 모았지만, 샤르팡티에(F. Charpentier) 같은 사람이 《프랑스말의 뛰어남》(De l'Excellence de la langue francaise; 1683)이란 책을 써서 프랑스말로 써야 한다고 맞섰다. 이렇게 비롯한 말싸움이 마침 페로가 학술원 회원들이 모두 보는 앞에서 읊조린 프랑스말 노래로 말미암아 불붙었던 것이다. 그리고 논쟁은 불씨였던 말에서 단박에 삶의 모든 구석으로 퍼지면서 우상처럼 우뚝 서 있던 라틴말과 고전의 성벽을 허물어뜨렸다. 그리고 프랑스 사람들은 하찮다고 여겼던 저들의 프랑스말로 다함께 새로운 학문의 세상으로 나아가는 길을 활짝 열었던 것이다.

이제 다시 우리네 논쟁으로 돌아가 보자. 우리가 벌인 다툼의 알맹이는 무엇이었던가? 그것은 알다시피 '이'(理)와 '기'(氣)였다. 그리고 그것들에서 말미암는 '사단'(四端)과 '칠정'(七情)이었다. 이는 세상을 움직이면서 스스로는 가만히 있는 이치고, 기는 그 이치가 온갖 만물로 나타나는 실재다. 사단은 인(仁), 의(義), 예(禮), 지(智)로서 마음의 본바탕인 성(性)이 바깥의 영향을 받지 않고 그대로 나타나는 정(情)이라 언제나 선(善)하기만 하다. 칠정은 희(喜), 노(怒), 애(哀), 낙(樂), 애(愛), 오(惡), 욕(慾)으로 마음의 본바탕인 성(性)이 바깥의 영향을 받아서 나타나는 정(情)이므로 선할 수도 있고 악할 수도 있다. 이와 기, 사단과 칠정을 이렇게 보면서 이와 기가 본디 하나로 더불어 있는 것이냐 아니면 서로 다르게 갈라져 있는 것이냐, 사단과 칠정이 서로 싸잡히는 것이냐 서로 맞서 있는 것이냐, 원리인 이가 실재인 기를 거느린다고 보아야 하느냐,

실재인 기가 원리인 이를 떠받친다고 보아야 하느냐, 이런 물음들이 논쟁의 알맹이였다.

그런데 다툼을 벌이다가 이황이 슬그머니 그만두어버렸다. 그러자 기대승은 네 해를 넘기고서 두 사람의 생각이 같아졌다고 했다. 그러나 뒤를 이어 수많은 사람들은 두 사람의 생각이 같아지지 않았다고 하면서 다시 200년을 넘게 비슷한 다툼을 벌였다. 하지만 누가 옳은지 가려내지는 못했다. 왜 가려내지 못했을까? 다툼을 일으킨 알맹이의 속살이 본디부터 가닥을 잡을 수 없는 것이기 때문일까? 물론 다툼의 알맹이도 가닥을 쉽게 잡을 수 있는 것은 아니다. 사람의 몸으로 붙들 수 있는 것이 아니라 그것을 넘어 마음으로만 붙들 수 있는 것이기 때문이다. 그러나 이른바 철학이란 동서양 어디서나 처음부터 사람의 마음으로만 붙들 수 있는 이런 것들을 다루었고, 거기서 수많은 대답을 찾아내어 사람의 마음과 세상 만물의 움직임을 가늠하며 올바로 살아가게 해주었다. 그런데 어째서 우리의 논쟁에서는 이렇다 할 가닥을 찾아내지 못했을까?

말이었다. 중국 글말로 논쟁을 벌이고 중국 글자에 논쟁의 알맹이를 담았기 때문에 끝내 가닥을 찾을 수가 없었다. 중국 글자와 중국 글말을 가지고 논쟁을 벌이면 저절로 글자와 글말을 따라 중국 사람들의 삶과 학문 안으로 끌려 들어가지 않을 수 없다. 그런데 아무리 들어가 보아도 거기서 우리네 삶과 고민을 만날 수 없기 때문에 가닥이 잡히지 않는다. 논쟁을 비껴나면서 이황이 남긴 다음 말에서 그런 낌새를 읽을 수 있다.

그러던 가운데 다시 생각해 보니, 의리를 분석하여 밝히는 일은 본래 더 없이 정밀하고 해박해야 하는데도, 제가 논술한 내용을 돌아볼 때 조리가 번잡하고 문장이 방만하며, 의견을 펼친 것이 넓지 못하고, 조예가 미치지 못하는 곳이 있었습니다. 때론 그때마다 이전 유학자들의 학설을 찾아서 따다가, 부족한 곳을 보충하여 그대의 변론에 회답하는 말로 삼았습니다. 이는 과거를 보는 사람이 과장에 들어가서 시제(詩題)를 보고서, 고사를 따다

조목별로 대답하는 것과 무엇이 다르겠습니까.(김영두, 《퇴계와 고봉 편지를 쓰다》, 소나무, 2003, 469쪽)

중국 글말을 가지고 논쟁을 하니까 어쩔 수 없이 자꾸 중국 학자를 찾아가게 되고, 그들의 말을 끌어와서 대답을 하게 되었다는 것이다. 그런데 그것이 마음을 개운하게 뚫어주지 않았다는 것이다. 우리 생각으로 우리 삶을 밝혀서 옳고 그른 바를 찾아내지 못하는 논쟁이 부질없고 부끄럽게 느껴졌다는 뜻이다.

이황은 뒷날(1565) 〈도산육곡〉이라는 시조를 짓고 그 까닭을 밝힌 글에서도 이런 말을 했다. "정(情)이나 성(性)에서 느낌이 일어나면 늘 한시를 지었다. 그러나 요즘 한시는 옛날 한시와 달라서 읊조릴 수는 있어도 노래를 부를 수가 없다. 노래를 부르고 싶으면 반드시 우리말로 적어야 하는데, 우리말의 소리 가락은 절로 그럴 수 있기 때문이다." 이처럼 시조와 가사 같은 우리말 노래에 마음을 두었던 일이 논쟁에서 맛본 부끄러움에 뿌리가 닿아 있을 듯하다. 그리고 이런 부끄러움을 느끼며 논쟁의 부질없음을 깨달았다는 것이야말로 이황의 학문과 인품이 남달리 뛰어난 점이기도 하다.

그러나 학문의 논쟁에서 가닥을 잡지 못한 까닭이 말에 있다는 사실을 이분은 깨닫지 못했다. 기대승도 그랬고, 조선왕조가 무너질 때까지 이 논쟁을 되풀이한 수많은 사람들이 모두 그랬다. 중국 글말의 올가미에 깊이깊이 사로잡힌 탓이었거니와, 우리말로 벌인 논쟁이 아니고 우리말로 일구어낸 학문이 아니었기에, 옳고 그름을 가늠하지 못할 수밖에 없었다. 쓸데없는 소리지만, 어쩌다가 중국 글말로써 옳고 그름을 그들 두 사람이 밝혀낼 수 있었다 하더라도, 우리말밖에 모르는 수많은 백성들은 그것을 더불어 누릴 수가 없었다. 그러므로 그런 학문과 논쟁이 프랑스와 같은 새로운 세상을 열지 못하기는 마찬가지였을 터이다.

바_ 남의 말로 하는 학문

우리네 학문은 예로부터 우리 토박이말을 거들떠보지 않았다. 우리 학문은 첫걸음부터 중국 글말[한문]로 시작하고, 1600년 동안 줄곧 바뀌지 않았다. 고구려의 《유기》와 백제의 《서기》(375), 신라의 《국사》(545) 같은 역사책을 생각하면, 4, 5세기에는 우리에게도 학문이 꽤 자랐을 듯하고, 이런 책들이 모두 한문으로 쓰인 것을 보면 그때 우리네 학문이 중국 글말로 이루어졌음은 두말할 나위도 없다.

우리 학문을 우리말로 하지 못한 까닭은 우리에게 글말이 없었기 때문이다. 학문이란 세상의 사물과 사람의 머리에 담긴 뜻을 말에 담아서 헤집고 밝히고 따지는 노릇인데, 입말은 순간에 사라져버리기 때문에 거기 담긴 뜻을 헤집고 밝히고 따질 겨를이 없다. 글자가 입말을 붙들어 사라지지 않는 글말로 바꾸어 놓아야 비로소 뜻을 헤집고 밝히는 학문이 이루어진다. 그런데, 우리는 일찍이 글자를 만들어내지 못해서 우리 글말이 없었고, 울며 겨자 먹기로 중국 글말을 빌려 학문을 하는 수밖에 없었던 것이다.

중국 글말로 학문을 하자니 너무 힘들어 글자를 우리 입말에 맞추려고 애쓰기도 했지만 워낙 아귀를 맞추기 어려웠다. 300년을 피땀 흘린 끝에 드디어 '우리 글자'(향찰)를 만들어 노래책(삼대목)을 엮기에 이르렀지만, 차라리 중국 글말을 바로 배우자는 쪽으로 길을 돌렸다. 중국 글말을 배우는 길은 고구려의 '태학'(372)을 첫걸음으로 삼는다. 백제에는 태학 같은 학교를 세웠다는 기록이 없으나, 고흥이 《서기》를 펴낸 것으로 보면, 중국 글말을 배우는 길에서 고구려에 뒤지지 않았다. 신라는 이들 두 나라와 사뭇 달라, 고구려의 태학보다 300여 년이나 늦게 '국학'(682)을 열었지만, 국학을 세운 뒤로는 중국 글말을 배우는 데에 안간힘을 쏟으며 중국과 손잡고 고구려와 백제를 무너뜨렸다.

이로부터 고려의 국자감과 향교, 학당과 공도, 서당을 거쳐 조선의 성균관과 사부학, 향교와 서원, 마침내 산골 서당에 이르기까지 일천 수백년 동안 줄기차게 중국 글말을 배우는 길에 매달렸다. 이처럼 기나긴 세월에 걸쳐 중국 글말로만 학문을 해온 까닭에, 우리 입말을 제대로 적는 한글을 만들어 놓아도 우리 글말로 학문하는 사람은 나타나지 않았다. 한글을 몸소 만드는 데 참여한 집현전 학자들 가운데도 그런 사람은 없었고, 이황, 이이, 박지원, 정약용, 최한기, 곽종석 같이 뛰어나다는 학자들이 20세기 초엽까지 모두 한문으로만 학문을 했다.

그러나 한문으로만 학문하는 풍토는 왕조가 무너지면서 흔들리기 시작했다. 조선왕조가 뿌리째 흔들리던 19세기 말엽에 와서, 정부가 국문연구소를 세우고, 국문을 나라의 글말로 쓴다는 법률을 만들고, 국문만으로 《독립신문》을 펴내고, 국문의 원리와 규칙을 밝히려는 책들이 나타났다. 우리 글자로 우리 글말을 부리며 학문하는 세상이 비로소 동터오른 것이다. 그러나 일본의 침략으로 이른바 '한자 혼용'에 빠지면서 그것도 가시밭길로 내몰렸다.

알다시피 일본의 가나는 50개 남짓한 음절 글자다. 사람의 말소리를 음소로 쪼개면 20, 30개로 넉넉하지만, 음절로 묶으면 2천, 3천 개에 이르는데, 50개 남짓한 음절 글자에 담자니 뜻은 다른데 소리는 같은 낱말(이른바 동음이의어)을 엄청나게 쓰지 않을 수 없다. 이런 어려움을 견디는 길이 다름 아닌 한자 혼용이다. 가나로만 써서는 뜻을 가려 드러낼 수 없으므로 한자로 그것을 가려주는 수밖에 없는 것이다. 일본 글말의 이런 굴레를 그때 우리네 지식인들은 일본 것이면 무엇이나 좋은 줄 알고 스스로 본받아 따랐던 것이다.

그런 가운데서도 주시경과 그분의 제자들은 우리 글말로 학문을 하려고 앞장서 애를 썼다. 그들은 우리의 말본을 올바로 찾으려 애썼을 뿐 아니라, 학문에 쓰는 낱말을 새롭게 만드는 일에도 서슴없이 발 벗고 나섰다. 한글, 말모이, 말본, 소리갈, 기난갈, 씨갈, 짬듬갈, 월갈, 임, 이름씨, 엇, 그림씨, 움, 움직씨, 겻, 토씨, 잇, 이음씨, 언, 매김씨, 억, 어찌씨, 놀, 느낌씨, 끗, 마침씨, 고나, 늦씨, 임자말, 풀이말, 셈본, 덧셈, 뺄셈, 곱셈, 세모꼴, 네모꼴, 마름모꼴……, 이런 낱말을 만들었던 것이다.

그런데 1960년대를 넘어서자 참된 우리 글말로 학문하는 풍토는 갑자기 무너졌다. 일제 침략과 맞서 싸우며 겨레의 얼을 드높이고자 하던 정신이 학문하는 마당에서 밀려난 탓이다. 실증주의니 과학주의니 하는 말을 앞세워 겨레의 얼에 무심한 사람들이 학문 세계를 차지했기 때문이다. 갈수록 일본 한자말을 쓰는 사람들이 세력을 얻으면서, 1980년대로 와서는 '한글' 같은 몇몇 낱말만 간신히 살아남고 모조리 일본 한자말에게 쫓겨나고 말았다. 말모이는 사전에게, 말본은 문법에게, 소리갈은 음성론에게, 씨갈은 품사론에게, 이름씨는 명사에게, 그림씨는 형용사에게, 셈본은 산수 또는 수학에게, 세모꼴은 삼각형에게 밀려나고 말았다.

그러나 한편, 1980년대를 들어서면서 사회 곳곳에서 이름 없는 사람들의 마음이 새로운 바람을 일으켰다. 그런 기운이 세상을 뒤흔들며 갖가지 소용돌이를 만들면서 학문하는 사람들이 우리말에 눈을 뜨는 기척도 일어났다. 이른바 학술 용어를 우리 토박이말로 바꾸어야 한다는 사람들이 나타나고, 고고학 쪽에서 박물관에 내놓는 유물의 일본 한자말 이름을 버리고 우리 토박이말로 바꾸는 일을 시작하니까, 자연과 학의 물리학에서도 그런 일을 앞장서 해냈다. 이런 움직임은 다른 학문 으로 잇달아 번져나가고, 마침내 21세기를 들어서면서 '우리말로 학문하 는 모임'이 나타나기에 이르렀다.

그러나 따지고 보면 이것은 자랑스러운 깨달음도 아니고, 피땀을 흘리 며 뼈를 깎아야 하는 일도 아니다. 그냥 눈뜨면 주고받는 우리 입말을 그대로 한글로 적어서 글말로 바꾸어 논문을 쓰고 책을 쓰면 되는 일이 다. '가격이 저렴하다' 하는 것을 그냥 '값이 싸다' 하고, '고유어를 사용 하였다' 하는 것을 '토박이말을 썼다' 하고, '토대와 구조를 파악한다' 하는 것을 '바탕과 얼개를 붙든다' 하면 그만이다. '서론・결론' 하지 말 고 '들머리・마무리' 하고, '내용'이라 하지 말고 '속살'이라 하고, '탁월 한' 하지 말고 '뛰어난' 하고, '유명한' 하지 말고 '이름난' 하고, '고찰했 다' 하지 말고 '살펴보았다' 하고, '서술했다' 하지 말고 '풀이했다' 하면 된다. 여느 백성이 쓰는 토박이말을 책과 논문에 끌어다 쓰는 것이 학문 의 품위를 떨어뜨린다는 지난날의 생각만 버리면 그만이다.

그런데 아직도 남의 말로 학문하던 역사의 힘은 자랑스러운 우리말에 게 쉽사리 길을 열어주지 않으려 한다. 사회 원로들이 '전국한자교육추 진총연합회'를 만들어 일어나고, 국회의원들이 '한자교육특별법'을 만들 어 끝까지 막아보려 한다. 하지만 이제는 어떤 시련도 우리 글말로 학문 하는 길을 가로막을 수는 없을 것이다. 우리 글말로 삶의 속내를 마음껏 드러내며 자랑스러워하는 사람들이 나라 안에 가득하기 때문이다. 오히 려 이런 시련이 그런 사람들의 마음을 굳건하게 만드는 채찍이 되어줄 것이고, 우리 글말로 학문하는 사람들에게 힘을 다그치게 하는 담금질이 될 터이다. 한글을 만들고 반 천 년을 지난 21세기에 들어서며, 이제는 남의 글말로 학문하던 역사를 온전히 벗어나리라 믿는다.

사_ 말을 아는 슬기

오늘 지구 위의 사람들은 누가 뭐래도 서구 문명에 뒤덮여 빚을 지고 살아간다. 비바람을 이기며 잠자리를 마련하는 집, 몸을 따뜻하고 아름답게 감싸는 옷, 목숨을 살리고 키우는 먹거리까지 온통 서구 문명의 것을 빌리거나 본떠서 사는 것이 오늘날 세상 사람들의 삶이다. 요즘 세상 사람의 삶을 떠받치는 바탕인 전기니 원자력이니 하는 힘들도 서구 문명에서 찾아낸 것이고, 이런 바탕에서 빚어낸 삶의 수단인 교통과 통신이며 산업과 문화 또한 한결같이 서구의 기계 문명에서 만들어낸 것들이다.

사실 지구 위에는 서구 문명 밖에도 놀랍고 뛰어난 여러 문명들이 곳곳에서 때때로 아름답게 꽃피운 자취를 찾아볼 수 있다. 하지만, 그 어떤 문명도 이처럼 오래 살아 있으면서 지구를 온통 뒤덮는 힘으로 떨치지는 못했다. 그런 점에서 이 문명의 그만한 힘이 도대체 어디서 솟아나는 것인가 하는 물음을 누구나 일으킬 만하다. 물론 대답은 간단하지 않고 얽혀 있을 것이다. 그러나 내가 살펴본 바로 한 가지 또렷한 대답이 있다. 그것이 다름 아닌 '말을 아는 슬기'다.

사람과 사람의 삶에서 '말'이란 무엇인가? '말'이 무엇을 하는가? 일찍이 이런 물음을 일으킬 줄 알고 그것을 풀어내는 슬기에서 서구 문명은 유난히 뛰어났다. 알다시피, 이런 슬기는 헬레니즘과 헤브라이즘이라는 두 뿌리를 중심으로 자랐다. 이들 두 뿌리는 속살과 모습에서 서로 몹시 다르지만, 말이 세상을 만드는 힘을 지녔다는 사실을 꿰뚫어본 점에서 아주 같다. 헬레니즘에서는 말의 힘을 몫에 따라 로고스와 미토스로 가르는 슬기를 보이며, 이들 두 가지 말로써 학문과 예술을 놀랍게 꽃피웠다. 헤브라이즘에서는 말이 사람의 삶을 살리고 죽이는 열쇠일 뿐만 아니라 하느님의 얼을 담은 몸이라 여기면서 그것으로 하느님의 뜻을 꽃피웠다. 그래서 이들 두 문명이 하나로 어우러져 만들어낸 서구 문명은 '말을 아는 슬기'에서 다른 문명이 따라갈 수 없었다.

말을 헤아리는 슬기가 남달랐던 만큼, 저들은 글자와 글말의 몫 또한 깊이 깨달았다. 그들도 처음에는 다른 문명에서와 마찬가지로 그림글자와 뜻글자에서 출발했으나, 일찍이 말의 소리를 붙들어 입말을 적어야 한다는 사실을 알아냈다. 마침내 입말의 소리에서 쉽게 드러나는 닿소리(자음)를 붙들어 적는 글자를 먼저 만들고, 그것을 갈고 닦으면서 마침내 홀소리(모음)에도 눈을 떠서 글자를 만들었다. 헤브라이즘에서 싹튼 소리글자는 머지않아 헬레니즘 문명으로 들어와 더욱 쓸모 있게 갈고 닦이면서 놀라운 문명을 일으키는 지렛대가 되었다.

사람들이 주고받는 입말의 소리를 닿소리와 홀소리로 나누면 글자는 30개를 넘지 않아도 넉넉하다. 그러나 입말에 담아 주고받는 뜻을 그림글자나 뜻글자로 나타내려면 글자가 3만 개를 넘어도 턱없이 모자란다. 그러므로 입말로 주고받는 정보를 글자에 적어 글말살이를 하면서 들여야 하는 힘은 서로 견줄 수가 없다. 소리글자로 글말살이를 할 적에 드는 힘은 30으로 넉넉하지만, 그림글자나 뜻글자로 글말살이를 할 적에 드는 힘은 3만이라도 너무 모자란다는 계산이 곧장 나오기 때문이다. 헤브라이즘과 헬레니즘의 두 문명에서 남 먼저 소리글자를 만들어 글말살이를 했기에, 그들은 다른 문명보다 일천 곱절이나 더 손쉽게 문명을 끌어올렸다고 말할 수 있다는 뜻이다.

사실 기원전 10세기 즈음에 이미 활짝 꽃피었던 헬레니즘 문명은 헬라 글말의 힘으로 꽃피었다. 로고스에 말미암은 형이상학과 형이하학, 미토스에 말미암은 놀이와 노래와 이야기가 모두 헬라 글말의 힘과 아름다움 위에서 이루어졌다. 말을 로고스와 미토스로 나누어 의식하면서 갈고 닦은 헬라 글말의 힘을 그때 세상의 다른 말들은 따라갈 수가 없었다. 그러나 기원전 3세기부터 세력을 키운 로마 사람들은 하찮게 여기던 제 겨레말(라틴말)을 글말로 갈고 닦으며 헬레니즘을 뒤쫓았다. 헬레니즘의 고전들을 뒤치면서 안간힘을 다하여 라틴 글말을 갈고 닦자 농사나 지으며 쓰던 그것이 드디어 헬라 글말을 따라잡았다. 마침내 베르길리우스의 《아에네이스》(29~19 B.C.)에 와서는 헬라 글말의 시대를 밀어내고 라틴 글말의 시대를 자랑스럽게 열었다. 그런 뒤로 라틴 글말은 1천 년을 넘도록 중세 지중해 문명의 그릇으로 학문과 예술을 일으키며 세상을 휩쓸었다.

라틴 글말의 문명이 학문과 예술에서 힘을 떨치는 동안에 이탈리아말은 백성들이 지껄이는 쓸모없는 소리에 지나지 않았다. 그러나 13세기 초엽 성 프란체스코가 이탈리아 입말로 설교를 하고 노래를 하고, 마침내 하느님을 찬양하는 《태양의 노래》(1225)를 이탈리아 글말로 적었다. 이를 본받은 단테가 이탈리아 글말로 《새로운 삶》(1293)과 《신곡》(1304~1321)을 내놓자 라틴 글말을 밀어내면서 이탈리아 글말 문명의 문이 열렸다. 이탈리아 글말의 이런 혁명은 라틴말에 짓밟히며 업신여김을 받아오던 여러 겨레의 말들을 차례로 일으키는 횃불이 되었다. 이른바 '겨레말 운동'이라 부르는 이 혁명의 물결로 마침내 서구 문명의 르네상스가 일어난 것이다.

이탈리아말에 잇달아 스페인말이, 스페인말에 이어서 프랑스말이, 프랑스말에 이어서 영국말이, 영국말에 이어서 독일말이 일어나면서 서구 문명의 이어달리기가 벌어졌다. 이렇게 일어난 저들의 글말이 저마다 학문과 예술을 차례차례 꽃피웠고, 이것이 700년에 걸쳐 일어난 서구의 근대 문명이다. 지금은 서구 문명의 중심이 유럽 대륙을 떠나 북아메리카에서 영국말을 이어받은 미국말로 옮겨졌고, 지난 100년 사이 미국 글말에 실려 지구 곳곳을 휩쓸면서 온통 세상을 뒤덮어 나갔다.

서구 문명이 걸어온 길을 살펴보면 두 가지를 깨달을 수 있다. 하나는 말을 깊이 알고 가꾸는 일이 곧 문명을 꽃피우는 열쇠라는 것이고, 다른 하나는 어떤 말이라도 갈고 닦아 가꾸면 빛나는 문명을 일으키는 열쇠가 된다는 것이다. 이런 두 가지 깨달음은 오늘 우리 학자들에게 참으로 절실하다고 생각한다. 아직도 우리 학자들은 말이 학문을 죽이고 살리는 연모임을 깨닫지 못하고 있기 때문이다. 우리 토박이말을 갈고 닦아서 학문의 도구로 써야 한다는 생각을 하지 않고, 우리의 삶을 살려서 문명을 꽃피우려면, 먼저 학문의 연모인 우리 토박이말을 갈고 닦아야 한다는 사실에 눈을 감고 있다. 우리 토박이말을 갈고 닦으면 우리 삶의 깊숙한 뿌리를 속속들이 다루는 학문을 꽃피워 우리 겨레의 문명을 일으킬 수 있으며, 우리 겨레의 문명을 남달리 꽃피우면 그것이 곧 인류 문명의 꽃밭을 아름답게 가꾸는 일임을 깨닫지 못하고 있다. 그래서 우리네 학자들은 서양말, 일본 한자말, 중국 한자말을 함부로 뒤섞어 쓰는 것을 조금도 거리끼지 않는다.

게다가 요즘에는 정부가 앞장을 서서 남의 글말로 논문을 쓰고 책을 써내는 학자를 높이 대우하라고 온갖 부채질을 한다. 할 수 있는 대로 남의 글말로 논문을 써서 외국 잡지에 신도록 부추기고, 그것을 우리 글말로 써서 국내 잡지에 실은 논문보다 훨씬 높은 값으로 쳐준다. 월급이나 연봉을 매길 적에도, 승진을 시킬 적에도, 연구 과제를 뽑을 적에도, 연구비를 나눌 적에도 모두 그렇게 한다. 세계화 시대에 국가 경쟁력을 높이는 길이라는 믿음을 굳게 지니고 밀어붙인다. 나라에서 이렇게 남의 글말 쓰기로 학자의 능력을 저울질하니까 학자들은 우리 토박이말을 거들떠보지도 않고 남의 글말로 학문하는 것만 뽐내며 자랑으로 여긴다.

이런 사태는 서구 문명이 3천 년에 걸쳐 쉬지 않고 발전하여 오늘의 세상을 뒤덮은 길과는 아주 거꾸로 가는 길이다. 학문으로 밝히고 찾아낸 바를 온 세상 사람과 더불어 나누자면 남의 글말을 써야 하겠지만, 거기에 앞서 우리끼리 잘 나누는 것부터 먼저 힘써야 마땅하지 않겠는가. 우리 토박이말을 갈고 닦아서 그것으로 우리네 삶을 밝히고 끌어올리는 학문을 일으키면 우리도 서구처럼 우리 삶으로 빛나는 문명을 꽃피워 온 세상에 도움을 줄 수 있다. 그런데 우리 토박이말은 거들떠보지도 않고 한사코 남의 말만 우러러보며 밤낮 매달려 있으니, 우리 학문이 남의 뒤나 쫓아다닐 수밖에 없다. 우리 토박이말을 갈고 닦아서 우리 삶을 드높이는 학문을 일으킬 수 있도록 '말을 아는 슬기'에 불을 켜는 길은 없을까?

우리 속담에 머리카락으로 홈파는 노릇이라는 말이 있다. 요즘 젊은이들은 무슨 뜻인지 모를 수도 있어서 잠시 풀이해 보이겠다. 우선 '홈'이 무엇인지를 잘 모를 듯하다. 요즘에는 홈이 거의 사라졌기 때문이다. 홈은 물을 끌어오려고 만든 물길이다. 땅바닥에 만든 물길은 도랑이라 하는데, 돌이나 나무나 대 같은 자료를 가지고 만든 물길은 홈이라 한다.

판자처럼 반듯한 돌이나 나무 널판이 있다면 바닥에 한 장을 깔고 양쪽 옆으로 하나씩 모나게 세워서 홈을 만들어 물을 그리로 흘러가게 할 수 있다. 물레방앗간의 물길은 거의 그런 홈으로 만들었다. 그러나 가장 흔한 홈은 통나무나 통대로 만든다. 굵은 통대는 반으로 쪼개서 속에 막혀 있는 마디를 모두 헐어내면 곧장 멋진 홈이 된다. 절간에서는 이런 통대 홈으로 대웅전 뒤쪽 샘에서 물을 끌어다 찾아온 손님의 마른 목을 축이게 했다. 통나무는 자귀를 써서 단면이 알파벳 유(U)자가 되도록 속을 파내어 홈을 만들 수 있다. '홈파는 노릇'이란 바로 이렇게 통나무를 자귀로 속을 파서 홈을 만드는 노릇을 말한다.

그런데 속담에서는 통나무가 아니라 머리카락에 홈을 판다고 했다. 통나무라도 지름이 20에서 30센티미터는 넘을 만큼 굵어야 홈을 팔 수 있는데 지름이 0.1밀리미터도 못 될 머리카락에 홈을 판다니 말이나 되겠는가! 어떤 자귀가 있어 머리카락에 홈을 파겠는가! 지나치게 잘고 작은 일에 매달려 정신을 오래 쓰는 것을 빗대어 하는 속담이다. 학문이 바로 그런 일이다. 학문은 본디 더없이 잘고 작은 것을 깊이 살펴서 거기 담긴 속살을 밝히고 가려내는 일이다. 학문의 속내가 여느 사람의 눈에 잘 띄지 않는 까닭이 거기 있다. 학문하는 사람들이 현미경 같이 잘고 작은 세상을 살피는 기계를 자꾸 좋은 것으로 고치려 안간힘을 다하는 것도 그 때문이다.

살펴서 밝혀낸 세상의 속살을 가려내는 학문은 학자의 눈과 머리로만 이루어지는 것이 아니다. 밝히고 가려낸 속살을 고스란히 말, 곧 입말과 글말로 붙들어 드러내야 비로소 학문이다. 알아낸 속살을 입말 또는 글말이란 그릇에 담아서 다른 사람도 알아보도록 드러내는 일까지가 학문이다. 이래서 학문은 말하기 · 글쓰기와 떼어놓을 수 없는 일이고, 말의 됨됨이가 학문을 죽이고 살리는 열쇠의 몫을 한다. 학자가 그런 말을 마음껏 부리며 말하고 글 쓰는 능력을 지녀야 빛나는 학문을 이룩할 수 있고, 말이 머리카락 홈파는 노릇에 감쪽같이 어울려 살피고 밝힌 바를 제대로 담아낼 수 있을 적에만 학문이 꽃필 수 있다.

　그래서 학문이 쉬지 않고 오늘까지 줄기차게 발전하는 곳에는 반드시 머리카락 홈파는 노릇에 알맞도록 끊임없이 갈고 닦인 말이 살아 있다. 라틴 문명을 바탕으로 하는 서유럽이 그런 곳이다. 한때 빛나는 학문이 꽃피었으나 세월이 지나면서 시들어버린 곳에는 그 말이 갈수록 날카로워지는 학문의 속살을 제대로 담아내지 못한 사정이 숨어 있게 마련이다. 학문은 갈수록 점점 더 발전하면서 날카로운 속살까지 밝혀내고자 하는데, 입말이든 글말이든 말이 무뎌서 그것을 제대로 담아내지 못하면 마침내 학문이 시드는 수밖에 없다. 미안한 말이지만, 이집트며 인도며 중국은 모두 그런 곳들이라고 할 수 있겠다.

요즘 우리말의 씀씀이는 갈수록 무뎌지는 듯하다. 지난날에는 학문에서 우리말을 거들떠보지 않았고 이제는 학문이 우리말을 부려 써야 할 때가 왔는데, 우리말의 씀씀이가 무뎌지기만 한다. 이를테면, 라디오나 텔레비전의 일기 예보에서 "바람이 강하게 불겠습니다" 하는 소리를 나날이 거듭 듣는다. 바람이 얼마나 불면 '강하게' 부는 것인지도 모르겠거니와 모든 방송에서 바람이 불었다 하면 모조리 '강하게' 분다고만 한다. 우리 토박이말이라면 이것을 적어도 '세게', '세차게', '거세게', '거칠게' 같이 네 가지로는 가려서 드러낼 수 있다. 바람이 불어오는 쪽에 따라 '샛바람'도 있고, '마파람'도 있고, '하늬바람'도 있고, '높새바람'도 있다. 평생에 몇 차례 만날 수조차 없는 '회오리바람'이나 '돌개바람'까지 이름을 갖추어 놓고 있다. 그런데도 요즘은 그런 속살을 가리려 하지 않고 그저 소두방으로 자라 잡듯이 바람이라 하면 덮어놓고 '강하게 분다'고만 하니 답답하고 따분하다.

'바람이 강하다' 하는 소리는 '강풍'이라는 한자말에서 빌미를 잡은 것으로 보아 참아 넘긴다고 하자. 그러나 방송에서는 "강한 비가 내린다" 이런 소리도 하고, 마침내 "강한 구름이 몰려온다" 하는 소리까지도 서슴없이 하고 있다. 바람이 불어도 '강하다', 비가 내려도 '강하다', 구름이 덮여도 '강하다', 이러고만 있으니 우리말의 씀씀이가 어쩌다가 이처럼 바보스럽게 무뎌지고 말았는지 모를 일이다. 말이 이렇게 무뎌지고 그것을 사람들이 아무렇지도 않게 주고받는다는 것은 곧 우리네 마음과 느낌이 그만큼 무뎌졌음을 드러내는 것이다. 이처럼 무딘 마음과 느낌으로는 머리카락에 홈파는 노릇을 값지게 여길 수가 없다.

이런 세상 풍조 안에서 우리네 학자들은 어름어름한 한자말에 매달려 학문을 한다. 한자는 뜻글자라 하나하나가 뜻의 덩이이고 그것들을 모아서 낱말을 이루면 뜻의 덩이가 여간 무겁지 않다. 게다가 한자말은 애초에 우리의 삶에서 움터 자란 것이 아니므로 우리로서는 속 살을 또렷하게 붙들 수가 없다. 중국 또는 일본 사람들의 삶으로 빚어진 문화에서 움트고 자랐기에, 우리에게 아무리 낯익다 하더라도 따지고 들 면 언제나 속내는 어름어름할 수밖에 없다. 그렇게 어름어름한 한자말을 가지고는 머리카락에 홈파는 노릇을 제대로 해낼 수가 없다.

이를테면, '언어'라는 말은 우리에게 너무나 낯익은 말이다. 그러나 속 살을 제대로 붙들 사람은 흔치 않을 것이다. '언'(言)의 뜻이 어떻고 '어' (語)의 뜻이 어떻고 해봐야 '언어'의 속살이 붙잡히는 것은 아니다. 학자 들은 영어로는 어떻고, 라틴어로는 어떻고, 희랍어로는 어떻고 할 수도 있겠지만, 그래도 우리에게 속살이 붙잡히지 않는 것은 마찬가지다. 결 국 '언어'라는 낱말의 뜻은 어쩔 수 없이 우리말로 돌아와서 '말'이라고 해야 비로소 붙잡힌다. 우리말의 '말'이 한자말의 '언어'와 같을 수도 없 지만, 그래도 우리는 우리말로 돌아와야 뭔가를 붙잡았음에 틀림없다. 그런데도 처음부터 그냥 '말'이라 하지 않고 굳이 '언어'라야 직성이 풀 리는 것이 우리 학자들의 버릇이다.

토박이말이란 우리에게 어름어름한 구석이 없는 말이다. 토박이말은 어름어름한 남의 문화에 물들지 않고 우리의 삶을 살아 있는 그대로 담 아서 우리 품에 안긴다. 그리고 한글은 딱딱한 뜻의 덩이를 담아내는 글 자가 아니고, 살아 숨 쉬는 말의 소리를 고스란히 담아내는 글자다. 그래 서 날카롭고 또렷한 토박이말을 한글로 고스란히 적으면 우리 삶의 속 내를 남김없이 드러낼 수 있다. 한글로 적어내는 토박이말은 바로 우리 네 삶의 피며 살이다. 그것은 느낌과 마음과 얼에 싸잡혀 품안에 다소곳 이 안겨 든다. 어름어름하거나 서먹서먹할 틈새가 본디 없다. 그러므로 토박이말을 한글로 적어서 학문을 하면 우리 삶이 하루가 다르게 환히 밝혀진다는 말이다.

그렇지만, 우리 현대 학문조차 벌써 지난 100년에 걸쳐 한자말에 길이 들어버렸다. 그래서 우리 학자들은 토박이말을 한글로 적어내는 학문에 쉽게 뛰어들지 못한다. 이것은 현실로 받아들이지 않을 수 없다. 그러나 우리 학자는 거기 파묻혀 살지 않으려 안간힘을 써야 학자답다 할 것이다. 토박이말을 한글로 적어내야 머리카락 홈파는 노릇을 제대로 할 수 있기 때문이다. 우리의 삶을 밝혀서 우리 모두 함께 더 좋은 삶으로 나아가도록 이끌겠다는 학자다운 뜻이 굳게 섰다면, 밝힌 바를 토박이말에 담아내려고 안간힘을 써야 마땅하다. 그러자면 있는 힘을 다하여 제 학문을 끌고 토박이말의 세상으로 한 발짝씩 들어가야 한다. 오늘 우리 학자들이 이를 악물고 저마다의 학문을 토박이말의 세상으로 한 발짝씩 끌고 들어가면, 100년 뒤에 우리 학문은 세상의 횃불로서 온 누리를 밝힐 것이다.

'결론' 하는 한자말을 버리고 '마무리' 하면 농사꾼도 알아듣고, '서론' 하는 한자말을 버리고 '들머리' 하면 나무꾼도 알아듣는다. '문학' 하지 말고 '말꽃' 해보고, '희곡' 또는 '희곡문학' 하지 말고 '놀이' 또는 '놀이말꽃' 해보고, '시가' 또는 '시가문학' 하지 말고 '노래' 또는 '노래말꽃' 해보고, '서사' 또는 '서사문학' 하지 말고 '이야기' 또는 '이야기말꽃' 해보며 괴로움에 빠져야 한다. '향가' 하지 말고 '신라노래' 하면 훨씬 낫고, '속요' 하지 말고 '고려노래' 하면 한결 떳떳하다. 처음에는 이런 토박이말이 모두 낯설겠지만, 거듭 쓰면서 낯을 익히면 머지않아 한자말이 오히려 따분하고 답답하다는 사실을 깨닫는 날이 온다.

우리 토박이말에는 학문에 쓸 만한 이름씨 낱말이 없다는 소리를 더러 한다. 그것은 우리 토박이말의 속살 사정을 정말 모르는 소리다. 우리 토박이말만큼 이름씨 낱말이 푸짐하고 넉넉한 말도 없을 것이다. 다만 학자들이 마음을 써서 찾아보지 않았을 뿐이다. 이를테면, 한자말 '구성'에 맞먹을 수 있는 낱말로 '짜임' 또는 '짜임새'가 있고, '구조'에 맞먹는 낱말로 '얼개' 또는 '틀' 또는 '틀거리'가 있다. 한자말은 하나지만 토박이말은 쓸 자리에 맞추어 가려서 쓸 수 있도록 여럿이다. '내용'을 버리고 '속살', '속뜻', '속내', '속알', '알맹이' 가운데서 쓰이는 자리에 맞추어 제대로 가려 써보면 속이 시원해진다. '형식'을 버리고 '모습', '겉모습', '거죽', '껍질', '껍데기', '생김', '생김새' 가운데서 마땅한 것을 얼마든지 골라 쓸 수 있다.

이처럼 우리 학자는 '어'해 다르고 '아'해 다른 우리 토박이말을 제대로 찾아 살려서 학문을 해야 한다. 이만큼 넉넉하고 푸짐하고 살가운 우리 토박이 낱말을 살려서 학문을 해야 비로소 '머리카락에 홈파는 노릇'이 제대로 이루어질 수 있다. 학문을 우리 토박이말로 하는 날이 바로 우리 겨레의 얼이 꽃피는 날이다. 그런 날이 바로 우리 겨레의 삶이 새 하늘과 땅을 만나는 날이다.

자_ 말꽃 타령

문학이란 낱말을 내버리고 '말꽃'이라 바꾸어 썼더니, 학자들 사이에서 수군거리는 소리가 빙빙 돌다가 내 귀에까지 들어온다. '써온 지가 벌써 100년이나 되어 낯익은 낱말을, 무슨 까닭에 생판 낯선 낱말로 바꾼단 말이냐' 하는 것은 아주 점잖아 말을 가려서 쓰는 분들의 소리다. '영영 사라진 줄 알았던 국수주의 망령이 어디서 도깨비처럼 나타난 모양이구먼' 하는 소리는 솔직해서 속내를 감추지 못하는 사람들의 것이다. '문학이 말꽃이라면, 미술은 물감꽃이고, 음악은 소리꽃이란 말인가' 하는 것은 머리가 잘 돌아가고 아는 것이 많은 학자들의 트집이다.

그렇다. 말꽃은 낯선 낱말임에 틀림없고, 국수주의 냄새도 묻어 있을지 모르고, 이웃 말들과 제대로 어울리지 못하는 구석도 없지 않다. 그런 줄을 뻔히 알면서도 나는 굳이 썼다. 왜냐하면, 문학이라는 말을 듣고는 그것이 무엇인지 짐작도 못하던 어린이들과 무식한 사람들이, 말꽃이라고 하니까 그것이 무엇인지를 똑바로 가늠하며 좋아했기 때문이다. 나는 학자가 학문하며 부려 쓰는 말도 모름지기 어린이나 무식쟁이나 모두 알아들어야 바람직하다고 생각하는 사람이다. 부끄럽지만 나도 학문을 한다면서 한평생 밥을 얻어먹은 사람인데, 할 수만 있다면 내가 쓰는 모든 글말과 입말을 그런 말로만 채우고 싶어 했다. 늦게야 철이 들어 이제 겨우 찾아낸 말꽃이지만, 나팔이라도 불어대며 쓰자고 외치고 싶은 까닭도 거기 있다.

사실 나는 문학이라는 낱말이 가시처럼 목에 걸려 서른 해를 넘도록 마음이 괴로웠다. 학생들에게 강의를 하면서 가장 자주 입에 담는 이놈의 낱말이 목구멍을 넘어올 적마다, '이건 아닌데!' 하면서 걸렸기 때문이다. 말꽃은 글말보다 입말로 더 오래 더 많이 이루어진 것인데 '문'으로 시작하고, 학문이니 배움이니 하는 것과는 닿지도 않는 것인데 '학'으로 끝나니, '이건 아닌데!' 하는 마음이 일어나는 것이었다. 그런 괴로움이 가장 견딜 수 없었던 때는 창피하기 그지없던 《배달문학의 갈래와 흐름》(현암사, 1992)을 다시 쓰기로 마음먹은 그즈음부터다. 가난하고 불쌍하고 보잘것없던 백성들이 즐기던 입말문학(그때는 입말꽃을 미처 찾지 못했다)을 바탕으로 삼아서 새로 쓰려고 하니 첫걸음에서 '문학'이 거슬려 도무지 더는 나갈 수가 없었다. 자나 깨나 그것에 시달리며 마땅한 토박이말이 없을까 하는 생각에 빠져 헤어나지 못했다.

그러다가 어느 날 새벽에 눈을 뜨자마자 문득 '말꽃'이 머리에 떠올랐다. 반드시 누군가가 보내주었을 듯한 느낌을 받으며 기쁨을 누를 수가 없었다. 곰곰이 헤아려보니 여간 마음에 드는 낱말이 아니기도 했다. 찔레꽃과 패랭이꽃, 살구꽃과 복숭아꽃, 참꽃과 개꽃은 말할 나위도 없거니와, 불꽃과 눈꽃에다 꽃수레와 꽃구름까지 우리 겨레는 아름답고 값지고 사랑스럽고 종요로운 것을 '꽃'이라 불러왔다는 사실을 깨달았기 때문이다. 무엇보다도 말꽃에 너무나도 가까운 '이야기꽃'이며 '웃음꽃'이 살아서 두루 쓰이고 있어서 기뻤다. 혼자 좋아서 날아갈 듯한 마음을 누르며 수없이 '배달말꽃, 배달말꽃' 하며 거듭 되뇌고 써보고 하며 몸과 마음으로 익혔다.

얼마 동안 손주들과 이웃들에게도 말꽃 자랑을 하면서 세월을 보내고, 마침내 강의실에서 학생들에게 털어놓고 쓸 만한지 아닌지 판가름을 해

보자고 했다. 아무도 기권을 하지 말라고 당부하며 손을 들어보게 했더니 결과는 내 마음과 딴판이었다. 쓸 만하다는 사람이 절반에도 채 미치지 못했기 때문이다. 내 낯빛을 읽은 몇 사람이 강의 마친 다음에 연구실까지 따라와서 써도 좋겠다고 했지만, 맥 빠진 마음은 쉽게 가시지 않았다. 그리고 방학이 다가와 연수원 강의에 들어가서 다시 중등학교 국어 교사들에게 판가름을 해보기로 했다. 여기서 얻은 결과는 더욱 서글펐다. 열에 예닐곱은 문학 대신으로 쓸 만한 낱말이 아니라는 것이었다. 그렇게 한 학기를 씁쓸한 마음으로 보내고, 다음 방학 때에는 초등학교 교사들의 연수에 강의할 기회를 얻었다. 삼 시 세 판이라는 말도 있으니 다시 한 번 판가름을 해보자고 했는데, 거기서는 뜻밖에도 열에 일곱이 쓸 만한 낱말이라고 손을 들어주었다.

세 판에서 두 판을 내리 지고 한 판을 겨우 이겼지만, 나는 그런 가름을 내 쪽으로만 속셈을 하면서 기뻐했다. 중·고등학교 국어 교사들은 이미 마음과 머리가 굳었다, 대학생들도 교수들에게 물이 들어서 말에서 느끼는 감각이 흐려졌다, 그래도 초등학교 교사들은 날마다 어린이들과 더불어 사니까 마음이 깨끗하고 머리가 때 묻지 않은 것이다, 이런 속셈을 하면서 초등학교 교사들의 판가름이야말로 참되고 올바르다고 마음을 다져 나간 것이다. 그러고는 말꽃이라는 낱말을 퍼뜨리려고 앉는 자리마다 입말로 나팔을 불며 '배달말꽃, 갈래와 속살'을 썼다. 힘에 부치는 일이라 4년 세월을 흘려보낸 다음, 드디어 지식산업사 김경희 사장의 고임에 힘입어 《배달말꽃 — 갈래와 속살》을 세상에 내놓았다.

그건 그랬다 치고, 여기서 어쩐지 나는 말꽃에 대고 수군거리는 소리에 대꾸를 해야 한다는 생각이 든다. 사람들이 저마다 다른 생각을 하는 것은 삶을 푸짐하고 넉넉하게 만드는 힘이기에 두루 좋은 일이지만, 말이란 우리 모두가 더불어 쓰는 무엇이기에 제 나름대로 생각하며 제 멋대로 쓸 수 없기 때문이다. 그래서 나처럼 '말꽃' 같이 새로운 낱말을 굳이 찾아 쓰려는 사람과, 이미 쓰는 낱말을 그냥 따라 쓰려는 사람을 놓고, 어느 쪽이 바람직한 생각을 지닌 사람인지 따져서 가려보는 빌미라도 주어야 할 듯하다. 더구나 학문을 하는 사람들이 어느 쪽 생각을 지녀야 올바른 것인지 따져보는 일은 더욱 헛되지 않을 듯하다. 우리네 학문의 2천 년 전통에는 우리 토박이말로 학문을 해보려는 마음도 먹어본 적이 없었고, 오직 중국 글말(한문)로만 했으며, 지난 100년 동안의 현대 학문이라는 것도 일본말과 서양말이 아니면 할 수 없는 것으로 여기는 세상을 살아왔기 때문이다.

첫째, 써오던 말이 있는데 왜 낯선 말을 새로 만들어 쓰려는가? 낯선 말을 만들어서라도 써야 하는 까닭은 이렇다. 학문은 예술과 마찬가지로 새로운 세상을 열려는 노릇이다. 여태 모르던 것을 알아내고, 여태 어둡던 곳을 밝혀내고, 여태 틀렸던 것을 바로잡는 노릇이 학문이다. 알아내고, 밝혀내고, 바로잡으며, 좀더 참된 것에 가까이 가려는 노릇인 학문은, 알아내고 밝혀내고 바로잡은 것들을 말에다 담아내는 노릇이기도 하다. 말, 말에다 담아내지 않고는 알아내고 밝혀내고 바로잡은 그것들을 어떻게 해볼 도리를 모르는 것이 사람이다. 그래서 프랑스 사람 뷔퐁은 일찍이 학문이란 사실보다 풀이해내는 말씨에 달렸고, 속살보다 드러내는 말의 쓰임새(문체)에 달렸다고 했다.

그러므로 학문의 역사는 끊임없이 새로운 말을 만들어내며 새로운 세상을 만들어온 역사라 해도 지나치지 않는다. 오늘날 이 땅에서도 나름대로 학문을 한다는 사람들은 많건 적건 새 말을 만들어내고 있다. 이런 사실을 여느 사람들은 잘 모르지만 학문을 하는 사람이면 누구나 알고 있고, 그것을 가지고 트집을 잡는 사람은 없다.

그러면서 왜 '말꽃'에는 트집을 잡는가? 알고 보면 그것은 새롭고 낯설어서 그런 것이 아니다. 우리 토박이말이라서 그러는 것이다. 그러니까 '왜 낯선 말을 만들어 쓰느냐?' 하는 소리는 '왜 토박이말을 꺼내 쓰느냐?' 하는 속뜻을 감추고 있다. 여태까지 토박이말 없이 학문을 오래도록 해왔는데, 하찮은 토박이말을 어떻게 다락같은 학문에다 느닷없이 끌어들이느냐 하는 뜻이다. 이를테면, '문법'도 우리에게는 없던 말이었고, '말본'도 우리에게는 없던 말이었다. '삼각형'과 '세모꼴'도 우리에게는 모두 없던 말이었고, '형용사'와 '그림씨'도 우리에게는 다같이 없던 말이었다. 그런데도 '문법'과 '삼각형'과 '형용사'에는 낯설다는 트집을 잡지 않았고, '말본'과 '세모꼴'과 '그림씨'는 트집을 잡아서 마침내 쫓아내고 말지 않았던가! '향가'도 없던 말이고, '가사'도 없던 말이고, '소설'도 없던 말이고, '비평'도 없던 말이고, 물론 '학문'도 없던 말이지만, 아무도 그것들을 못 듣던 소리라고 트집 잡지 않아서 활개를 치며 떵떵거리고 있다. 모두들 한자말이기 때문이다.

앞에서 나는, 오늘날의 우리네 학자들도 많건 적건 새 말을 만들어내지만 트집을 잡히지 않는다고 했다. 그들이 트집 잡히지 않는 까닭은 그들이 진실로 새 말을 만들어 쓰는 것이 아니라, 사실은 일본말이나 서양말을 가져와 쓰기 때문이다. '향가'와 '가사'는 중국 한자말이어서 트집을 잡히지 않았고, '삼각형'과 '형용사'는 일본 한자말이라 트집을 잡지 못했듯이, 요즘 학자들이 젊으나 늙으나 일본말과 서양말을 마구잡이로 끌어다 생판 낯설게 쓰지만 아무도 트집을 잡지 못한다. 그런 말들은 토박이말처럼 만만하지 않고 하찮아 보이지 않기 때문이다. 만만하고 하찮기는커녕 트집을 잡다가는 무식쟁이로 경을 칠까 두렵고, 그래서 어딘지 모르지만 무섭고 두렵게 보인다.

토박이말은 무엇이나 하찮아 보이지만 남의 말은 무엇이나 다락같아 보이는 이 골병, 이 무서운 얼암을 고치지 못하면, 우리는 참다운 학문을 할 수 없을 것이라고 나는 생각한다. 그뿐 아니라, 다른 겨레의 말을 쥐나 개나 끌어다 쓰면서, 거기에다 우리네 삶을 밝혀 담는다고 착각하고 있는 노릇은, 사람과 세상을 살리는 학문일 수 없다고 나는 생각한다.

둘째, 옹졸하고 따분한 국수주의 아닌가? 이런 트집은 정말 무섭다. 왜냐하면 지난 반세기 동안 우리에게는 목숨까지도 쉽게 빼앗아 달아나는 낱말들이 있었기 때문이다. 그리고, 국수주의는 빨갱이와 더불어 그런 낱말 가운데서도 손꼽히는 것이다. 한 번 국수주의자로 찍히면 그것으로 그는 옹졸한 사람이 되고, 그의 말은 아무에게도 먹혀 들어가지 않는다. 그러면 그 사람은 죽은 것이나 진배없다. 학자일 적에는 더욱 그렇다. 그런데 나더러 말꽃이라는 토박이 낱말을 썼으니 국수주의자 아니냐 한다. 그냥 문학이라는 한자말을 쓰면서 아무렇지 않게 살아가면 국수주의자가 아닐 터인데, 문학이란 낱말을 못마땅하다고 내버리고, 굳이 말꽃 같은 토박이말을 찾아 썼으니 국수주의자일지 모른다는 것이다.

국수주의자란 무엇인가? 제 나라 또는 제 겨레밖에 모르는 사람이다. 제 나라 또는 제 겨레만 생각하며 저들만 잘 살아가려 애쓰고, 남의 나라나 남의 겨레야 죽든 말든 아랑곳하지 않는 사람을 국수주의자라 한다. 그러나 나는 아무리 나를 헤집고 들여다보아도 국수주의자는 아니다. 나는 내 나라와 내 겨레도 잘 모르듯이 남의 나라와 남의 겨레도 잘 모른다. 잘 모르면서도 내 나라와 내 겨레가 잘 되기를 몹시 바라는 사람이면서 중국이나 몽고도 잘 되기를 바라고, 아프리카의 피그미 겨레나 아마존 강가의 발가벗은 겨레들도 잘 살아가기를 마음으로나마 늘 비는 사람이다. 땅 위에 사는 모든 겨레들이 저마다 제 겨레의 말을 갈고 닦아서 자랑스러운 삶의 꽃을 피우며 기쁘고 즐겁게 살아가기를 참으로 바라는 사람이다. 나는 제 스스로를 사랑할 수 있는 사람이라야 남까지 사랑할 수 있다는 말을 옳다고 믿으며 사는 사람이고, 남이야 죽든 살든 저만 잘 살겠다고 설치는 사람들을 가장 업신여기고 싫어한다.

참말이지 내가 말꽃 같은 토박이 낱말을 찾아내 쓰려고 안간힘을 다하는 말미는 우리나라와 우리 겨레를 살리자는 데서 끝나는 것이 아니다. 어설프지만 나는, 지구라는 땅덩이 위에 살아가는 사람들의 발자취를 나름대로 살펴보면서 물음이 생겼다. 어떤 겨레는 문명을 일으켜 스스로도 잘 살고 남들에게도 도움을 주는데, 어떤 겨레는 왜 문명을 일으키지도 못하고 남을 돕기는커녕 저를 지키지 못하여, 자칫하면 자취도 없이 사라지고 마는가? 어떤 겨레는 문명을 갈수록 빛나게 일으켜 세우며 세상을 이끄는데, 어떤 겨레는 왜 한때 빛나던 문명을 이어가지 못하고 허물어뜨리고 마는가? 지중해 문명의 주인이 헬라 사람들한테서 라틴 사람들한테로 넘어온 까닭은 무엇이며, 서양의 근대문명이 어떻게 라틴 문명을 뛰어넘어 온 세상을 뒤덮을 수 있게 되었는가?

이런 물음에 시달리면서 나름대로 말, 입말과 글말이 문명의 저런 흥망과 성쇠를 만들어내는 열쇠임을 깨달았다. 제 겨레의 말을 갈고 닦아서 제 겨레의 삶을 훌륭하게 드높이면, 그것이 곧 이웃 겨레와 인류 모두에게 도움이 되었다는 역사의 진리를 알았다. 이런 마음으로 말꽃 같은 토박이말을 찾아 쓰는 나를 국수주의자로 몰아붙이면 정말이지 서운하다.

셋째, 문학을 말꽃이라 한다면, 미술과 음악도 물감꽃과 소리꽃이라 해야 하지 않느냐? 나로서는 그렇게 할 수 있으면 더없이 좋겠다. 그러면 말꽃, 물감꽃, 소리꽃이 모두 꽃으로 예술을 드러내어 다소곳이 사람들의 마음에 다가올 듯도 하다. 그러나 나는 이른바 문학을 가르치며 평생토록 밥을 빌어먹은 사람이기에, '문학'이라는 낱말을 두고 애를 태웠을 뿐이다. 미술이나 음악까지 뭐라고 할 겨를도 자격도 없는 사람이다. 우리 겨레가 쓰는 우리말을 모두 걱정하는 사람이지만, 모든 낱말을 내가 어째 볼 생각은 조금도 없다. 미술은 미술을 다루고 연구하는 사람들에게, 음악은 음악을 다루고 연구하는 사람들에게 맡기고 싶다. 그들 가운데도 어쩌다 나 같은 사람이 있어서 미술이니 음악이니 하는 낱말로는 못 견디겠으면 그들도 애를 태우겠지, 그러다가 내가 문학을 말꽃이라 했다는 소문이라도 듣고 따라서 물감꽃이다 소리꽃이다 한다면 나로서는 참으로 반갑겠다.

그런데 이런 트집에는 되묻고 싶은 것이 있다. 문학과 미술과 음악은 서로 아무런 통일성도 없이 들쭉날쭉 하지 않았느냐? 그것들이 들쭉날쭉 할 적에는 아무 소리도 없더니 어째서 문학을 말꽃으로 바꾸니까 그것들을 끌어와서 트집을 잡느냐? 이런 물음이다. 문학이 말꽃이니까 미술은 물감꽃, 음악은 소리꽃이 되어야 한다고 하자면, 마땅히 문학, 미술, 음악이 서로 생판 닮은 데가 없는 말들로 쓰일 적에 벌써 그런 트집을 잡아야 하지 않았느냐는 말이다. 문학, 미학, 음학, 이렇게 하든지, 또는 문술, 미술, 음술 하든지, 그것도 아니면 문악, 미악, 음악 하든지 해야 한다면서 따지고 나서야 옳았다는 말이다. 이런 내 물음이 억지소리로 들린다면, 당신네들 트집도 억지라고 해야 논리에 맞다.

문학이란 낱말이 미술과 음악과 더불어 가지런하지 않은 것에는 아무도 트집을 잡지 않았다. 그러면서 말꽃이란 낱말은 미술과 음악과 어긋난다고 대뜸 트집을 잡는다. 이것이 우리네 지식인들의 정신 풍토다. 한자말이나 서양말에는 덮어놓고 트집을 잡지 못하면서, 토박이말이면 함부로 시비를 걸어보고 싶은 풍토가 우리네 지식인의 머리 안에 마련되어 있다. 그러나 정신을 차리고 생각해 보면, 토박이말은 우리 선조들이 오랜 세월에 걸쳐 갈고 닦아 써온 것이기에 덮어놓고 트집을 잡을 수 없는 것이다. 오히려 한자말이나 서양말은 우리와 다른 문화에서 만들어 쓰던 것을 갑자기 끌어다 쓰는 것이기에 손쉽게 트집을 잡아서 따져보아야 마땅하다. 그뿐 아니라, 우리는 이제라도 토박이말을 곰곰이 들여다보고 알뜰하게 다루며 갈고 닦아 쓰지 않고는 학문이라는 것이 우리네 삶을 참으로 밝혀내기 어렵다는 사실을 똑똑히 깨달아야 한다.

못 들은 척하고 지나갈 소리에, 굳이 어설픈 대꾸를 해보았다. 이런 대꾸가 말꽃이란 낱말을 살리는 데에 보탬이 되리라는 바람은 갖

지 않는다. 말꽃을 죽이고 살리는 열쇠는 쓰는 사람들에게 달렸기 때문
이다. 내가 아무리 목에 핏대를 올리며 말꽃을 새롭게 써야 한다고 부르
짖어도, 사람들이 입말이나 글말이나 전자말로 써주지 않으면 살아남을
수 없다. 거꾸로 아무리 지식인들이 트집을 잡고 시비를 걸어도 더 많은
사람들이 좋아라 하고 즐겨 쓰면 죽지 않고 살아남는다. 지난날 생각에
물들지 않은 어린이들처럼, 말꽃이라는 낱말을 좋아하는 사람들이 지난
날 생각에 젖은 지식인들보다 더 많으면 살아남을 것이다. 그러나 나로
서는 그것이 쓰이지 않고 죽어버릴 것인지, 즐겨 쓰이며 살아남을 것인
지 점칠 수가 없다. 다만, 진보를 거듭해온 인류의 문명사에서 그런 날이
오리라는 희망을 붙들었기에, 망설임을 누르고 말꽃을 앞장서 써보았을
뿐이다. 그리고, 말꽃이 죽느냐 사느냐 하는 것이 우리 스스로의 삶을 밝
히는 학문이 일어날 수 있느냐 없느냐 하는 가늠대가 된다는 믿음을 버
리지 못할 따름이다.

차_ 7할이 한자말이라?

국어사전에 실린 낱말의 7할이 한자말이라 한다. 그런데 어떻게 한자말을 안 쓰고 사느냐고 한다. 누구 입에서 나온 소린지 모르지만 그런 소리를 곧이듣는 사람이 적지 않다. 학문하는 사람들이 그런 소리를 가장 굳게 믿으며, 우리 토박이말로는 학문을 못한다고 한다. 그들은 유식하게도, 우리말은 본디 '울긋불긋하다, 울그락불그락하다' 같은 그림씨나, '오싹오싹, 으슬으슬' 같은 어찌씨 낱말은 푸짐하지만, 학문에서 많이 쓰는 이름씨 낱말은 모자라는 말이라고 한다. 그러면서 단골로 내놓는 무기가 국어사전에 실린 낱말의 7할이 한자말이라는 것이다.

우리네 국어사전을 열보면 과연 한자말이 수두룩하다. 7할인지 8할인지 헤아리지 않았지만, 한자말이 많이도 실린 것은 쉽게 눈에 뜬다. 그런데 국어사전에 실린 한자말을 들여다보면 어이가 없어진다. 수많은 국어사전에서도 국민 세금으로 나라에서 펴낸 오직 하나뿐인《표준국어대사전》을 대표로 삼아 맨 첫 쪽에서 '가'를 보면 올림말이 스물두 개나 되는데, 일곱 개는 토박이말이고 열다섯 개는 한자말이다.

말 그대로 한자말이 7할을 넘고 토박이말은 3할에도 못 미친다. 3할에도 못 미치는 일곱 개의 토박이말조차 네 개는 옛말이고, 요즘 말은 세 개뿐이다. 요즘 쓰는 토박이말은 1할 남짓에 지나지 않으니, 우리 낱말은 참으로 모자라는구나 싶을 지경이다. 그런데 7할이 넘도록 열다섯 개나 실린 한자말은 어떤 것들인지 그대로 옮겨놓고 들여다보자.

① 加 : 가하다의 어근.

② 可 : 옳거나 좋음.

③ 加 : 부여와 고구려에서, 족장이나 고관을 이르던 말.

④ 枷 : 칼.

⑤ 家 : 같은 호적에 들어 있는 친족 집단.

⑥ 笳 : 짐승의 뿔로 만든 원시적인 악기.

⑦ 斝 : 제례 때에 쓰던 술잔.

⑧ 賈 : 우리나라 성(姓)의 하나.

⑨ 哥 : '그 성씨 자체' 또는 '그 성씨를 가진 사람'의 뜻을 더하는 접미사.

⑩ 家 : '그것을 전문적으로 하는 사람' 또는 '그것을 직업으로 하는 사람'의 뜻을 더하는 접미사.

⑪ 家 : '가문'의 뜻을 더하는 접미사.

⑫ 假 : '가짜, 거짓' 또는 '임시적인'의 뜻을 더하는 접두사.

⑬ 街 : '거리' 또는 '지역'의 뜻을 더하는 접미사.

⑭ 歌 : '노래'의 뜻을 더하는 접미사.

⑮ 價 : '값'의 뜻을 더하는 접미사.

참으로 놀라운 열성으로 알뜰하게도 실어 놓았다. 보다시피 ①은 움직씨 '가하다'의 말뿌리(어근)라 하고, ②부터 ⑧까지 일곱 개는 이름씨(명사) 낱말이라 하고, ⑨부터 ⑮까지 일곱 개는 꼬리겹말(접미사)이라 한다. 그러니까 우리 토박이말에 없는 이름씨 낱말이 일곱 개나 있는 셈이다.

이름씨 낱말 일곱 개만 좀 더 들여다보자. ⑧은 본디 중국 성씨인데 우리나라에도 없지는 않으니 올릴 만하다. ②는 초·중등학교에서 성적을 매길 적에 쓰던 이른바 평어(수, 우, 미, 양, 가)의 꼴찌다. 그러나 이제는 그런 평어를 쓰지 않기로 해서 내버렸고, 거기 말고는 우리 가운데 누구도 한평생 이것을 이름씨 낱말로 써볼 수 없을 것이다. 그 밖에 ③ 부터 ⑦까지 다섯 개는 7천만 겨레 가운데 평생토록 다만 한 차례라도 이것을 이름씨 낱말로 써볼 사람 있으면 나와 보라고 하고 싶다.

이런 것(낱말이라 할 수 없어 것이라 한다)들은 지난날 우리 역사를 적은 한문 기록에 나타나서 사전 만드는 이들의 밝은 눈에 띄었겠지만, 우리 겨레의 입에 올라 주고받는 이름씨 낱말로 쓰인 적은 태고 이래로 없었을 것이다. 하물며 요즘이나 앞으로 이런 중국 글자들을 우리 낱말이라고 부려 쓰는 사람이 있을 것인가? 사실을 정확하게 말하면, 여기 보인 열다섯 개는 모두 우리 낱말이라기보다 다만 중국 글자(한자)에 지나지 않는다. 이런 중국 글자들을 국어사전에 올려놓고 우리 국어에는 한자말이 7할이라고 한다. 안다는 사람들이 그렇게 떠드니 여느 사람들은 그런가보다 할 수밖에 없다. 이런 국어사전을 하늘처럼 떠받들고 살아가니까 우리 세상이 이렇게 더디 밝아지는 것이다.

한자말에는 이처럼 안간힘을 다하여 충성한 국어사전이 우리말에는 어떠했는가? 지난날은 말할 것도 없고, 오늘날에도 수많은 사람들이 온 나라 곳곳에서 수없이 주고받으며 살아가는 입말에 눈길 한 번 제대로 돌려주지 않았다. 그저 책상머리에 앉아 글말로 적힌 것이나 찾아 싣는 것으로 몫을 다한다고 여겼다.

우리 고향에만 해도 수많은 사람들이 주고받으며 살고 있으나 국어사전에는 얼씬도 못한 낱말들이 적지 않다. "사람이라고 모두 같은 사람인 줄 아느냐? 사람도 다 뜨레가 있느니라", "한테다 뒤죽박죽 모으지 말고, 굵은 것과 잔 것을 뜨레 지어서 모아라" 하는 이름씨 '뜨레'. "여자들 소드래에 한번 오르면 망신당하기 십상이다", "어쩌자고 그런 소드래를 만들어서 난리를 피우나 그래?" 하는 이름씨 '소드래'. "성태는 처갓집 찜이 좋아서 높은 자리에 취직을 했다며?", "요새 같은 세상에 찜없는 사람

은 어디 서러워서 살겠나!" 하는 이름씨 '찜'. "서울로 이사를 간다 카더
니 에나가?", "영필이 그 사람 육자백이 소리 에나 잘 하데!" 하는 어찌
씨 '에나'. 그리고 '굼불어지다, 께루다, 끌빡다, 널쭈다, 떨구다'(국어사
전에도 떨구다가 실렸으나 우리 고향의 그것과는 다른 낱말이다) 같은 움직
씨 낱말들. '꿀찜하다, 느럼느럼하다, 뭇되다, 쑥쑥하다, 야삼하다, 옴부
랍다, 칼컬하다, 허축하다, 홀콩하다' 같은 그림씨 낱말들이 모두 국어사
전에 오르지 못하고 있다. 기나긴 세월 동안 서러움을 견디며 꿋꿋하게
살아오는 이들 낱말의 모습이 우리 고향을 지키며 이날까지 살아오는
농사꾼들 같아서 참으로 눈물겹기도 하고 믿음직하기도 하다.

　우리 고향 좁은 곳에서만 이만한 낱말들이 사전에 오르지 못하고 있다
면, 온 나라 곳곳에서는 얼마나 많은 낱말들이 그런 신세로 아직 살아
있을까? 지난날 기나긴 세월 동안 수많은 사람들이 입으로 주고받으며
살았으나 글말에 적히지 못하여 이제는 사라져버린 낱말은 또 얼마나 될
까? 우리가 자랑스러운 사람이 되려면 마음의 그릇인 우리 토박이말을
자랑스럽게 여기는 마음부터 가다듬어야 하고, 우리가 떳떳한 사람이 되
려면 아득한 조상으로부터 만들어 갈고 닦으며 써온 토박이말을 떳떳하
게 부려 쓰는 일부터 힘써야 한다. 우리가 사람다운 삶을 살려면 먼저
삶의 연모인 우리말을 자랑스럽고 떳떳하게 가꾸어야 마땅하다. 무엇보
다 국어사전이란 이런 일을 이끌고 북돋우는 몫에 안간힘을 다해야 한다.

　우리말은 본디 어찌씨나 그림씨 낱말은 넉넉하지만 이름씨 낱말은
모자라게 되어 있다는 소리부터 바로잡아야 한다. 이 또한 누구
입에서 나온 소린지 모르지만 적지 않은 사람들이 그런 줄 알고 맞장구
를 치기 때문이다. 세상 어떤 말일지라도 품사에 따라 낱말이 넉넉하기
도 하고 모자라기도 하고 그럴 수 있겠는가? 어느 품사의 낱말은 넉넉하
고 어느 품사의 낱말은 모자라고 그런 말을 가지고, 사람들이 생각을 주

고받으며 살 수 있을 것인가? 그건 어린애가 생각해도 말이 되지 않을 소리다. 그런데도 그런 벌소리가 활개를 치고 있으니 우리네 지성의 수준이 부끄럽다.

그런데 그런 소리가 나오는 데는 무슨 빌미가 있을 것이다. 나는 그 빌미를 둘로 본다. 하나는, 앞에서 말한 바와 같이 국어사전들이 한자말은 낱말이라 할 수 없는 것까지 깡그리 쓸어다 실으면서, 토박이말, 더구나 이름씨 낱말을 제대로 찾아 싣지 않았기 때문이다. 그러니까 우리 이름씨 낱말이 모자라는 것이 아니라, 국어사전에 오른 이름씨 낱말이 모자라는 것이다. 실제로, 산과 들에 가득한 풀 한 포기, 나무 한 그루, 이름 없는 것이 어디 있으며, 강과 바다에 그득한 조개 하나, 물고기 한 마리, 이름 없는 것이 어디 있는가? '꽃송이' 하나에도 '꽃받침'이 있고, '꽃턱'이 있고, '꽃잎'이 있고, '씨방'이 있고, '꽃술'이 있으며, 꽃술에도 '암술'이 있고 '수술'이 있고, '꽃술대'가 있고 '꽃술머리'가 있으며, '꽃가루'가 있다. 우리는 그런 낱낱까지 이름씨 낱말이 빠짐없이 있어서 그것들의 있음을 속속들이 알게 되는 것이다. 있어야 할 이름씨 낱말은 모조리 다 있고 또 있었으나, 국어사전들이 알뜰하게 찾아 싣지 않아서 적은 것으로 보일 뿐이다.

또 하나의 빌미는, 우리 이름씨 낱말을 오랜 세월에 걸쳐 한자말이 잡아먹었기 때문이다. 알다시피 한자말은 뜻 덩이인지라 모두가 이름씨 낱말이라 할 수 있고, 그래서 토박이 이름씨 낱말을 쉽게 잡아먹을 수가 있다. 이를테면, 지금 우리 눈앞에서도 부모가 어버이를, 고객이 손님을, 연령이 나이를, 전답이 논밭을, 초목이 푸나무를 잡아먹고 있다. 일천 수백 년에 걸쳐 우리 토박이 이름씨 낱말은 한자말에 잡아먹혔다. 그러나 그림씨와 어찌씨 낱말은 한자말이 잡아먹을 수가 없어서 언제나 본디 그대로 살아 있다. '알록달록하다'느니 '파릇파릇하다'느니 하는 그림씨 낱말이라든지, '어슬렁어슬렁' 또는 '기웃기웃' 같은 어찌씨 낱말은 한자말이 잡아먹을 수가 없었기에 고스란히 살아 있는 것이다.

우리 토박이말은 예나 이제나 모든 품사의 낱말이 넉넉하고 푸짐하다. 장승욱의 《재미나는 우리말 도사리》(하늘연못, 2004) 같은 책만 보아도 그런 사실을 짐작할 수 있다. 그런데 지난 일천 수백 년 동안, 짧게는 조선왕조 500년 동안 한자말이 수없이 밀고 들어와서 우리 이름씨 낱말을 잡아먹었다. 지배계층 사람들이 중국문화에 얼을 빼앗겨 우리 토박이말을 업신여기며, 저들의 한자말을 우러르면서 분별없이 끌어들이고, 토박이말을 버리고 한자말을 쓰는 것이 좋은 삶으로 나아가는 길이라고 줄기차게 가르치며 부채질을 했다. 아이들이 토박이말을 쓰면 '상스럽다' '상놈 말이다' 하면서 못 쓰게 하고, 낱낱이 한자말로 바꾸어 쓰라고 가르치고, 한자말을 써야 양반답고 양반이 된다고 하면서 우리말 죽이기에 힘썼다. 한자말이 우리 토박이말을 잡아먹을 수 있도록 충성스러운 앞잡이 노릇을 다한 것이 다름 아닌 우리 지식인들이었다.

학문하는 사람들 가운데는 당장 자기 학문에 쓸 수 있는 우리 토박이 낱말이 없다고 불평하는 이들이 있다. 그러면서 일본 한자말이나 서양말을 보란 듯이 마구 끌어들여 쓰기를 밥 먹듯이 한다. 그렇다. 오늘 당장 갖가지 학문에 바로 쓸 수 있는 우리 토박이 낱말이 마련되어 있지는 않다. 그러나 그것은 우리 토박이말 탓이 아니라 학문하는 사람들 탓이다. 학문하는 사람들이 토박이말을 학문에다 부려 쓰지 않았는데, 말이 어떻게 스스로 생겨나 '나 여기 있습니다' 하겠는가? 말이란 사람이 쓰려고 하면 없는 데서도 생겨나고, 쓰지 않으면 있던 것도 사라진다. 부지런히 써주면 써줄수록 푸짐하고 무성하게 자라난다. 그래서 말을 가꾸는 길, 말을 사랑하는 길은 '국어사랑 나라사랑' 표어를 써서 붙이는 것이 아니라, 부지런히 써주는 수밖에 없다. 농사짓는 사람들, 고기 잡는 사람들, 나무꾼, 사냥꾼, 놀이패들은 토박이말을 부지런히 써주니까 그런 쪽에 토박이 낱말은 더없이 넉넉하고 가멸지다.

우리네 학자들은 예로부터 토박이말을 써주지 않았다. 왕조시대 오랫동안은 아예 중국 글말[한문]로만 학문을 했다. 요즘에 영어로 논문을 쓰는 것과 마찬가지다. 왕조시대가 끝나자 학자들은 일본말과 서양말을 끌어다 쓰려고만 하면서 토박이말을 돌보지 않았다. 그래서 학문하는 사람들은 오늘도 학문에 첫발을 들여놓으면서 한문, 한자말, 일본말, 서양말로 써놓은 책과 논문으로 씨름을 한다. 그러니까 젊은 학자들에게도 낯익은 말은 모두가 한문, 한자말, 일본말, 서양말뿐이다. 그렇게 낯익은 남의 말들로 학문을 하며 아무런 걱정 없이 태평하면서 우리말에는 학술 용어가 없다는 소리를 보란 듯이 하는 것이다.

그러나 그렇게 빌린 남의 말로써는 참된 우리 삶을 밝히는 학문이 이루어지지 않는다. 말이 삶에서 자라난 상징이고 말이 삶을 담아내는 그릇이기 때문에, 우리가 스스로 만들어낸 말이 아니면 우리 삶이 거기 담기지 않는다. 남의 낱말을 가지고 학문을 하면서도 그것이 우리 삶을 담아내는 학문인 줄 알고 있겠지만 그것은 참된 우리 삶이 아니다. 남의 말에 낯익은 학자들의 착각일 뿐이고, 남의 말에 낯선 여느 사람들에게는 아무런 상관이 없는 잠꼬대에 지나지 않는다. 그런 진실을 깨달으면 어떻게 해서든지 아직은 학문에 낯선 우리 토박이말을 부려 쓰려고 안간힘을 다하지 않을 수 없다.

이제 학자들은 토박이말로 학문하는 일에 안간힘을 써야 한다. 전자말의 시대에 전자기술로 세상을 이끌어갈 수 있다는 자신감이 일어나는 지금이야말로, 토박이말로 학문하는 길을 열어야 할 때다. 우리 토박이말로 우리 삶을 담아내는 학문을 일으켜 인류 문명에 빛을 밝히는 길로 나아가야 할 때가 왔다. 이런 기회는 우리 겨레의 역사에서 일찍이 없었다. 선배를 본보지 말고 앞장서는 젊은 학자가 나와야 한다. 어찌 하면 젊은 학자들이 앞장서 이 길을 열려고 다투어 나설 수 있을까?

셋

나라와 나랏말

우리나라는 지난 100년 동안 지독한 아픔을 겪었고
아직도 남북이 두 동강난 채로 아픔은 끝나지 않았다.
이런 아픔의 까닭은 여럿이 얽혔지만 가장 큰 것은
지난날 왕조들이 나랏말, 온 백성이 나날이 주고받으며 살아가는
우리말을 갈고 닦으며 가꾸지 않았기 때문이다.
나랏말을 온 백성이 쉽고 편안하게 주고받으며
마음을 모아 살아갈 수 있도록 해주지 않았기 때문에
마침내는 나라를 남에게 빼앗기는 지경까지 이르렀다.

아직도 우리나라를 다스리는 사람들,
정치하는 사람이나 경제하는 사람이나 행정하는 사람들이
그런 사실을 깨닫지 못한다.
정치를 살리고, 경제를 살리고, 행정을 살리고, 사람을 살리고, 사회를 살리려면
나랏말 정책이 바로 서야 한다는 사실을 모른다.

돈만 많이 벌어서 좋은 집에 살고 좋은 차를 타고 좋은 길을 내면
복되고 즐거운 세상이 되리라 믿는지 모르겠지만 그건 아니다.
그런 세상은 무엇보다도 서로 주고받는 말이 쉽고 깨끗하고 아름다워서
서로의 마음을 하나로 모을 수 있어야 이루어질 수 있다.

가_ 나라와 나랏말 정책

사람의 동아리에서 말은 피고 말길은 핏줄이다. 동아리가 가정이든 학교든 관청이든 기업체든 사회단체든, 나아가 나라든 겨레든 두루 마찬가지다. 동아리의 피인 말이 깨끗하고 동아리의 핏줄인 말길이 훤히 뚫려 있으면 동아리의 생명은 살아 떨친다. 거꾸로 동아리의 피인 말이 혼탁하고 동아리의 핏줄인 말길이 막혀 있으면 동아리의 생명은 시들어 죽는 수밖에 없다. 이것은 추상 논리가 아니라 인류 역사 안에서 끊임없이 되풀이한 현실 원리다.

그런데 안타깝게도 우리는 이런 원리를 제대로 깨닫지 못하고 살아왔다. 말이 사람과 동아리를 살리고 죽이는 피며, 말길이 사람과 동아리를 살리고 죽이는 핏줄이라는 근본을 아직도 잘 모르고 산다. 말을 연구하는 학자도 많고 말을 가르치는 교사도 많지만, 말이 사람과 동아리를 죽이기도 하고 살리기도 한다는 사실을 뼈저리게 깨달은 사람은 거의 없다. 학교교육에서도 말 교육에 적잖은 시간을 바치지만, 말과 말길이 사람과 동아리를 살리고 죽이는 피며 핏줄이라는 사실을 제대로 가르치지 못한다. 그것은 우리가 본디 어리석어서가 아니라 지난 역사에서 겨레의 지도자들이 삶의 길을 잘못 이끌어서 그런 원리를 겪으며 깨달을 수가 없었기 때문이다.

이를테면, 조선왕조 시대에 나라를 다스리던 사대부들도 끊임없이 '말길[언로]이 막히면 나라가 무너진다'고 부르짖었다. 그러나 그들은 겨레 말을 버리고 중국 글말[한문]로 말길을 내어 그 길로 다닐 수 있어야 사람 노릇을 하는 줄 알았다. 그래 놓고 중국 글말의 길로 다니는 사대부의 말길을 임금이 막으면 나라가 무너진다고 부르짖은 것이다. 살기 바쁜 백성은 중국 글자에 말길을 빼앗겨 밤낮 한숨과 눈물로 살아도 거들떠 보지 않고, 그런 백성도 더불어 말을 주고받으며 동아리를 이루어 복되게 살아야 한다는 사실도 모른 척했다. 그러니 백성과 더불어 쓰는 말과 말길을 어찌 꿈엔들 걱정했을까 보냐!

이렇게 지난날 우리 겨레의 지도자들은 온 겨레가 누구나 마음껏 말하고 들을 수 있는 겨레말의 길은 넓히려 하지 않고, 백성은 다닐 수 없는 말길을 만들어 저들만 다니면서 자랑으로 삼았다. 이처럼 그릇된 길에 오래 길들여 살아온 탓에 오늘 우리는 말이 사람 동아리의 피며 말길이 사람 동아리의 핏줄이라는 사실조차 깨닫지 못하게 되었다. 더구나 지도층일수록 지난날 지도층이 그랬던 것처럼 온 백성의 말길을 가로막는 한자와 한자말, 로마자와 서양말을 자랑삼아 쓰면서 뽐내고자 한다.

우리네 말의 문화가 이러하므로 나라 동아리의 힘을 끌어올리고자 하는 나랏말 정책은 올바른 길을 찾기가 쉽지 않다. 나갈 길을 똑바로 가늠하고 굳은 마음으로 일할 사람이 없으니 정책을 짊어져도 일을 엉뚱하게 이끌어 빗나가기 일쑤였다. 나랏말 정책을 세워야 하는 정부에 나랏말이 나갈 길을 똑바로 내다보는 사람이 없으니 정책을 맡는 관청도 올바로 세우지 못했다.

돌이켜보면, 우리는 나랏말 정책을 맡는 관청보다 먼저 연구기관으로 첫걸음을 떼었다. 정책의 길을 모르니 연구부터 해야겠다는 판단을 했으리라. 그래서 1907년 7월 8일에 학부 아래에 '국문연구소'를 세웠는데, 1910년 10월에 나라를 빼앗기면서 물거품이 되었다. 그러고는 나라를 되찾고 정부가 들어서도, 정부가 바뀌어 제2공화국, 제3공화국, 제4공화국이 되어도 나랏말 정책을 맡을 관청은커녕, 연구기관조차 세우지 못했다. 1984년 5월 10일에서야 문교부 소속 학술원 인문과학부 제2분과 안에 '국어연구소'라는 연구기관을 겨우 열었고('국문연구소'가 문을 닫고 75년 만의 일이다), 1990년 11월 14일에 문화부 소속으로 옮기고 자리를 조금 높여 '국립국어연구원'이라는 이름으로 오늘에 이르렀다.

보다시피 '국문연구소', '국어연구소', '국립국어연구원'은 나랏말 정책을 맡는 관청은 아니다. "국어의 합리화와 국민의 언어생활 향상을 도모하기 위한 조사 연구 업무를 관장(문화관광부 소속 기관 직제 제5장 제30조)하는" 연구기관일 뿐이다. 나랏말 정책을 맡는 관청은 1990년 1월 3일에야 비로소 문화부 어문출판국 아래 '어문과'로서 처음 생겼다. 빼앗긴 나라를 되찾고서도 45년 만의 일이다. 이것이 지금은 문화관광부 문화정책국 아래 '국어정책과'로 이름을 바꾸어 자리 잡고 있다.

그런데, 요즘 이상한 소문이 나돈다. 문화관광부의 '국어정책과'를 없애고 옆에 있는 '문화정책과'에서 그 일을 떠맡기로 했다는 소문이다. 우리 겨레의 역사에서 나라 생기고 처음 시작한 나랏말 정책의 관청이 겨우 15년도 못 견디고 없어진다는 것이다. 이런 소문이 사실이라면, 말과 말길이 나라 동아리의 피며 핏줄이라는 사실을 우리가 아직도 얼마나 깜깜하게 모르는가를 새삼 깨우치는 셈이다. 참으로 부끄럽고 놀라운 소문인데, 뜬소문이 아니라면 가만히 보고 있을 수 없는 일이다. 말과 말길이 나라 동아리의 피며 핏줄인 줄을 아는 사람들이 일어나서 '국어정책과'를 없애지 못하도록 막아야 마땅하다.

'국어정책과'를 없애지 못하도록 막기보다 오히려 '국어정책국'으로 높이도록 하는 것이 올바르다. 지금 문화관광부에는 기획·지원, 총무, 문화 정책, 문화 산업, 예술, 관광, 체육, 청소년 같이 여덟 국이 있다. '문화'를 '정책'과 '산업'의 둘로 나누어 국을 세우고, 게다가 문화의 핵심인 '예술'은 따로 빼내어 또 다른 국을 세웠다. 그러면서도 '국어'는 문화정책국 아래 하나의 과로 두었던 것이다. '국어'가 제대로 살아나야 그 위에서 '예술'도 살아나고 '문화'도 살아난다면 '예술국'과 '문화정책국' 보다 앞자리에 마땅히 '국어정책국'을 앉혀야 한다.

한 걸음 더 나아가서, 우리말살리는겨레모임에서는 차라리 말이 난 김에 나랏말 정책 관청을 올바로 세우는 운동을 벌이자는 의논이 일어났다. 우리말 살리는 특별법을 만들어서 대통령 직속으로 '국어정책청'을 세우게 하자는 것이다. 이것이 지구 가족의 세상에서 우리 겨레의 앞날을 떨치게 하는 디딤돌이 되리라 믿기 때문이다. 말이 깨끗하게 살아나고 말길이 훤하게 뚫려야 나라 동아리의 삶이 떨치며 살아날 것이기 때문이다.

지구 가족의 시대로 들어섰으니 우리말을 버리고 미국말을 국어로 쓰자는 사람들이 적지 않다. 국경이 없어지고 온 세상 사람들이 하나로 어우러져 살아야 하기 때문에 힘 있는 나라의 말을 쓰지 않을 수는 없다. 이런 흐름은 가만히 두어도 세상 사람들의 삶을 서로 닮게 만들고, 무엇보다도 어우러지게 하는 수단인 말을 먼저 닮게 한다. 그래서 작고 힘없는 동아리의 말은 크고 힘있는 동아리의 말에게 빨려 들어갈 수밖에 없어서, 마침내 몇 가지 커다란 말의 동아리만 살아남는 세상을 맞을 것이다.

이런 세상은 곧 인류의 종말이다. 지구라는 땅 위에 저마다 아름다움을 뽐내던 온갖 꽃들은 모두 사라지고, 오직 키 큰 해바라기만 온통 가득한 것과 같은 세상이다. 온 세상에 저마다 갖가지 신비스러운 모습을 지니고 살던 짐승들은 모두 자취를 감추고, 오직 커다란 코끼리만 수두룩이 남은 것과 같다. 그것은 하늘이 바라는 세상이 아니다. 크고 작은 꽃들과 갖가지 짐승들이 저마다 남다른 빛깔과 모습을 뽐낼 수 있어야 자연이 아름답게 살아난다. 사람의 말과 동아리도 마찬가지다. 지구 가족의 시대로 나아갈수록 사람의 동아리는 저마다 말을 갈고 닦아서 제 빛깔을 뽐내야 한다. 그것이 인류의 문화를 푸짐하게 하는 일이고, 인류의 삶을 넉넉하게 하는 길이다. 지구 가족이 더불어 살아야 하기 때문에 나라와 겨레마다 말을 가꾸는 일의 값어치가 더욱 높아진다는 뜻이다. '국어정책과'의 소문에 우리가 가슴 졸이는 까닭이 바로 여기 있다.

> 이 글을 쓴 뒤에 국립국어연구원은 국립국어원으로 바뀌어 자리가 높아지고, 문화관광부의 직제도 달라졌다. 그러나 내 글의 본디 모습은 그대로 두기로 했다.

나_ 한글날과 국경일

올 해도 어김없이 한글날은 다가온다. 그러나 한글날의 값어치를 제 대로 아는 사람이 많지 않아 국경일에서 쫓겨난 뒤로, 이 날을 맞 을 적마다 안타까움을 누를 수가 없다. 올해에는 어떻게든지 한글날을 국경일로 되돌려 놓아야 한다고 안간힘을 다하고 있지만 앞길은 어둡기 만 하다. 지난 16대 국회에서 애쓰다가 뜻을 이루지 못한 국회의원들이 다시 힘을 모아 행자위에 한글날국경일제정법(안)을 상정하였다 한다. 그러나 정부의 주무부처인 행정자치부와 몇몇 한나라당 국회의원들이 반대하고 있어서 분과위원회를 넘어서기조차 쉽지 않은 모양이다.

국 경일이란 말 그대로 온 나라 사람이 함께 기뻐 잔치를 벌이는 날 이다. 한글날도 대한민국이 광복으로 되살아난 그날부터 당연히 국경일이었다. 그런데 난데없이 잘 사는 나라를 만들자면 쉬는 날을 줄 여야 한다면서 1990년에 정부와 국회와 재벌이 손잡고 한글날을 국경일 에서 빼버렸다. 그로부터 한글 덕분으로 우리가 이만큼 살게 되었다는 사실을 꿰뚫어 아는 사람들은 이것을 되돌리려고 온갖 힘을 쏟았으나 먹혀들지 않았다. 부지런히 일해서 잘 살아보자는데, 국경일을 늘려서 왜 자꾸 놀려고만 하느냐는 경제인들의 입김이 거세기 때문이다. 아니, 한글이야말로 우리 삶을 끌어올리는 가장 큰 힘이라는 사실을 많은 사람들이 알지 못하기 때문이다. 대통령도 모르고, 국무총리도 모르고, 국회의장도 모르고, 대법원장도 모르기 때문이다.

한글은 한 마디로 장님이었던 우리 모두의 눈을 뜨게 한 기적의 글자다. 한글 덕분에 우리는 온 세상 구석구석을 깊이 알아볼 수 있게 되었고, 멀리 지나간 옛날이나 아득히 다가오는 앞날도 환히 바라볼 수 있게 되었다. 한글 덕분에 글자를 읽고 쓰는 사람의 비율이 세계에서 가장 높고, 정보 기술 발전 속도가 일본과 미국을 앞지르고 있다. 손전화 단추 하나에 로마자는 셋씩 맡았지만 한글은 둘씩 맡고도 남았으니 문자 통신에서 한글이 로마자보다 3분의 2나 더 빨리 주고받을 수 있지 않은가! 알고 보면 한글 덕분에 우리는 너나없이 신문을 보고, 책을 읽고, 인터넷을 하면서, 삶의 주인이 되어 민주주의 세상을 만들어낼 수 있었던 것이다.

15세기부터 세종임금 뜻대로 정음청이 제 몫을 하게 했더라면 우리는 일찍이 서유럽의 어떤 나라에도 뒤지지 않는 문명국으로 뛰어올랐을 것이다. 15세기에 벌써 유교 경전과 불교 경전을 거의 한글로 뒤쳤고, 백성들이 꼭 알아야 할 농사와 의약의 책이며 사대부들이 하늘 같이 떠받들던 당나라 두보의 시들까지도 한글로 뒤쳤다. 그런 걸음으로 모든 백성이 유교와 불교의 경전을 읽고 삶의 과학에 눈을 뜨게 했으면, 임진왜란이니 병자호란이니 일제 침략이니 조국 분단이니 하는 서러움을 무슨 까닭에 겪을 것인가! 일찍이 우리 겨레는 빛나는 문화로 세상을 이끌었을 것이다.

한글이 없었다고 생각해 보자. 우리는 지금도 이두로 토를 달아 《천자문》을 배우고, 《동몽선습》을 배우고, 《명심보감》을 배우고, 《소학》을 배우느라 초등학교 여섯 해를 몽땅 보내고도 모자랄 것이다. 중학생이 되고 고등학생이 되어도 새카만 한문으로 적힌 역사책과 지리책과 사회책을 들고서, 글자 뜻풀이에 매달려 속살은커녕 껍데기만 들여다보는 데도 겨를이 없을 것이다. 그러니 어느 틈에 우주와 자연의 신비를 공부하며, 어느 짬에 반도체와 인터넷을 새롭게 하며, 어느 겨를에 언어와 예술의 속살을 공부하여 맛보고 즐길 수 있을 것인가! 대학생이 되고 대학 교수가 되어도, 새카맣게 한문으로 적힌 이능화의 《조선도교사》, 허균의 《성소부부고》, 이규보의 《동국이상국집》, 균여의 《탐현기석》, 원효의 《십문화쟁론》을 끌어안고 헤매다가 날이 하얗게 샐 것이다. 마을마다 동네마다 거의 서당이 들어서 있었던 조선 말엽 고종 시절에도, 한문을 읽고 쓸 수 있는 조선 사람은 겨우 백에 둘뿐에 지나지 않았다고 헐버트 목사가 계산해 놓았다. 겨우 100년 들이께인 그때에 우리 겨레는 백에 아흔여덟이 눈뜬장님으로 살아가고 있었다는 사실을 알아야 한다.

한글이 없었으면 한반도가 아직도 중국에 싸잡혀 들어가지 않고 우리 배달겨레의 터전으로 남아 있기나 할까? 핏줄로나 삶으로나 우리의 형제며 사촌이었던 만주의 여진겨레 사람들이 중국을 차지하여 청나라를 세우고 300년을 다스리고도 끝내는 중국에 싸잡혀 들어가고 말았는데, 우리가 무슨 재주로 한문을 쓰면서 배달겨레로 살아남을 수 있었을 것인가? 명나라의 고명을 받고서야 간신히 견딜 수 있었던 조선 왕실과 지배층 사대부들은, 온갖 수단을 다해서 백성들이 입말조차 중국말을 쓰게 하면서 어서 빨리 중화가 되자고 다그쳤을 것이다. 한글이 우리 입말을 지켜내지 않았으면 배달겨레가 세상에서 사라지고 없는 자리에 오늘 우리가 서 있을 것이다.

몸서리칠 상상이지만, 이것은 만주를 비롯한 중국 언저리의 수많은 겨레와 남북 아메리카, 오스트레일리아, 아프리카 같이 넓디넓은 대륙의 원주민들 역사가 우리의 눈앞에서 증명하고 있는 사실이다. 제 입말을 그대로 적을 수 있는 글자를 쓰지 못한 겨레들이 남의 글자로 남의 글말을 쓰다보면, 저도 모르는 사이에 언젠가는 입말까지 잊어버리게 되고, 겨레조차 사라지는 것이 자연의 이치다. 우리라고 그런 자연의 이치를 벗어날 수 있다고 누가 우길 수 있는가! 한글이라는 글자를 만들어 우리 입말을 고스란히 적을 수 있었기에, 우리는 마침내 한문의 굴레와 왕조의 신분제도에서 벗어나 오늘 같이 밝은 세상을 만날 수 있었다.

한글이 얼마나 훌륭한 글자인가는 이제 딴 나라 사람들이 오히려 더 잘 알아서 우리를 거듭 깨우쳐주고 있다. 온 세상의 앞날을 걱정하는 유네스코에서, 해마다 눈뜬장님을 깨우치는 일에 가장 애쓴 사람에게 '세종임금상'을 주면서, 아직도 글자 없어 장님 노릇하는 겨레들에게 한글을 쓰게 하는 길을 마련하려고 애쓰고 있다 하니, 무슨 말을 더할 것인가! 그것은 이 세상 어디에도 닿소리 열넉 자와 홀소리 석 자(본디 석 자였으나 열 자로 잘못 알았다가 손전화에 글자를 얹으면서 본디대로 석 자임을 새삼 깨달았다)로 온갖 말을 다 적을 수 있는 글자가 한글 말고는 없기 때문이다. 이런데도 쉬는 날을 줄이자고 한글날을 국경일에서 빼버릴 수 있나? 말이 난 김에 차마 내뱉을 수 없는 말이지만 우리나라 국경일을 한글날에 견주어 따져보고 싶다.

3·1절은 나라를 빼앗겼던 시절에 온 나라에서 모든 사람이 떨치고 일어나 줄기차게 싸우며 겨레의 얼을 세상에 드높인 사실을 기뻐하며 즐거워하는 날이다. 총칼로 무장한 군대와 경찰 앞에 남정네나 여인네나 늙은이나 어린이나 아무런 두려움 없이 맨손으로 만세를 부르며 목숨을 내놓았던 거룩한 정신을 기리며 온 겨레가 함께 기뻐하고 즐거워하는 것이다.

그러나 눈을 들어 멀리 보면 우리 겨레 오천 년 역사 안에 이런 일은 3·1절뿐이 아니다. 일제 침략에 맞선 때만 해도 동학농민군을 비롯하여, 나라 안팎에서 의병과 광복군과 독립군으로 줄기차게 싸우며 거룩하게 목숨을 내놓았다. 조선시대만 해도 임진년과 병자년 왜적과 호적에 맞서 수많은 사람들이 떨쳐 일어나 거룩하게 목숨을 내놓고 맞서 싸웠다. 고려와 남북국시대와 삼국시대와 고조선시대로 올라가면 그처럼 거룩한 싸움이 얼마나 많을 것인가?

제헌절은 그야말로 대한민국이라는 나라의 뼈대인 헌법을 만들어낸 일을 기뻐하며 즐거워하는 날이다. 나라가 흔들리지 않도록 기틀을 마련한 날이니 국민이면 모두가 기뻐하고 즐거워해야 마땅하다. 그러나 눈을 들어 조금 크게 보면 대한민국은 겨레의 반쪽으로 이루어진 나라다. 온 국민이 자나 깨나 나머지 반쪽을 그리워하며 '우리의 소원은 통일'이라고 부르짖으며 살아가는 안타까운 나라다. 헌법조차 나머지 반쪽을 우리 나라로 못 박은 것만 보아도 알아볼 일이다. 남북을 한 나라로 생각하면서도 남쪽이 홀로 나라를 세워 헌법을 만든 제헌절을 마음껏 기뻐할 수 있는가? 더구나 북쪽은 저들끼리 조선인민공화국을 세워서 저들만의 헌법을 만들어 나라를 다스리고 있으니 어찌 우리 제헌절의 기쁨이 절반으로 줄어지지 않을 것인가?

광복절은 서른다섯 해 동안 빼앗겼던 나라를 되찾은 날, 말 그대로 빛을 되찾은 날이니 온 겨레가 함께 기뻐하며 잔치를 벌여 마땅한 날이다. 반세기에 걸쳐 왜적의 침략을 막으려 목숨을 바친 순국선열의 넋들과 더불어 온 겨레가 함께 춤추며 즐겨야 하는 날이다. 우리 겨레의 기나긴 역사 안에서 남의 침략에 나라를 송두리째 빼앗겨 종살이를 서른다섯 해나 했던 서러움은 없었기 때문에 광복절의 기쁨은 더욱 진한 것이다. 그러나 광복절 또한 머리를 흔들고 생각해 보면 가슴 아픈 구석이 없지 않다. 광복절이 곧장 남북 분단으로 이어졌기 때문이다. 함께 손잡고 춤추어야 마땅한 겨레가 둘로 갈라져 총칼을 겨누며 서로를 죽이는 싸움까지 벌이는 빌미가 광복절에 잇닿아 있어서, 마냥 즐겁기만 할 수 없다.

개천절은 겨레의 첫 할아버지 단군 왕검이 널리 사람을 이롭게 한다는 뜻으로 나라를 세웠다는 날이다. 곳곳에 흩어져 저마다의 무리로 모여 다투고 싸우며 살던 사람들이, 단군의 나라 조선, 해맑은 아침의 나라로 하나를 이루어 사이좋게 핏줄을 나누며 겨레를 이루기 시작한 첫날이라니, 온 겨레가 기념하여 잔치를 벌여 마땅한 날이다. 그러나 그날이 과연 그날인가? 단군조선이 과연 우리 겨레가 처음 세운 나라인가? 환웅이 세웠던 한나라(환국, 곧 큰 나라)는 우리 겨레의 나라가 아니었던가? 이처럼 미심쩍은 구석이 적지 않지만 그것은 우리가 힘써 밝히고 찾아내야 할 과제로 접어둔다. 어느 겨레든지 그런 날은 신화로부터 찾아 상징으로 받아들이게 마련이기 때문이다.

이렇게 우리네 국경일을 두루 따져보면 볼수록 한글날이 거기서 빠졌다는 사실은 더욱 뼈아파진다. 나는 사반세기 전에 난생 처음으로 남의 나라에 나가 한 해를 보냈는데, 몇 달을 두고 무엇으로 나와 내 나라를 남들에게 내세울 수 있을까 하며 고민해 보았으나, 한글 말고는 다른 것이 없었다. 그래서 내 손으로는 처음으로 명함이라는 것을 만들어, 앞쪽에는 큼직한 한글로 뒤쪽에는 작은 로마자로 이름과 직업을 적어서 만나는 사람마다 주며 한글을 자랑했다. 시간이 닿기만 하면 명함 받은 사람의 이름을 한글로 적어주고 한글을 읽고 쓰도록 가르쳐주었다. 한글 같은 글자는 세상에 다시없기 때문에, 아무도 나와 우리 겨레를 깔보지 못한다고 생각하며 어깨를 펴고 돌아다녔다.

한글날이야말로 온 겨레가 기뻐하며 잔치를 벌여야 마땅한 국경일이다. 어느 국경일보다 온전하게 즐거워하며 온갖 잔치를 마련하여 세상 사람들에게 자랑할 국경일이다. 세종대왕을 비롯하여 한글을 만드느라 밤잠을 설쳤던 집현전 여러 학자들의 넋도 불려 모시고, 갖가지 잔치를 벌여야 마땅한 국경일이다. 먹고 살기 바빠서 쉬는 날을 모두 줄이더라

도, 맨 마지막까지 남겨 두어야 할 국경일이다. 한글의 값어치를 속속들
이 아는 외국 사람들에게 손가락질을 받지 않기 위해서라도, 올해에는
반드시 한글날을 국경일로 되돌려 놓아야 하겠다.

다_ 교육인적자원부라는 관청의 이름

우 리 모임에서는 위와 같은 제목으로 2001년 5월 16일 '대통령 비서
실 인터넷 신문고'에 건의문을 보냈다. 그 건의문은 《우리 말·우
리 얼》 제28호에 그대로 실렸다. 그리고 교육인적자원부에서 보낸 다음
과 같은 내용의 회신을 받았다.

○ 2001. 1. 29. 정부조직법 개정에 따라 교육부가 교육인적자원부로 개편되면
   서 기존에 교육부에서 수행해오던 학교교육, 평생교육 및 학술에 관한 사무
   는 물론 국가 전체적 관점에서 인적자원개발 정책을 수립하고 총괄·조정
   하게 된 것입니다.
○ 교육인적자원부로 명명한 것은 국가수준의 인적자원개발 정책을 종합적으
   로 관장하고자 하는 데 있었으며, 여기서 말하는 인적자원(Human Resource)
   은 국가·사회 발전과 국민 개개인 삶의 질 향상을 위하여 갖추어야 할 기
   술력, 정보력 및 도덕적 성숙 등 인간의 제 능력과 품성을 지칭하고 있음을
   말씀드리니 이해하여 주시기 바랍니다. 끝.

보시다시피 돌아온 대답에는 '이름을 고칠 수 없다'는 뜻이 숨어 있고,
고칠 수 없는 까닭이 두 가지임을 알리려고 한 듯하다. 까닭의 하나는
지난날 교육부와는 다른 일을 새로 더 넓게 맡았다는 것이고, 또 하나는
'인적자원'이라는 말의 뜻을 제대로 알아서 '이해하라'는 것이다. 첫째

까닭은 새로 이름을 바꾸면서 "국가 전체적 관점에서 인적자원개발 정
책을 수립하고 총괄·조정하게 된 것"이며 "국가수준의 인적자원개발
정책을 종합적으로 관장하고자" 한다는 것이다. 둘째 까닭은 "인적자원
(Human Resource)은 국가·사회 발전과 국민 개개인 삶의 질 향상을 위하
여 갖추어야 할 기술력, 정보력 및 도덕적 성숙 등 인간의 제 능력과 품
성을 지칭하고 있"으니 그런 줄로 알라는 것이다.

그런데 이런 회신을 보고 잠잠히 받아들일 수 없는 것은 대답의 속
살이 우리가 건의하면서 내세웠던 두 가지 주장을 모두 비껴 나
갔기 때문이다. 우리는 건의문에서 첫째로 '교육인적자원부'가 무슨 말
인지 알 수 없다고 했다. 말을 길게 하기 어려워 간추렸지만, '교육'과
'인적'과 '자원'을 하나하나 따져보아도 그렇고, 그것들을 묶어보아도 무
슨 말인지 알 수가 없다고 했다. 그뿐 아니라 '인적'(人的)이라는 말은 우
리말도 아니라고 했다.

그런데 보내온 대답은 여기에 맞추어 "여기서 말하는 인적자원(Human
Resource)은 국가·사회 발전과 국민 개개인 삶의 질 향상을 위하여 갖추
어야 할 기술력, 정보력 및 도덕적 성숙 등 인간의 제 능력과 품성을 지
칭하고 있음"이라고 한다. 그러나 이런 뜻매김은 어디서 온 것인가? 우
리 모임에서는 여러 사람들이 모여 이야기를 해봐도 그런 뜻을 찾아낼
수 없었고, 사전에도 그런 풀이란 도무지 찾을 수 없는데, 어디서 그런
뜻매김이 나타났는가? 정부가 이제부터 그렇게 쓰기로 했으니 국민은
그리 알아달라는 뜻이라면 그건 작은 일이 아니다.

정부라고 해서 마음대로 말을 만들어 쓸 수 없고, 더구나 온 국민이
한 사람도 빠짐없이 평생의 삶에 걸쳐서 관계를 맺는 관청의 이름을 그
처럼 어름어름하게 만들어 쓸 수는 없다. 게다가 우리가 '무슨 말인지
알 수가 없다'고 한 데에는 뼈아픈 속뜻이 담겼다. 나라의 주인인 백성을

알아들을 수 없는 말로써 정부가 내리누르지 말라는 뜻이었다. 오랜 왕조사회를 거치는 동안 '백성 없는 나라는 없다'는 말을 두고 쓰면서도 언제나 임금과 관리들은 백성이 알아들을 수 없는 말로써 내리눌렀기 때문이다. 어름어름한 말을 자주 써서 백성들이 어릿어릿하도록 만들어놓고, 저들의 이기심에 맞추어 나라를 주물러온 것이 오랜 왕조시대의 세상이었다. 그래서 백성은 속고 짓밟히며 불쌍한 삶에서 헤어나지 못하니까, 나라와 겨루는 갈수록 힘이 빠져 부끄러운 역사를 거듭하였다. '무슨 말인지 알 수가 없다'는 것은 이름부터 백성들이 환히 들여다볼 수 있도록 해놓고, 관리들이 그 안에서 봉사해 주기를 바란다는 뜻이었다.

우리는 건의문에서 둘째로 '교육인적자원부'라는 말에는 국민을 주인으로 섬기지 않고 써먹는 도구로 보려는 마음이 담겼다고 했다. 국민을 주인으로 모시는 민주 정부의 관청 이름이기보다 국민을 다스리고 이용하려는 독재 정부의 관청 이름에 어울린다고 했다. 관청의 이름을 이렇게 만드는 마음 때문에 우리의 교육이 국민들에게 희망을 주지 못하고 교육 이민을 떠나게 만들지 않느냐고 했다. 인간의 존엄성을 짓밟는 뜻이 담긴 이름을 서슴없이 붙이는 정신이 우리 교육의 뿌리를 흔든다는 말이었다.

그런데 보내온 대답에는 이것을 두고 이렇다 할 말이 없고, 다만 '교육인적자원부'가 하려는 일을 힘차게 밝혔을 뿐이다. '교육인적자원부'가 하려는 일로서 밝힌 것이 다름 아닌 국민을 자원으로 보고 그것을 "개발하는 정책을 총괄·조정"할 것이라고 당당하게 말했다. 사람이 지니고 있는 "힘(~력)"과 "능력"과 "품성"은 그대로 오직 가장 값진 것일 뿐, 다른 무엇을 만들어내는 데에 쓰일 "자원"(Resource)일 수 없다는 진리를 보란 듯이 짓밟고 있는 것이다.

사람의 인격이 오직 높고 가장 값지다는 존엄성을 짓밟고, 그것을 산업이니 개발이니 진보니 혁명이니 하는 '무엇'의 자원과 수단으로 보면 참으로 무서운 일이 벌어질 수 있다. 그래서 빚어진 무서운 일은 이미 지난 두 세기에 걸쳐 곳곳에서 갖가지 사건으로 모자람 없이 겪었다. 마르크스가 가난한 이들의 혁명을 꿈꾸며 레닌이 그것을 실현하게 만들었고, 히틀러가 유대인의 학살을 죄책감도 없이 자행하게 만들었다. 우리도 박정희 정부 때에 국민을 "민족중흥의 역사적 사명을 띠고 태어났다"고 하면서 사람을 민족중흥의 도구로 여기는 풍토를 만들었다. 그런 마음으로는 개발과 진보를 이룰수록 사람의 삶이 고달프고 괴로워질 뿐이라는 사실을 역사가 숨김없이 보여주었다.

그런데도 정부는 우리의 걱정에 성의 어린 대답을 주려고 하지 않았다. 우리의 걱정은 걱정거리도 아니며 대답할 값어치조차 없다고 여기는 가보다. 나는 '교육인적자원부'라는 이름에 담긴 여러 가지 걱정스러운 속내를 정부가 스스로 풀기는 어려울 것으로 짐작한다. 그러나 이것이 정부의 가장 큰 관청, 부총리가 책임자로 있는 관청의 이름으로 굳혀지면 큰일이라는 생각을 버릴 수 없다. 그러니 이제는 마땅히 더는 "자원"으로 떨어져 살고 싶지 않은 국민들이 나라의 주인답게 스스로 나서서 고치는 날이 오기를 바랄 따름이다.

라_ 우리 문화사의 재앙

나는 누구든지 마음껏 자유를 누리며 사는 것이 좋다고 생각하는 사람이다. 그래서 사람마다 저가 하고 싶은 노릇을 마음껏 하면서 살아갈 수 있도록 자유로운 세상을 만드는 일을 가장 값진 것으로 여긴다. 그런 까닭에 직업이 선생이면서도 남이 하는 일을 보고 이래라 저래라 하기를 꺼리며 살았다.

그러니까 글자를 쓰는 것도 제 좋을 대로 한글이든 한자든 마음대로 쓰게 가만히 두어보자는 쪽이었다. 내가 글자라는 것에 눈을 뜨고 난 뒤로도 시시때때로 한자를 쓰자느니 말자느니 하는 다툼이 벌어졌으나, 그럴 때마다 나는 그런 싸움에 끼어들지 않고 그저 지켜보기만 했다. 다만, 나에게는 한글로 쓰는 것이 쉽고 좋으며 아무런 모자람도 불편도 없었기 때문에 누가 뭐래도 한글로만 쓰기로 마음먹고 마흔 해 넘게 그렇게 살아 왔을 따름이다.

그리고 머리가 굳어진 사람들에게 옆에서 무슨 말을 한다고 생각을 바꾸지도 않는 법이니, 그저 자라나는 젊은 사람들에게 올바른 생각을 길러 주기나 하자는 속셈을 지니고 있었다. 그런데, 아니나 다를까, 세월이 물처럼 흐르는 것에 발맞추어 하루가 다르고, 한 달이 다르게, 한자는 밀려나가고 한글로만 쓰는 사람들이 늘어나, 요즘은 시원한 한글 세상이 열려서 속으로 흐뭇하게 여겼던 것이다.

그런데 스스로 '국민의 정부'라면서 국민에게 봉사하겠다는 사람들이 나라 살림을 맡자마자 뜻밖의 소문이 나돌기 시작했다. 나 같은 시골 사람 귀에까지 '아무개 국무총리가 집권하고 있을 때에 한자를 되살리지 않으면 안 된다'는 소리가 들려오는 것이었다. 아무려면 그럴 수야 있겠는가 하면서 긴가민가하고 있는데, 어느 사이엔가 '전국한자교육추진총연합회'라는 어마어마한 이름의 단체가 내로라하는 노인들을 모두 모아서 거짓말처럼 일어섰다. '아니 땐 굴뚝에 연기 날까' 하더니 과연 그런가보다 하는 사이, 이번에는 느닷없이 문화부 장관이 국무회의에서 "한자병용을 하겠습니다" 하고 보고를 했다는 것이다.

'세월이 약이려니' 하면서 가만히 바라보고 있을 수 없는 일이 벌어진 것이다. 이제까지는 광복하면서 국민의 힘으로 만든 '한글전용법'의 테두리 안에서 국민들끼리 한자를 쓰자느니 말자느니 하는 것이었지만, 이것은 정부가 권력을 깔고 앉아서 '한글전용법'의 정신을 짓밟으며 행패를 부리는 노릇이기에, 사정이 아주 달라진 것이다. 정부의 공문서에다 한글과 나란히 한자를 쓰고, 길에 세운 길잡이판에도 한글과 함께 한자를 쓰고, 초등학교 학생들에게도 한자를 가르치도록 하겠다니, 이것은 쓰고 싶으면 쓰고, 말고 싶으면 말도록 자유를 주자는 것도 아니다. 정부가 나서서 한자를 배우지 않고는 못 살도록 하겠다는 것이기에, 글자가 뭔지를 안다는 사람으로서는 가만히 바라보고 있을 수가 없는 노릇이 되었다.

참 한심하고 기막힌 문화부 장관을 만났구나 하는 탄식을 하면서, 솔직히 나는 아프리카 콩고강가에 살던 원주민들이, 금강석 알맹이들을 돌멩이나 자갈로만 여겨서, 선진국 선교사들의 사탕알과 바꾸어 먹었다는 해묵은 우스개 소리를 떠올렸다. 세상에서 가장 훌륭한 글자라는 것을 이제는 세계의 글자 전문가들이 모두 알고 부러워하는 우리 한글을 밀쳐내고, 하늘 아래 가장 까다롭고 어려워서 오륙천 년을 써 온 중국 사람들도 내다버리지 못하여 안간힘을 쓰고 있는 한자를 굳이 쓰겠다니, 이런 분을 우리가 문화부 장관으로 모시고 살아야 하는가? 이래서 내 성미에는 맞지 않더라도, 글자가 사람들의 삶과 문명의 진보에 어떤 몫을 하는지를 깊이 살피지 않는 문화부 장관, 국민의 자유를 권력으로 짓밟으려 하는 정부에게는 말을 하지 않을 수 없다고 생각하게 되었다.

한 자를 한글에다 섞어 쓰는 것은 지난 조선왕조 시절에도 없지 않았던 일이다. 그러나 그런 쓰임은 아주 어쩔 수 없을 때에만 나타날 뿐이다. 그때에는 낮고 하찮은 여느 백성이나 여인네들은 아예 한글로만 글말살이를 하고, 높고 거룩한 벼슬아치와 선비들은 한문으로만 글말살이를 해서 한글과 한자를 섞어 쓰는 일은 아주 드물었다는 말이다. 그런데 한글에다 한자를 마구 뒤섞어 쓰게 된 것은 일제 침략자들이 들어와서 비롯한 일이다.

한자말을 모두 한자로 쓰고 거기 딸린 토와 씨끝 따위만 한글로 쓰게 하면 우리 배달말도 일본말과 아주 같게 만들 수 있다는 사실을 알고, 일제 침략자들이 고종 황제를 위협하여 갑오년에 정부를 개편시키면서 모든 공문서를 그렇게 쓰도록 했던 것이다. 그로부터 이른바 '국한 혼용'이라면서 우리네 한자말을 모조리 한자로만 쓰게 하니까, 일본 사람들이 쓰는 일본말도 한자로 적혀서 우리 글말 안에 버젓하게 자리 잡을 수가 있었다. 이렇게 해서 침략자들은 우리를 저들의 문화 속에다 끌어넣고자 하는 속셈을 글말살이에서 손쉽게 채울 수 있었던 것이다.

그러나 광복을 하자 우리는 무엇보다도 먼저 침략자들이 씌운 이런 굴레들을 벗어 던지고자 했다. '한글전용법'은 바로 그런 굴레를 벗어 던지고자 하던 그때, 국민의 뜨거운 바람이 만들어낸 열매였다. 그때에는 한글만으로 글말살이를 한다는 것을 거의 모든 국민들이 아직 상상조차 못할 만큼 한자를 많이 섞어 쓰던 시절이었으나, 침략자들이 배달말과 한글을 없애려고 눈에 불을 켜고 들볶던 것에 몸소 시달린 경험이 생생하던 터라, 이런 법률을 시대에 앞질러 마련할 수 있었다고 본다. 그리고 속으로 '한글 전용'을 못마땅하게 여기던 친일 지식인들이 많았겠지만, 아직은 그들이 입을 벌릴 수 없는 처지에 놓였던 까닭에 아무런 해코지도 하지 못하고 말았던 것이다.

그런데 알다시피 6·25전쟁 뒤로 역대 정권이 친일파를 내세워 그릇된 권력을 지키려 한 까닭에, 그 사이 숨죽여 있던 친일 세력이 1950년대 후반부터 사회 곳곳에서 다시 슬슬 살아났다. 그들이 일어나 힘을 얻는 것에 발맞추어 한자를 써야 한다는 주장도 기회만 있으면 되살아나곤 했다는 사실을 알 만한 사람들은 모두 안다. 이번에 문화부 장관이 한자를 다시 쓰겠다고 나선 것도, 속내를 알고 보면 그런 세력이 기회를 노려 일을 꾸민 결과에 지나지 않을 것으로 생각한다.

우리가 한자를 쓰지 않고 한글만 쓰면 선조들이 물려준 한문 유산을 내다버리게 된다고 주장한다. 그런 주장을 들으면서 많은 사람들은, 지난 2천 년에 걸쳐 우리 조상들이 말할 수 없는 어려움을 겪으면서 있는 힘을 다하여 쌓아 놓은 한문 유산을 내버리게 된다면 한글만 써서는 안 되는 것 아니냐 하고 생각하게 마련이다. 나도 한문 유산을 썩히거나 내버리는 짓은 그것을 손수 이루느라 피땀 흘린 상류층 선조들뿐만 아니라, 그들에게 먹고 입을 걱정 없이 한문 공부를 하도록 피눈물을 흘리며 뒷바라지한 하류층 선조들에게 더욱 낯을 들 수 없는 노릇이라고 본다.

그런데 과연 한자를 섞어 쓰면 한문 유산을 이어받고, 한글만 쓰면 한문 유산을 내버리게 되는가. '흙'이다 '집'이다 하면 한문 유산을 잊어버리고 '土壤'이다 '住宅'이다 하면 한문 유산을 살릴 수 있는가? 나라의 공문서에다 한자를 섞어 쓰고, 초등학생부터 한자를 가르쳐서 고등학생까지 상용 한자 일천 몇 백 자를 읽고 쓰게 하면 한문 유산을 살리게 되는가? 그처럼 순진한 생각을 하는 사람들은 한문 유산이 뭔가를 제대로 모르는 사람임에 틀림없을 것이다. 어쩌다가 코흘리개 시절에 한문을 배워서 국문학을 가르치는 직업을 갖게 되었지만, 나는 아무리 생각해 보아도 그런 길로 가서는 한문 유산을 살릴 수가 없다고 믿는다.

한문 유산이란 한자들을 그냥 죽 모아 놓은 것이 아니기 때문에, 한자가 아니라 한문을 알아야 한다. 한문이란 중국 한나라의 글말로 우리네 사상, 문학, 예술, 역사, 정치, 경제 같은 삶의 온갖 현상을 담은 자료들이고, 철학, 어문학, 역사학, 사회학, 경제학, 정치학, 과학, 의학, 농학 같은 갖가지 학문의 결실이 담긴 문헌들이다. 따라서 한문으로 적힌 문화유산을 알고 이어받자면, 다른 일은 그만두고 그것에만 매달려 적어도 한 10년은 피땀을 흘리면서 한자를 익히고, 한문을 익히고, 거기 담긴 내용을 익혀야 겨우 땅띔을 뗄까 말까한 것이다. '퇴계도 갈지 자에 막혀 진땀을 **뺐다**'는 소리도, 한문이 한자의 뜻만으로 어찌 되는 것이 아니라는 사실을 이야기하는 말이 아닌가.

한문 유산에 담긴 지식과 정보의 속살을 물려받아 오늘에 제대로 살리려면, 요즘처럼 잘게 쪼개진 학문 분야마다 몇몇이라도 한문을 제대로 아는 사람들이 있어야 한다는 것이 내 생각이다. 철학하는 학자 가운데도 한문을 제대로 아는 사람이 있고, 문학과 역사학은 물론 경제학, 정치학, 천문학, 지리학, 토목학, 건축학, 물리학, 생물학, 농학, 의학, 해양학 같은 온갖 학문 분야에 한문 유산을 읽고 연구할 수 있는 사람들이 있어야 비로소 한문 유산을 오늘에 살릴 수 있다는 말이다. 한문은 이른바 동양학에 드는 몇몇 학문에서나 쓰일 것이라고 여기는 일반의 생각은, 한문 유산의 속내를 모르는 오해에서 비롯한 것이다. 한문 유산에는 수학도 있고, 지구과학도 있고, 기계공학도 있다는 사실을 하루 빨리 깨달아야 한다.

그리고 여느 국민들은 이런 전문가들이 한글로 잘 뒤쳐 놓은 그 유산들을 부지런히 읽어서 삶의 양식으로 삼으면 넉넉하다. 또 이미 《동문선》이니 《조선왕조실록》이니 《퇴계집》이니 《동의보감》이니 하는 온갖 한문 유산들을 한글로 뒤쳐서, 수많은 사람들이 읽어 삶을 살찌우는 거름으로 삼고 있다. 한문을 잘 아는 전문가들이 연구하고 밝혀서 한글로 간추려 놓으면, 거기 담긴 정보나 지식을 부지런히 찾아다 쓰는 것, 그것이 한문 유산을 이어받고 살리는 여느 국민들의 몫이다.

한글로 '영동'이라고만 하면 충청도 영동인지 강원도 영동인지 분간을 못하기 때문에 한자를 써야 한다고 주장한다. 말하자면 소리는 같으나 뜻이 다른 한자말이 많아서 그걸 제대로 분간하자면 한자를 쓰지 않을 수 없다는 뜻이다. 얼핏 들으면 그럴듯하게 들릴 수도 있으나, 그것은 말이라는 것이 무엇인지를 아주 모르는 사람들에게나 통할 수 있는 거짓말에 지나지 않는다.

말이란 어느 겨레의 말이든지 소리는 같으나 뜻이 다른 낱말들이 수없이 있게 마련이고, 한자말만 그런 것이 아니라 우리네 토박이말에도 그런 낱말들은 헤아릴 수 없을 지경으로 많다. '밤'이라고만 적어 놓으면 해가 넘어가서 어두운 때를 뜻하는지 추석 어름에 벌어진 가시 송이를 비집고 떨어지는 열매를 말하는지 알 수가 없다. '눈'도 만상을 보고 알게 하는 마음의 창인지 겨울철 하늘에서 내리는 하얀 얼음가루인지 낱말만으로는 아무도 모른다. '배'도 먹는 열매인지, 물 위에서 타는 것인지, 곯으면 고픈 것인지 낱말만으로 누가 알겠는가.

우리 토박이말만 그런 것이 아니다. 세계 모든 말은 어느 것이나 하나의 소리에 여러 가지 뜻을 담게 마련이니, 영어 사전이든 프랑스어 사전이든 중국어 사전이든 태국어 사전이든 찾아보면 알 일이 아닌가? 당장 내 앞에 있는 조그만 영어 사전에서 'go'라는 낱말을 들쳐보니 자동사로서 열한 가지, 타동사로서 세 가지, 명사로서 다섯 가지의 뜻이 있다고 밝혀 놓았다. 한자 또한 한 글자에 여러 뜻을 담기는 마찬가지다. 오히려 세상 어떤 말보다 더욱 고약하게 많은 뜻을 담고 있는 것이 한자다. 하늘 천(天) 자 하나만 해도 열 가지나 되는 뜻이 따로 있다고 《사원》(辭源)에서 풀이해 놓고 있다. 게다가 한자는 소리마저 여러 가지로 내는 것이 많다.

그러나 말이란 한 낱말만으로 쓰지 않고 여러 낱말들을 짜맞추어 새로운 뜻을 만들면서 쓰는 까닭에 그런 문제가 절로 풀어지게 되어 있다. '영동 지방은 어디를 가나 동해가 훤히 트여서 속이 시원해' 한다든지, '영동에서 예전에는 호두가 많이 났다던데 요즘도 그런지 모르겠어', 이런 식으로 쓰이니까 앞뒤 문맥에서 거기 쓰이는 뜻만 붙잡혀 아무런 어려움 없이 정확하게 알아들을 수 있게 되는 것이 말이다.

사실 한자로 써야 뜻이 뚜렷이 드러난다고 우기지만, 그 또한 말이 안되는 억지다. 이를테면, 세종로를 굳이 世宗路라 써 놓고 '인간 세, 마루 종, 길 로'라고 알아야 하는가? 국회라고 해서는 모르다가 國會라고 써서 '나라 국, 모임 회'로 알았다면, 그 뜻이 '나라모임'이란 말인가? 대학교수라면 뭐가 뭔지 모를 것인데 大學敎授라 쓰니까 '큰 대, 배울 학, 가르칠 교, 줄 수'인 줄을 알 수 있어서 그 직업의 속살이 드러나는가? 대학 교수는 '크게 배우는 것을 가르쳐 주는' 것이라는 말인가?

사람의 말이란 그저 입에서 소리를 내어 귀로 듣고 뜻을 알 수 있는 입말이었다. 그런 입말의 소리가 바로 사라지는 것이 안타까워 글자를 만들어서 글말을 쓰게 되었을 뿐이다. 그러니 글자란 소리를 붙들어 잡아 주는 기호이기만 하면 더 바랄 것이 없고, 그 이상도 이하도 아니다. 입말로 소리를 주고받으면서 의사소통에 지장이 없다면, 그 소리를 붙잡아 적는 글자가 한글이라서 뜻이 드러나지 않는다는 말은 억지일 수밖에 없는 '소리'다.

입말의 소리를 붙들자면 한자는 왜 붙들지 못하느냐고 되물을 수 있
다. 옳다. 한자로도 우리말을 적어 붙들 수 있다. 지금의 한자뿐만 아니
라, 지난날 '서기체'다 '향찰'이다 '이두'다 하는 것들이 모두 한자를 가
지고 우리말을 붙들어 적었던 것이다. 그러나 문제는 그것들이 우리말
에 맞지도 않을 뿐더러 너무도 까다롭고 힘들어 두루 쓰기가 어렵다는
점이다. 한글은 쉬워서 뒷간에 앉아 일을 보는 사이에 모두 배울 수 있
다고 해서 '통시글'이라는 비아냥을 받았을 지경이지만, 한자는 배워도
배워도 끝이 없는 수렁이다. 그래서 할아버지가 재산을 모아 아버지가
한문을 배우기 시작하고, 나에게 와서야 비로소 한문을 아는 사람이 되
는 것, 곧 3대는 손톱 밑에 흙을 넣지 않아야 배울 수 있는 것이 한문이
라고 했다.

어쩌다가 한자를 많이 배워 안다는 사람들은 '영동'이 '嶺東'인지 '永
同'인지 모르겠다고 말한다. 그러나 그건 잘난 체 하느라고 뻐기는 거짓
부렁에 지나지 않는다는 사실이 그대로 드러난다. '嶺東'인지 '永同'인
지 모르겠다는 말은, 벌써 자기가 '영동'이 그렇게 두 가지 다른 한자로
쓰인다는 사실을 알고 있다는 뜻이 아닌가? 그런 사람이라면 한글로 '영
동'이라고 쓰인 것을 보면서도 속으로 저것이 '嶺東'일까 '永同'일까 하
면서 얼마든지 가늠할 수 있다. 그러면서 자기가 알고 있다는 자랑을 하
느라고 괜히 '모르겠다'며 시치미를 떼는 것이다.

그러나 사정이 어려워 한자를 배우지 못한 수많은 사람들은 '영동'이
라 쓴 것을 보면서 '영동'인 줄만을 안다. 그것이 강원도 영동인지 충청
도 영동인지는 고민할 까닭조차 없다. 주변의 상황이 얼마든지 그런 고
민을 미리 없애 주었기 때문이다. 그런데 그런 백성들이 '嶺東'이나 또
는 '永同' 같이 써 놓은 것을 보면 그만 눈앞이 어찔하고 가슴이 콱 막힌
다. 그것이 오라는 것인지 가라는 것인지, 살린다는 뜻인지 죽인다는 뜻
인지 알 수가 없어서 고개를 떨구거나 먼 산을 바라보게 마련이다. 죄

없이 착한 대부분의 국민들을 이처럼 기 죽여야 하는 까닭이 뭔가? 그런 짓은 착한 국민의 인격을 모독하고 인권을 침해하는 일이 아닐 수 없다.

'그러니까 한자를 배우라는 것 아니냐' 할 것이다. 그것은 참으로 무자비하고 폭력 같은 주문이다. 가난한 사람에게 '그러니까 부자가 되라는 것 아니냐' 하는 말과 같으며, 몸이 성치 못한 사람들에게 '누가 성치 못하라고 했느냐' 하는 것과 마찬가지다. 그들도 손쉽게 배워서 떳떳하게 쓸 수 있는 한글이 있는데도, 굳이 한자를 써서 먹고살기에 바쁘고 할 일이 태산 같은 사람들에게 '배워서 알아라' 하는 것은, 한자라는 것을 무기로 삼아 자기들이 여느 사람들과 다르다는 것을 교묘하게 자랑하려는 속셈의 표현으로밖에 보이지 않는다.

한글만 쓰니까 동양 문화권에서 외톨이가 되고, 관광 오는 사람들이 줄어든다고 주장한다. 그러나 이것도 사리에 어긋나기는 다른 주장과 마찬가지다. 동양 문화권이란 중국과 일본을 두고 하는 말이겠지만, 알다시피 중국 사람들은 뜻글자인 한자를 버리고 소리글자로 넘어가는 간자를 써서 이미 우리가 쓰는 한자를 모르게 되었다. 일본 사람들도 한자를 뜻으로도 읽고 소리로도 읽어서 우리와 사뭇 다르게 쓴다. 따라서 우리가 한자를 한글에다 섞어 쓰는 일과 중국이나 일본의 문화에 어울리는 일은 아무 상관도 없는 노릇이다. 중국이건 일본이건 저들의 문화와 어우러져서 서로 주고받으며 외톨이가 되지 않으려면, 우리는 저들의 입말과 글말을 배워서 저들의 문화를 알아야 하고, 저들도 우리네 입말과 글말을 배워서 우리 문화를 알아야 한다. 우리가 우리끼리 한자를 쓴다고 그것으로 이웃 나라들과 어우러질 수 있는 일이 아니라는 말이다.

우리가 한자를 쓰면 일본과 대만과 중국에서 관광을 많이 오리라는 것도 참으로 우스운 소리다. 세상에 어떤 관광객이 글자 따라 오고 말고

하는가? 구경꾼이란 보고 듣고 배울 것이 많아야 찾아오는 법이다. 자연
에서, 생활에서, 역사에서, 예술에서, 상품에서, 산업에서, 온갖 문화에서
보고 듣고 배울 것이 많으면 관광객은 모여들게 되어 있다. 로마와 파리
와 런던과 북경에 구경꾼이 몰려드는 것은, 거기에 보고 듣고 배울 것이
많기 때문이다. 관광을 산업으로 키우려면 우리에게 찾아와야만 볼 수
있는 우리만의 자연과 생활과 문화를 알뜰하게 가꾸고 가다듬는 일에
힘을 쏟아야 한다. 이것이야말로 문화관광부 장관이 머리를 싸매고 애써
야 할 진짜 몫이 아니겠는가.

사실 한글과 한자의 싸움은 그 뿌리가 아주 깊어서 만만히 볼 수
없다. 세종대왕이 앞장을 서서 한글을 만들던 그때부터 피나는
싸움이 벌어졌기 때문이다. 그러나 왕조시대에는 힘이 너무 기울어 싸움
이 되지 않았고, 한글은 '안글' 또는 '언문'이란 놀림을 받으면서 눌려
지냈을 뿐이었다. 일제 침략자들이 들어오고 왕조가 무너지자 이제는 싸
움이 될 만하게 한글의 힘도 자랐으나, 일제 침략기에는 일본말에 짓눌
려 한글과 한자가 싸울 겨를이 없었다. 따라서 진짜 싸움은 광복을 맞은
뒤에 벌어졌는데, 아무도 모르는 사이에 전세가 크게 뒤집어져 있었다.
'저속한 글'이라던 '언문'은 '거룩한 글'이라는 '한글'이 되고, '참된 글'
이라던 '진서'는 '한나라 글자'라는 '한자'로 바뀌어 있었기 때문이다.
게다가 국민의 대표 기관인 국회에서 한글만 쓰기로 한다는 법을 만들
어 싸움은 끝장이 난 듯이 보였다. 그러나 그 법은 우리네 모든 법률이
그렇듯이 지켜지지 않았으며, 한자는 항복하지 않고 끈질기게 오늘까지
싸움을 걸어오는 것이다.

그런데 이 싸움의 속살은 무엇인가? 겉으로 얼른 보아서는 이 싸움의
속내를 알기가 꽤 어렵다. 무슨 전통 문화가 어떻고 관광 수입이 어떻고
하면서 떠드는 소리들을 쫓아가서는 싸움의 셈판을 잡기가 더욱 어려워

진다. 이 싸움의 속살을 올바로 붙잡으려면 한글을 만들려고 할 때 팔을 걷어붙이고 막던 사람들의 주장으로부터 오늘날 무슨 '총연합회'니 하는 단체를 만들어 일어서는 사람들의 주장까지를 곰곰이 들여다보아야 한다. 그렇게 들여다보면 이것은 한 마디로, 어려운 것을 떠받드는 정신과 쉬운 것을 좋아하는 정신의 싸움이라는 속살이 드러난다. 어려운 것이라야 깊이 생각할 가치가 있고 값진 정신이 담긴다는 철학과, 쉬운 것이라야 누구나 주고받으며 거짓 없는 정신이 담긴다는 철학이 벌이는 싸움이다. 이런 싸움은 고전주의와 낭만주의, 체제 중심과 인간 중심, 귀족정신과 민주정신, 가진 사람과 가난한 사람이라는 이름으로 동서양의 역사 안에서 줄기차게 벌어져 온 것이다. 그리고 문명의 진보란 바로 이 싸움에서 '가난한 사람'의 정신 쪽으로 조금씩 힘이 기울어져 온 역사를 일컫는 것이라 할 수 있다.

결국 우리는 한자를 아는 사람들 편에 서든지, 아니면 한자를 모르는 사람들 편에 서든지 하게 되는 것이고, 그것은 곧 정보와 지식을 아는 사람들끼리만 가질 것인지, 모르는 사람들과 함께 나눌 것인지를 골라잡는 셈이 된다. 그리고 그것은 우리 사회의 진화를 당길 것인가 늦출 것인가를 결정하는 곳에까지 닿아 있는 것이기도 하다. 지식과 정보를 아무에게나 쉽게 실어 나를 수 있는 글자는 사회를 빨리 진보시키고, 정보와 지식을 일부의 사람들에게만 실어 나르는 글자는 사회의 진보를 더디게 만들 수밖에 없기 때문이다. 유럽 여러 나라가 로마자라는 쉬운 글자를 써서 줄곧 문명을 발전시킨 반면에, 중국이 어려운 한자에다 정보를 담았던 탓에 당나라 뒤로 진보는커녕 뒷걸음질만 하는 역사를 기록해 놓고 있는 것이 뚜렷한 보기가 된다.

이러니, 만에 하나라도 우리가 다시 한자를 쓴다면, 그것은 우리 문화사의 커다란 재앙이 될 수밖에 없다. 우선 한자를 모르는 수많은 국민들은 정보에서 내쫓기는 인권 침해를 크게 입는 것이고, 정보를 활용하는 국민이 줄어지니까 저절로 나라의 힘은 빠지고 사회 진보는 더뎌질 것이기 때문이다. 따라서 오랜 시련 끝에 처음으로 모두가 정보를 함께 나누면서 정보화 세계를 이끌어갈 수 있는 세상을 맞이한 우리 겨레는, 그런 가능성을 짓밟힐 것이기 때문이다. 국민의 정부라면서 이렇게 어리석은 정책을 밀어붙이면, 지난 '문민정부'가 경제 환란으로 국민에게 떠맡긴 고통보다 훨씬 더 무거운 괴로움을 겨레에게 안기고는 역사의 웃음거리로 남을 것이다.

마_ 밥 팔아 똥 사먹는 짓

한자 공부
(1) 官 : 관사(官舍), 상관(上官)
(2) 定 : 정착(定着), 결정(決定)
(3) 年 : 연도(年度), 학년(學年)
(4) 地 : 지구(地球), 성지(聖地)
(5) 對 : 대답(對答), 상대(相對)
(6) 成 : 성장(成長), 완성(完成)

《중학교 국어 1-1》의 51쪽에 실린 것을 그대로 옮겨놓은 것이다. 《중학교 국어 1-1》은 2001년 3월 1일, 그러니까 21세기를 들어서며 새로운 교육을 해보자고 마련한 제7차 교육과정을 시작하며 교육부에서 펴낸 국정의 국어 교과서다. 중학교 1학년 1학기에 공부하도록 만든 이 교과서는 일곱 단원으로 짜이고, 단원마다 끝에는 반드시 이렇게 '한자 공부'를 마련해 두었다. 보다시피, 한자 하나를 앞에다 먼저 보이고 나서, 그 한자가 들어가 이루어진 한자말을 둘씩 가져다 놓았다. 앞에 것은 보여준 한자가 첫 음절에 들어가서 이루어진 한자말이고, 뒤에 것은 보여준 한자가 끝 음절에 들어가서 이루어진 한자말이다. 한자와 그것이 들어가서 이루어지는 한자말을 제대로 공부하라는 뜻이 여간 단단하지 않다는 것을 쉽게 짐작할 만하다.

사실, 우리가 국어교육에서 한자와 한자말을 이처럼 알뜰하게 가르치
도록 애쓴 것은 어제 오늘의 일이 아니다. 박정희 군사정부가 유신독재
체제를 내다보면서 만들었던 제3차 교육과정에서부터, '공부할 문제' 또
는 '학습 문제'에는 반드시 한자와 한자말을 적어놓고 가르치도록 했다.
'다음 한자를 익히자.', '다음 한자로 이루어진 단어를 익히자.', '다음 한
자의 음과 뜻을 알아보자. 그리고 각 한자로 이루어진 단어의 뜻을 알아
보자.' 이런 길잡이만 교과서가 바뀔 적마다 달라졌을 뿐, 한자 또는 한
자말을 느런히 세워놓고 가르치게 하는 일은 달라진 적이 없었다. 그렇
게 국어 교과서에 한자와 한자말을 드러내어 가르치라고 해온 세월이
30년을 넘었으니, 뿌리가 여간 깊은 것이 아니다.

그런데 참으로 알 수 없는 노릇은, 바로 제3차 교육과정 때에 우리의
학교 교육에서는 '한문'을 중·고등학교의 교과목으로 새로 세웠다는
사실이다. 다시 말하면 제3차 교육과정으로 넘어오기 전에는 '한자 및
한자어 학습'(제1차 교육과정) 또는 '한자 및 한문 지도'(제2차 교육과정)
라는 대목이 국어과 교육과정 안에 뚜렷하게 들어 있었다. 그래서 한자
와 한자말은 으레 국어교육 안에서 가르쳐야 하는 몫이었다. 그러다가
제3차 교육과정에 와서는 '한문'을 '국어'와 다른 교과목으로 새로 세우
고, 교육과정과 교과서를 따로 마련해서 교육하기에 이른 것이다. 그리
고 한문 과목의 교육 목표를 "한자와 한자말을 가르쳐서" "전통 문화의
바탕 위에 새로운 민족 문화를 창조하려는 태도를 기른다" 이렇게 잡았
다. 그랬는데, 바로 그때에 국어 교과서의 공부할 문제에 느닷없이 한자
와 한자말을 가르치라는 요구가 나타났다. 한자와 한자말 교육을 국어교
육에서 싸잡던 때에도, 굳이 교과서의 '공부할 문제'로 내세우지 않았던
것인데, 그것을 한문 과목으로 넘겨준 때에 와서 난데없이 그렇게 한 것
이다. 이것은 참으로 알 수 없는 노릇이 아닌가?

사실 광복한 뒤에 얼마 동안 우리네 국어교육은 오로지 한자와 한자

말 가르치기였다 해도 지나치지 않는다. 우리 또래의 사람들이 중·고등 학교를 다니던 시절에는, 국어 공부라는 것이 하나에서 열까지 한자와 한자말 공부뿐이었다. 바탕글에 쓰인 한자말을 골라서 칠판에다 한자로 가지런히 적고, 거기에다 뜻을 가득히 풀어 적는 것이 국어 교사의 일이 었다. 그리고 그것을 공책에 따라 베끼고 외우는 것이 학생들의 국어 공부였다. 그러나 그것은 교육과정이나 교과서에 그렇게 하라고 해서가 아니라, 교사들이 그것밖에 할 줄을 몰랐기 때문이었다. 국어 교사가 국어 교육이 무엇을 어떻게 하는 것인지 배우지도 않은 채로 교단에 섰기 때문에, 학생에게 가르칠 수 있는 것이 한자와 한자말뿐이었던 것이다. 그러다가 1970년대를 넘어와서 사범대학 국어교육과를 모든 시·도에다 만들고, 거기서 국어 교사들을 길러내자 국어교육도 얼마간 길을 찾기 시작했다. 그러면서 한자와 한문교육을 '한문과'로 따로 세워야 한다는 사실도 깨달았던 것이다.

그랬는데 바로 그때에 국어 교과서를 만드는 사람들은 느닷없이 단원마다 '공부할 문제'로 '한자와 한자말'을 내세우기 시작했다. 게다가 국어교육이 무엇을 하는 교과목인지도 모르는 사람들, 일제의 식민지 교육에서 일본식 한자와 한문을 배워서 그것을 자랑스럽게 여기는 사람들이 모여서는, 시시때때로 국어교육이 한자와 한자말을 힘써 가르쳐야 한다면서 채찍질을 해댔다. 그럴 적마다 그들은 한문 교과목의 목표로 잡아 놓은 "전통 문화의 바탕 위에 새로운 민족 문화를 창조한다" 하는 것을 국어교육으로 끌어와서 부르짖었다. 그런 흐름을 타고 국어 교과서를 만드는 사람들이 한자와 한자말을 가르치는 전통을 굳히고, 21세기인 오늘까지 끈질기게 이어오는 것이다. 그만큼 한자와 한자말 공부는 국어교육 안에 길이 잘 닦여서 그랬을까? 앞에 보인 21세기의 국어 교과서는 '한자를 익히자'느니 '한자말을 익혀보자'느니 하는 길잡이조차 없애버렸다. 어련히 알아서 하겠느냐는 마음에서 그러지 않았을까 싶으니, 나로서는 참으로 어이가 없다.

그런데, 앞에 보인 한자와 한자말은 어떻게 해서 뽑혀 나온 것들인가? 거기 내놓은 한자와 한자말은 어떤 잣대에 맞추어 뽑아낸 것들인가? 나로서는 이것도 궁금하다. 그 단원의 바탕글에는 거기 내놓은 것보다 훨씬 더 많은 한자말이 들어 있기 때문이고, 거기에는 그 단원의 바탕글에 나오지도 않은 한자말까지 내세웠기 때문이다. 그보다도, 제3차 교육과정 뒤로는 국어과 교육과정 어디에도 한자와 한자말을 얼마나 어떻게 가려서 가르치고 배워야 한다는 지침을 밝혀둔 곳이 없기 때문이다. 어쩌면 《교사용 지도서》에는 있을지 모르겠다 싶어서 찾아보았으나, 거기에도 아무런 말이 없었다. 아마도 교과서를 만든 사람들에게는 무슨 잣대가 반드시 있었을 터이지만, 그들이 남모르게 감추고 있는 그 잣대가 과연 무엇인지 나로서는 몹시 궁금하다.

나에게는 그보다 더욱 궁금한 물음이 따로 하나 더 있다. 한자와 한자말 교육에 그만큼 마음을 쓴 국어 교과서가 우리 토박이말 교육에는 어째서 마음을 아예 쓰지 않았을까 하는 궁금증이다. 우리 선조들이 이 땅에 살아오면서 스스로 만들어 써온 토박이말, 살면서 느끼고 생각하고 알고 깨달은 바를 고스란히 담아내는 토박이말, 우리말 밭인 우리네 삶에서 저절로 거두어들인 우리말의 진짜 알맹이, 우리말 가운데서도 가장 참된 우리말의 노른자위, 이렇게 우리 삶과 우리 얼의 집인 토박이말을 우리의 국어 교과서는 한 차례도 '공부할 문제'나 '학습 문제'로 내세워본 적이 없기 때문이다. 30년을 넘도록 한자와 한자말을 가르치라는 다그침은 한 차례도 빠지지 않고 그렇게 잇달아 했으면서, 어떻게 토박이말을 제대로 가르치라는 다그침은 국어 교과서가 한 차례도 하지 않을 수가 있었을까? 얼이 빠지지 않았다면 마땅히 토박이말 교육에 먼저 힘을 다하고, 남은 힘이 있으면 한자말 나아가 서양 외래말도 가르쳐야 올바른 것이 아닌가?

알다시피 광복한 뒤로 이제까지 우리의 국어 교과서는 나라에서만 펴 낼 수 있었다. 국어 교과서를 아무나 펴낼 수 있도록 하면 국어교육을 그르친다는 걱정에서 그랬다고 본다. 그만큼 우리가 국어교육을 소중하 게 여겼다는 뜻이기도 하다. 그런데 이런 국정의 국어 교과서가 다만 한 차례도 '공부할 문제' 또는 '학습 문제'에 토박이말을 제대로 가르치라 는 문제를 내놓은 적이 없었고, 그런 덕분에 우리 토박이말은 세상 소용 돌이에 휩쓸리며 벌써부터 뒤죽박죽이 되어버렸다. 그래서 요즘 우리는 너나없이 토박이말을 뒤죽박죽 쓰면서 살아간다. 뒤죽박죽 쓰면서 살아 가지만 뒤죽박죽 쓰는 것인 줄도 모른다. 무엇을 어떻게 써야 올바른 것 인지 가르치고 배운 적이 없으니 그럴 수밖에 더 있을까! 그러니 이런 토박이말을 물려주신 조상들에게 아무런 부끄러움을 느끼지 않는 것도 놀랄 일이 아니다. 국어 교사도 그렇고 국어 학자도 마찬가지다.

누가 토박이말을 뒤죽박죽 쓴다는 말이냐, 하면서 나서고 싶은 사람이 있는가? 그런 사람이 있다면 당장 몇 마디만 물어보고 싶다. '기쁘다' 하 는 말과 '즐겁다' 하는 말을 제대로 가려서 쓰고 있는가? '쉰다' 하는 말 과 '논다' 하는 말을 뒤죽박죽 쓰지 않는가? 하다못해 '샘'과 '우물'이라 도 제대로 가려서 쓸 수 있는가? 나는 요즘에 와서 '뛰다'와 '달리다'조 차 제대로 가려 쓰는 사람을 만날 수가 없다. 이런 낱말들은 우리 모두가 눈만 뜨면 셀 수도 없이 주고받아야 하는 말들이지만, 너나없이 뒤죽박 죽 주고받는다. 나라의 방송에서조차 온 세상에다 대고 볕이 쨍쨍 내려 쪼이는 여름 한낮의 더위를 '무덥다'고 한다. 그러니 '얼'과 '넋'을 제대 로 가려 쓸 수 있는 사람을 어디서 만날 수 있을 것인가?

'어' 해 다르고 '아' 해 다르다고 하는 우리 토박이말의 기막히던 뜻넓 이와 쓰임새를, 이렇게 뒤죽박죽이 되도록 내버려두고도, 국어교육을 맡 은 사람들은 반세기를 늠름히 모르쇠로만 지내왔다. 그러면서 한자와 한 자말 교육에는 다시없는 정성을 다 바쳐 오늘까지 매달려 떨어질 줄 모른다. 토박이말을 내버려두고 한자와 한자말에 매달린 국어교육을 '밥 팔아 똥 사먹는 짓'이라고 꾸짖으면 뭐라고 핑계를 대야 하나? 뒷날 정신이 돌아오고 얼이 깨어난 후손들로부터 그런 나무람을 듣지 않으리라는 장담을 누가 할 수 있을까? 국어교육을 한답시고 한평생 밥을 얻어먹은 사람의 하나로서, 나는 요즘 이런 걱정에 사로잡히곤 한다. 그러면서 조상들과 후손들을 생각하며 부끄럽고 두려운 마음에 시달린다.

바_ 우리말을 업신여기는 대통령과 총리

대통령(김대중)이 미국에 가서 미국말로 연설하는 것을 텔레비전으로 보고 '왜 저러나!' 했는데, 잇달아 또 국무총리(김종필)가 일본에 가서 일본말로 연설하는 것을 보게 되었다. 나라를 대표한 대통령과 국무총리가 나랏일을 보러 나가서 이래도 되는가? 뭐라고 변명인지 설명인지를 하고 있지만 이분들이 뭔가를 크게 잘못 알고 있는 것이 아닌가. 팔천만 겨레를 짊어지고 사천만 국민을 대표한 사람으로 남의 나라에 가서 우리말을 버리고 그 나라 말을 빌려 쓴다는 것이 말이나 되는가. 세상에 기막히는 일들이 하도 많으니, 이런 일조차 도무지 셈판을 놓을 수가 없어서 길이라도 막아 놓고 좀 물어보았으면 좋겠다.

지난날 고려를 무너뜨리고 조선을 세운 이성계가 중국 명나라 황제에게 '고명'이라는 승인 절차를 받은 뒤로 500년을 저들의 제후국처럼 부끄럽게 살았던 역사가 있었다. 그 시절에는 해마다 설날이면 중국 황제에게 인사를 올리려고 이른바 동지사라는 사신 일행을 임금 대신으로 중국에 보내곤 했다. 그런데, 황제의 신하로 자처하는 임금을 대신하여 세배를 올리러 간 사신이었으나, 그들은 결코 중국에서 중국말을 입에 담지 않았다. 역관을 시켜서 중국말로 뒤치게 했을 따름이다. 사사로이 중국 선비들을 만나 중국 글말인 한문으로 뜻을 주고받는 일이 있었지만 그런 자리에서도 입으로 중국말을 내뱉지는 않았다. 그것이 우리 겨레의 얼을 지키고 자존심을 살리는 마지막 고비였기 때문이다.

알다시피 요즘도, 온 세상 모든 대통령이나 총리가 제 국민을 대표하여 남의 나라에 가면 어김없이 통역을 내세워 뒤치게 하고, 스스로는 제 나라말로 떳떳하게 연설하고 회담하는 것을 마땅한 도리로 여긴다. 그런데 미국말과 일본말을 잘한다고 뽐을 내자는 것도 아닐 터이고, 저들의 말로 해주면 기뻐서 더 많은 도움을 주리라 빌붙는 것도 아닐진대, 무슨 까닭으로 우리 대통령과 총리는 우리말을 버리고 저들의 말을 쓰는 것인지 알 수가 없다. 말이 안으로는 우리의 삶과 얼을 담아내는 그릇이면서, 밖으로는 겨레의 자존심을 드러내는 수단이라는 사실조차 모른다는 말인가! 지금 우리네 대통령과 국무총리가 조선왕소의 임금들보다 오히려 우리말이 우리에게 진정 무엇인지를 더 잘 모른다는 말인가!

그러고 보니 요즘 들어 '사망 5분 전 한자 되살리기 마지막 기회', 이런 푯말을 내걸고 초등학교 어린이로부터 온 국민에게 다시 '한자'의 굴레를 덮어씌우려고 발버둥을 치는 사람들이 우르르 일어서는 일도 그럴 만한 말미가 있었구나 싶다. 소문에 '아무개 국무총리가 권력을 쥐고 있을 때에 한자를 되살리지 않으면 다시는 기회가 오지 않는다' 하면서, 이른바 '전국한자교육추진총연합회'라는 것을 만들고 팔들을 걷어붙이는 것이라고 하더니, 그것이 정녕 헛소문이 아니었던 것이다. 대통령과 국무총리가 이렇게 우리말을 업신여기는 분들임을 잘 아는 사람들이기에 '얼씨구나! 때가 왔다' 하면서 이처럼 어처구니없는 역사 거꾸로 돌리기를 꾀하는 것이구나 싶으니, 요즘에 세상 돌아가는 이치가 새삼 한심스럽다.

한자에 길이 막혀 값진 지식과 정보 곁에도 다가가지 못하고 답답한 까막눈으로 가슴 치고 한숨 쉬며 살아온 가난하고 불쌍한 백성들의 원한이 지난날 얼마나 쌓였던가? 한문에 길이 막혀 세상에 나서 이웃에게 베풀어 보지도 못하고 썩혀 버린 억울하고 기막힌 재능이 또한 얼마나 많았던가? 이제는 쉬운 한글 덕분에 누구나 손쉽게 지식과 정보의 바다에 뛰어들 수도 있고, 제가 타고난 재능과 기술을 얼마든지 글말로 드러내어 이웃에게 베풀면서 자랑스럽게 살아갈 수도 있게 되지 않았는가? 이제야 우리 겨레가 너나없이 타고난 능력을 마음껏 펴면서 함께 어우러져 살아가는 세상이 열렸는데 새삼스럽게 다시 한자로 그 길을 막겠다니, 정말 이래도 되는가!

  '그래서 한자를 배우게 하자는 것 아니냐'고 할 것이다. 그래, 그것은 지난날에도 그렇게 말했다. '너도 한문을 배워서 과거시험에 붙으면 벼슬을 준다' 했다. 그랬지만 바로 거기에 올가미가 숨어 있었다. 한자라는 것은 우리 한글처럼 쉬운 소리글자가 아닌 까닭에, 아무나 배우려고만 하면 깨쳐지는 그런 것이 아니다. 글머리(일머리나 살림머리 하고는 상관이 없다)를 타고난 사람이나, 먹고살 걱정이 없어서 시간이 남아도는 사람이 아니면 한자를 배우는 일이란 너무도 힘들고 어렵다. 기껏 1천, 2천 자를 배우려고만 해도 거기 바치는 시간과 노력이 엄청나야 한다. 꽃처럼 피어나는 새싹들, 하고 싶은 것도 많고 알고 싶은 것도 끝이 없는 우리 새싹들에게 이런 굴레를 다시 씌우겠다니, 정말 이래도 되겠는가?

  그뿐 아니다. 이제 와서 다시 한자를 공문서다 신문이다 잡지다 하는 온갖 글말살이에 뒤섞어 놓으면, 수많은 어른들조차 또다시 지식과 정보의 세계에서 쫓겨나고 만다. 그들이 지금 모두 집과 일터에서 먹고 사느라 코앞에 불이 붙어 있는데, 어느 겨를에 그런 한자를 다시 배워서 자유스러운 글말살이를 할 수 있겠는가. 그러면 결국 지난날 우리 조상들이 그랬던 것처럼 '내가 못나서 못 배운 것 아니냐' 하는 자책에 빠져 속으로만 앓다가 한숨 쉬며 주저앉을 수밖에 없다. 정말 이래도 되는가?

러나, 이제 우리 국민은 슬기롭게 깨어 있다. 권력으로 역사의 수레바퀴를 되돌리려 하는 사람들의 낡고 헛된 논리에 쉽사리 넘어갈 국민들이 아니다. 대통령과 국무총리처럼 높은 자리에 앉은 분들이 말의 값어치를 모른다는 것을 빌미로 잡고, 내로라하는 사람들이 엉뚱한 생각에 빠져 일을 벌이며 안간힘을 쓰지만, 저들은 기껏 사천만 국민의 1, 2푼에도 못 미친다. 저들이 백만인 서명을 받겠다지만, 하려고만 들면 우리는 수천만인 서명도 받을 수 있을 것이다. 너나없이 나서서 이번에 천만인 서명을 너끈히 받아, 다시는 이처럼 그릇된 생각을 하는 사람들이 나타나서 국민을 속이는 주장을 펴지 못하도록 쐐기를 박았으면 좋겠다.

넷

모두가 살맛나는

세상을 만들고자

■우리가 꿈꾸는 세상은
온갖 것이 더불어 사랑하며 하나로 어우러져 살아가는 살맛나는 세상이다.
가진 이나 못 가진 이, 힘 있는 이나 힘없는 이, 아는 이나 모르는 이 가리지 않고
서로 돕고 아껴주며 더불어 살아가는 세상이다.

나아가 땅 위의 온갖 짐승과 벌레와 물고기와 새들뿐 아니라,
온갖 푸나무와 돌멩이 하나까지 서로 아끼며 돌보며 함께 살아가는 세상이다.
마침내 온 세상 우주 안의 만물과도 서로 사랑하며 어우러져 살아가는 세상,
이런 세상이 살맛나는 세상이다.

그런 세상으로 나아가는 첫걸음은 우리나라 사람들끼리, 우리 겨레 사람들끼리
마음껏 생각과 느낌을 주고받으며 사는 것이다.
알아듣기 쉽고 깨끗한 말을 주고받으며 사랑 넘치게 살아가는 것이다.
어렵고 어수선한 말을 간추려 갈고 닦아
가난하고 어렵게 살아가는 사람들이
마음 편안히 주눅 들지 않고 주고받을 수 있는 말을 쓰도록 하는 것이다.

가_ 한문 유산을 살리려면

한자를 쓰지 말자'거나 '한자말보다 배달말을 살려 쓰자'거나 이런 소리를 하면, 알 만한 사람일수록 '그렇지만 천 년을 넘게 선조들이 피땀 흘려 쌓아놓은 한문 유산을 버릴 수야 없지 않으냐'고 하면서 못마땅해 한다. '선조들이 피땀 흘려 쌓아놓은 한문 유산을 버릴 수 없다'는 것을 누가 모르랴! 그 한문 유산을 썩히거나 버리는 짓은, 그것을 손수 이루느라 피땀 흘린 상류층 선조들뿐만 아니라, 그들에게 먹고 입을 걱정 없이 한문 공부를 하도록 피눈물을 흘리며 뒷바라지한 하류층 선조들에게 더욱 낯을 들 수 없는 노릇이 된다는 사실을, 나는 남 못잖게 잘 안다.

그러나 '한문 유산을 살리는 길'이 어느 쪽인가를 제대로 찾아야 한다. 믿기지 않을지 모르지만, 오히려 한문 유산을 살리는 길은 한자말을 버리고 한자를 쓰지 않는 쪽에 있다. 칠천만 온 겨레 사람들이 우리 배달말을 자랑스럽게 여기면서, 생각하고 느낀 바를 토박이 배달말로 떳떳하게 주고받을 수 있을 때에 한문 유산을 살리는 길이 열린다. '밀크'나 '우유'보다는 '소젖'이 더 좋으며, 'garden'이나 '庭園'보다도 '뜰'이 훨씬 아름답고 멋지다고 여길 만큼, 배달말에 자존심이 일어나야 한문 유산을 제대로 살리는 길이 열릴 수 있다. 우리 것이 값지게 보이고 우리 삶이 자랑스럽게 느껴질 때라야 우리 문화의 한 몫인 한문 유산도 소중하게 되살리려는 마음이 일어날 터이기 때문이다. 겨레의 자존심을 살려야 한문 유산을 제대로 살릴 수 있고, 겨레의 자존심을 살리려면 무엇보다도 토박이말을 살려야 한다.

그러나 이런 마음의 바탕만 가꾸면 한문 유산이 저절로 살아나는 것은 아니다. 한문 유산을 오늘 우리네 눈앞에서 삶 안으로 불러내어야 한다. 그 길이 두 갈래라고 보는데, 하나는 그것을 누구나 쉽게 읽을 수 있도록 한글로 뒤쳐내는 길이요, 다른 하나는 그것을 오늘의 여러 학문에서 이어가는 길이다. 한문 유산을 한글로 뒤치는 일은 30년 전부터 뜻있는 분들이 팔을 걷고 나서서 벌써 적잖은 일을 해냈다. 좀 더 많은 사람들이 힘을 보태면 더욱 잘 되어 가리라 믿는다. 무엇보다도 누구나 읽을 수 있도록 쉬운 우리 토박이말로 뒤쳐내는 일에 새로운 힘을 기울여야 할 것이다. 그런데 다른 하나는 아직 아무도 들먹이지 않고 거들떠보지도 않아서 덮여 있다. 하지만 아무래도 이 일을 이루어야 한문 유산이 제대로 오늘 우리네 삶 안에 살아날 수 있을 것이기에 잠시 이야기해 보기로 한다.

한 문 유산은 일상의 삶보다 높은 전문 문화를 담고 있다. 한문을 쓰던 선조들은 어느 시대든 당대 가장 높은 신분이었고, 따라서 그들이 한문으로 적어 남긴 바도 높고 깊은 전문 지식이며 경험이다. 나날이 부딪치는 삶과는 얼마간 동떨어진다는 것이 한문 유산이 지닌 나쁜 면이면서 좋은 면이기도 하다. 게다가 한문 유산을 남긴 지난날 선조들은 지식과 경험을 오늘처럼 잘게 쪼개지 않아서 아주 폭넓은 것들을 두루 싸잡고 있다. 인문과학과 사회과학과 자연과학의 지식과 정보를 두루 싸잡아 담고 있는 것이 한문 유산이다. 그러니까 한문 유산을 오늘의 삶 안으로 데려오려는 사람은 그런 전문 지식과 경험을 올바로 꿰뚫어볼 수 있어야 한다. 상용한자 일천 몇 백 자를 배우는 것으로는 아예 잇금조차 들어가지 않는 일이고, 대학에서 한문학과를 마쳤다거나, 무슨 연수 과정에서 중국 경서를 몇 권 배운 정도로도 어림없는 일이다.

한문 유산에 담긴 지식과 정보의 속살을 물려받아 오늘에 제대로 살리려면 요즘의 잘게 쪼개진 학문 분야마다 한문 유산을 제대로 알아보는 사람들이 적잖이 있어야 한다. 철학하는 학자 가운데도 한문을 제대로 읽는 사람이 있어야 하고, 문학과 역사학은 물론 경제학, 정치학, 천문학, 지리학, 토목학, 건축학, 물리학, 생물학, 농학, 의학, 해양학 같은 온갖 학문 분야에 한문 유산을 읽고 연구할 수 있는 사람들이 있어야 비로소 한문 유산을 오늘에 살릴 수 있다. 한문은 이른바 동양학에 드는 몇몇 학문에서나 쓰일 것이라고 지레짐작한 것은 한문 유산의 실상을 모르는 무식에서 빚어진 속단에 지나지 않는다. 한문 유산에도 수학이 있고, 지구과학이 있고, 기계공학이 있다는 사실을 하루 빨리 깨달아야 한다.

이것이 사실을 옳게 본 것이라면 한문 유산을 살리는 길도 여기서 찾을 수 있다. 우선 칠천만 겨레의 대부분은 한자나 한문을 배워야 할 까닭이 조금도 없다. 쉬운 한글로 잘 뒤쳐진 《동문선》이나 《조선왕조실록》이나 《퇴계집》이나 《동의보감》을 읽으면 넉넉하고, 학자들이 연구하고 밝혀서 한글로 간추려 놓은 정보나 지식을 찾아다 쓰면 그만이기 때문이다. 쉬운 우리말을 제대로 살려 쓸 수 있는 사람들이 값진 한문 유산을 한글로 뒤치도록 하면 되는 일이다.

그러면 남은 문제는 한문을 제대로 아는 학자가 학문 분야마다 있어서 뒤치기도 하고 연구도 하는 일뿐이다. 그것은 학문하는 곳인 대학에서 풀어야 할 몫이지만, 별로 어려울 것도 없는 일이다. 학자가 되려고 대학원에 들어가는 시험에다 '한문'을 치르게 하면 그만일 터이기 때문이다. 어느 분야를 맡든지 학자가 되려면 먼저 우리 선조들이 한문으로 천 년을 넘게 고민해 놓은 바를 살피고 들어가도록 하는 것이 마땅하다.

요즘은 학자가 되려고 대학원에 가면 누구나 영어 시험을 필수로 치게 하는데, 학자가 되자면 영어로 쓰인 서양 책도 읽어서 저들의 지식과 정보도 알아야겠지만, 그보다 앞서 우리 선조들이 한문으로 써 놓은 책을 읽어서 그 지식과 정보를 아는 일이 앞서야 옳지 않겠는가? 그것이 우리 학문이 가야 할 마땅한 길이다.

나는 이탈리아에 가서 대학에 진학할 학생들이 공부하는 고등학교(Liceo)에서는 세 해 동안 모든 학생들에게 매주 그리스말 네 시간씩에다 라틴말 다섯 시간씩 가르치는 것을 보았다. 대학에 가는 학생이라면 누구나 그리스말과 라틴말로 적힌 문화유산의 원전을 마음대로 읽을 수 있도록 미리 교육시키는 것이었다. 저들의 선조들이 오래도록 그리스말과 라틴말로 학문을 해놓았기 때문에, 그것부터 먼저 살피고 들어가서 요즘 새로운 학문을 만나게 하는 것이었다. 그 밖에 의무교육인 중학교까지 마치고 사회로 나가는 사람은 물론이고, 대학으로 가지 않는 다른 여러 계열의 고등학교 학생들에게도 라틴말과 그리스말의 첫걸음도 가르치지 않았다. 학문을 하지 않는 사람에게는 현실의 삶에 라틴말과 그리스말이란 것이 아무런 쓸모가 없기 때문이다. 나라가 국민 교육을 참으로 슬기롭게 하는 것이 아닌가?

우리네 학교교육은 사정이 이탈리아와 달라서 온 나라 모든 젊은이들이 대학까지 가야 하는 것으로 여기게 되었다. 엄청난 돈과 아까운 시간을 바쳐서 대학을 가지 않을 수 없도록 만든 우리네 교육 제도는 참으로 잘못된 것이지만, 이제는 되돌릴 길조차 사라진 듯하다. 그래서 우리네 대학은 이미 진리를 탐구하는 학문의 전당이기보다, 보통교육의 마무리를 감당하여 직업 준비에 매달리지 않을 수 없게 되었다. 드러나지 않은 진실을 밝히는 학문은 대학원에 가서야 간신히 시작할 수밖에 없는 실정이다. 대학원에 들어가려는 사람에게 한문 시험을 반드시 치르게 하자는 제안을 하는 까닭이 거기 있다.

　우리가 지난 일천 수백 년 동안에 선조들이 애써 남긴 한문 유산을 핑계로, 칠천만 겨레 모두에게 '상용한자'라는 굴레를 씌우려는 것은 참으로 슬기롭지 못하다. 나름대로 타고난 재능을 자유롭게 떨치며 살아가야 할 여느 백성들에게는 한시바삐 한자나 한자말의 멍에를 온전히 벗겨 주어야 한다. 한편, 학문하는 얼마간의 사람들에게는 저마다 자기 분야에서 선조들의 유산을 이어받고 살려가는 책임을 무겁게 맡겨야 한다. 그것이야말로 단지 한문 유산을 살리는 길일 뿐 아니라, 우리 겨레의 문화 전통을 올바로 이어받는 길이며, 앞으로 우리 겨레 동아리가 빛나고 아름다운 문화를 이룩하며 떨쳐 일어나게 하는 길이기도 하다.

나_ 한문 유산을 살리는 길

21세기는 정보를 주고받는 속도에 따라 개인과 사회의 삶이 결정된다는 소리를 귀가 따갑도록 듣는다. 그런데 정보를 주고받는 속도는 두 가지에 달렸다. 하나는 정보를 담는 기호인 말과 글이고, 또 하나는 그 기호를 오고 가게 하는 통신수단이다. 정보를 담은 말과 글을 사람들이 누구나 쉽게 알아볼 수 있고, 기호를 옮기는 통신수단을 사람들이 누구나 쉽게 부릴 수 있으면 정보를 주고받는 속도는 빨라지는 것이고, 그렇지 못하면 늦어지는 것이다.

이런 이치는 세 살 먹은 애들도 알 만한 것인데, 우리 정부는 어쩐 일인지 이치를 거스르는 길로만 나가려고 한다. 지난 2월 9일에 문화부 장관이 국무회의에서 '한자'를 한글에다 섞어 쓰도록 하고, 교육부와 함께 학교에서 한자 교육을 더욱 힘쓰도록 하겠다고 보고했다는 사실을 모든 언론기관에서 보도했다. 대통령은 미국에 가서 미국말로 연설하고, 총리도 일본에 가서 일본말로 연설을 펴더니, 이제는 문화부 장관이 나서서 정보 통신의 가장 큰 걸림돌인 한자를 한글에다 뒤섞어 쓰도록 하겠다는 것이다. 그야말로 자칭 '국민의 정부'를 이끄는 분들이 거꾸로 가는 말글 정책에 손발을 척척 맞춘다는 생각이 든다.

이렇게 무지한 지도자들을 깨우칠 길을 나로서는 찾을 수 없으니 안타까울 따름이거나와, 마침 얼마 전에 '민족문화추진회'를 이끄시는 이 우성 회장님이 우리말과 우리글에 대하여 마땅한 말씀을 하신 바가 있어 되짚어보고 싶다. '동아시아 유학 전통과 대학'이라는 주제를 걸고 우리나라와 일본, 중국, 베트남의 대학 교수들이 모여 학술 모임을 가진 자리에서 오고간 이야기들을 빌미로 삼아, 회보(《민족문화추진회보》 제52호, 1998. 12. 30.)에다 발표하신 말씀이었는데, 회보이기 때문에 못 보시는 분들이 많았을 것이다. 읽으시는 분들이 오해하실까 두렵지만, 글을 모두 실을 수 없으니 우선 세 도막만 따서 옮겨보기로 한다.

그런데 우리나라가 문제입니다. 중국을 제외한 어느 나라보다도 우리나라는 한자 문화가 발달했고 풍부한 유산을 가지고 있습니다. 그런데 한자 한문에 대한 교육이 중·고등학교에서 시행되고 있기는 합니다만 신문이나 잡지 등 거의 모두가 한글 전용의 추세로 나아가고 있습니다. 이것은 결코 개탄할 일이라고 보지 않습니다. 일본은 자기 나라의 글자만으로는 충분한 의사 표시가 어렵지만 우리는 우리말 자체가 결코 어휘가 부족하지도 않고, 또 한글이 너무나 훌륭한 문자이기 때문에 한자에 의존하지 않고도 충분히 우리 민족의 모든 생활을 표현할 수 있다는 것입니다. 이것은 모든 학자들의 의견입니다. 우리도 베트남과 같이 언젠가는 한자 문화에서 완전히 벗어나서 순전히 우리말 우리글로 우리 민족 문화를 발전시키는 시기가 오리라 생각합니다. 또 적어도 민족 국가의 장래를 위해서 깊은 생각을 가진 분이라면 그 문제에 대해서 생각을 하게 될 줄 압니다. 우스운 이야기지만 나는 생장 과정에서 한자 한문을 남보다 많이 습득했기 때문에 한시도 짓고 주로 한문을 대상으로 연구도 하지만 그것은 내 개인 사정이고, 우리 민족 전체의 장래 문제를 생각하면 우리도 베트남에서와 같이 한자 한문의 무거운 부담을 하루빨리 벗어나야 한다고 생각합니다.

우리가 근대 문화를 성립시킬 때 우리 조상들이 남겨준 심오한 사상과 풍부한 정서를 전혀 계승받지 못하고 외래문화에 의해서 만들어졌기 때문에 오늘날 우리나라의 문화가 천박하고 경조부박한 데로 자꾸 흐르고 있는 것입니다. 우리가 한자 한문의 어려움 때문에 근대 문화를 형성하는 과정에서 조상들로부터의 정신 유산을 계승시키지 못했다는 것입니다. 만일 우리 조상들의 모든 유산이 한글로 되어 있었다면 우리가 근대 문화를 성립시킬 때에도 얼마나 풍부한 유산을 바탕으로 해서 근대 문화가 성립될 수 있었겠습니까. 기왕에 근대 문화의 성립에는 실패를 했습니다만 이제 이 세계사는 근대를 청산하고 21세기의 현대 사회, 미래 사회를 건설하는 방향으로 나아가고 있으므로 이제 우리가 또다시 근대 문화의 형성기의 실패를 되풀이해서는 안 되겠다는 것입니다. 하루빨리 우리말 우리글을 통해서 조상들이 남긴 정신 유산을 이어받음으로써 우리의 독특한 미래 사회의 민족 문화를 형성시켜야 되겠다고 하는 것이 절박한 오늘날의 문화사적 요구이며 명제라고 생각합니다.

연전에 한국한문학회에서 교육부의 지원을 받아 우리나라의 고전적을 총점검했는바, 이를 우리말 우리글로 옮기려면 향후 100년이 소요될 것이라고 했습니다. 지금 세계사는 하루가 다르게 달라지는데 100년 동안을 기다린다는 것은 한심한 일입니다. 그렇다고 현재 우리가 많은 인원을 동원해 가지고 한 해에 많은 책을 번역해 낼 수 있느냐 할 때 이는 예산만이 문제되는 것이 아닙니다. 인력의 한계입니다. (네 문장 줄임) 지금은 제한된 인력과 예산에 의해서라도 우리가 두 주먹을 불끈 쥐고 최선을 다해서 민족 국가 또는 민족 문화의 장래를 위해서 각오를 다시 하지 않으면 안 되는 시기라고 봅니다. 막연히, 국역 기관으로서 어려운 고전을 번역해서 독자들에게 편의를 준다는 이런 소극적인 생각을 할 시기가 아닙니다. 적어도 우리가 세계 여러 나라 가운데서 뒤떨어지지 않기 위해서는 어문 관계가 가장 중요한 것의 하나입니다. 지금 모두가 발등에 떨어진 불로 경제 문제를 가지고 말하지만 21세기는 문화의 세기라고 누구나 말하고 있습니다. 문화의 세기가 앞으로 100년 동안 간다고 보면 적어도 전반기에 있어서 우리가 어느 정도의 자기 주체성을 확립시켜, 이것이 우리 문화라고 세계무대에 내놓을 수 있는 준비가 되어야 하겠습니다. 그러기 위해서는 무엇보다도 어려운 한문 고전적들을 우리말 우리글로 만들어서 이것이 우리의 문화이며 전통이다 하고 내놓아야 된다고 생각합니다.

겨레의 자존심을 지키고 새로운 겨레 문화를 일으키려면 우리말과 우리글, 우리 문화와 한문 유산을 어떻게 해야 하는지에 대한 이분의 생각을 알 수 있을 것이다. 한자와 한문, 한글과 우리말에 대하여 이만큼은 올바르게 꿰뚫고 있어야 '지도자'라고 부를 수 있다는 생각을 한다. 이런 분들이 있어서 '민족문화추진회' 같은 단체가 생기고, 한문 유산에 담긴 정보가 쉬운 한글에 실려 모든 백성들도 읽어볼 수 있는 세상이 열려가는 것이다.

이것이 세상 돌아가는 순리며 우리 겨레가 나아가야 할 마땅한 길인데도, 정부는 '자기 나라의 글자만으로는 충분한 의사 표시가 어려운' 일본에다 정신의 뿌리를 박고 있는 일부 사람들의 장난에 얼을 빼앗겨 한자를 다시 끌어들이려 하니 참으로 딱한 노릇이다. 만약이라도 문화부 장관의 말대로 한자를 뒤섞어 쓰는 세상으로 되돌아간다면, 그 결과는 '문민정부'의 경제 환란보다 훨씬 더 무서운 재앙이 되어 우리 자녀들과 후손들을 오래 괴롭힐 것임에 틀림없다. 문화부 장관이라면 마땅히 겨레 문화에서 무시할 수 없는 한문 유산을 어떻게 하면 오늘의 삶에 제대로 살려낼 수 있을지를 깊이 고민하고, 올바른 길을 밝혀줄 수 있어야 할 것이다.

다_ '한자 교육의 필요성'을 따진다

　'전국한자교육추진총연합회'라는 어마어마한 모임을 또 만들었다. '주비위원' 쉰두 사람의 이름을 보니, 모두들 우리나라에서는 내로라하는 분들이다. 이름만 들어도 많은 이들이 그분이면 뭐든 믿고 따라도 좋다고 여길 만한 분들도 더러 있다. 그러나 이름보다는 내세운 주장을 따져서 옳고 그른 것이 무엇인지 가늠해 보아야 착한 사람들이 덜 헷갈릴 것 같아, 이분들이 가장 공들여 내놓은 '한자 교육의 필요성'을 놓고 조금만 따져보기로 한다.

　우선 이분들이 생각하는 바탕에서 두어 가지만 이야기하고 들어가야겠다. 하나는, 글자란 입말을 적어서 글말 되게 하는 기호에 지나지 않는다는 사실이다. 사람이란 예나 이제나 입말로 생각도 하고 정보도 주고받으며 살아간다. 그러다가 입말이 곧바로 사라져버리는 것을 막으려고 글자를 만들었는데, 처음에는 뜻을 담은 '그림'을 그리다가 차차 간추려서 '뜻글자'를 쓰게 되었다. 그러나 뜻글자는 뜻만큼 글자가 있어야 하므로 너무 번거로워 입말의 소리를 그대로 적는 길을 찾았다. 음절을 적다가 마침내 음소를 찾아 적으면서 글말은 입말에 가장 가까워지고, 글자의 수도 서른 개 안쪽이면 넉넉하기에 이르렀다. 이런 음소글자를 쓰면서 사람은 비로소 입말로 생각하며 살아가듯이, 글말로도 생각하며 살아가게 되어서 문명이 눈부시게 피어오른 것이다. 한 마디로, 글자란 입말

을 적으려는 기호일 뿐, 생각하는 도구일 수 없는 것이기에, 뜻글자인 한
자를 가지고 생각하는 힘을 키운다는 것은, 뜻이 담긴 그림 조각이나 카
드 같은 것으로 그렇게 할 수 있는 것과 마찬가지일 뿐이다.

다음은, 글자를 사람에 맞추어야지 사람을 글자에 맞출 일이 아니다.
입말은 사람이 만들었다고 보기 어려우나 글자는 사람이 만들었다. 생각
하고 경험한 바를 주고받는 입말을 붙잡아 두어서, 그 생각과 경험을 더
멀리 더 오래 주고받으려고 글자를 만든 것이다. 따라서 글자란 입말을
제대로 적을 수 있고 누구나 쉽게 배울 수 있어야 한다. 입말을 배우듯이
그렇게 힘 들이지 않고 배울 수 있는 글자가 가장 바람직하다. 배우기
어려워서 재주 있는 사람과 시간 있는 사람이라야 읽고 쓸 수 있는 글자
는, 재주 없고 시간 없는 사람들에게는 멍에가 된다. 바야흐로 우리는 시
간 없고 재주 없는 사람들까지 모두 어우러져 함께 더불어 살아가는 세
상으로 나아가는데, 제가 안다고 어려운 글자를 구태여 배우라고 하면
서, 가난하고 불쌍한 사람들에게 멍에를 안기는 일은 세상의 흐름을 거
스르는 짓이다. 마땅히 어려운 글자를 없애거나 고쳐서 힘없는 사람들의
어려움을 덜어주는 것이 올바른 길이다.

그럼 이제부터 번거롭더라도 조목을 따라가며 하나하나 따져보기로
하자. 저들의 주장을 고스란히 보여야 하겠기에, 한자투성인 그대로 옮
겨 놓았다. 읽으시는 분들이 성가시더라도 참아주시고 헤아려주시기 바
란다.

1. 韓國語의 特殊性 次元에서

(1) 우리말의 構造 자체가 中國과도 다르고 美國과도 달라서, 表意文字와
表音文字를 兼用하도록 되어 있기 때문에 한글과 더불어 漢字를 교육해야
한다.

우리말의 짜임새가 중국말과도 다르고 미국말과도 다르다는 말은 옳다. 그런데 중국말은 뜻글자(표의문자)를 쓰도록 되어 있고, 미국말은 소리글자(표음문자)를 쓰도록 되어 있고, 우리말은 뜻글자와 소리글자를 아울러 쓰도록 되어 있다고 하는 말은 처음 듣는 소리다. 동서고금에 말을 두고 고민하고 연구한 사람들이 헤아릴 수 없이 많지만 어느 누구도 어느 겨레의 말은 소리글자에 어울리고, 어느 겨레의 말은 뜻글자에 어울린다는 그런 소리를 한 사실이 없기 때문이다.

무릇 사람의 입말이란 겨레를 따질 것 없이 모두 한결같이 '소리'에다 '뜻'을 담고 있는 것이다. 중국말도 소리에다 뜻을 담고 있으며 미국말이나 우리말이나 그게 다를 수가 없다. 말의 짜임새(구조)라고 했는데, 그것은 말의 차례와 얼개와 쓰임새를 뜻했을 것으로 보인다. 그런데 말의 짜임새라는 것이 글자하고 상관을 맺을 수가 없으니, 임자말에 잇달아 풀이말이 오거나, 온갖 말들을 앞세운 다음 풀이말이 마지막에 오거나, 짜임새에 따라 뜻글자나 소리글자 어느 한쪽을 반드시 써야 한다는 그런 법은 없다.

입말과 글말의 관계는 글자가 소리를 적느냐 뜻을 적느냐 하는 두 가지로 맺어질 뿐이다. 처음에는 모든 글자가 여러 뜻을 담는 그림이었다가 차차 하나의 뜻을 담는 글자로 바뀌어 갔다. 그러나 하나의 뜻을 담자니 나타내고 싶은 뜻이 너무 많아서 글자를 끝없이 만들어야 한다는 사실을 깨달았다. 그래서 입말의 소리를 담는 쪽으로 머리를 쓰게 되고 오랜 세월 끝에 마침내 소리글자를 만들기에 이른 것이다. 그림에서 뜻글자로, 뜻글자에서 소리글자로 바뀌어 온 이것이 글자의 뚜렷한 역사다.

그런데 우리 한글은 소리글자다. 우리 입말의 소리를 적으려고 만들었지만, 바람 소리나 두루미 울음까지 적을 수 있다고 했으니, 어떤 겨레의 입말이라도 못 적을 것이 없다. 그런데 여기 눈앞에서 보듯이, 소리만을 적으면 뜻은 저절로 거기 담겨지는 까닭에, 소리글자는 곧 소리와 뜻을

모두 붙드는 셈이다. 그래서 소리글자를 가장 발전한 글자라 하는 것이
고, 한글은 우리 입말의 소리를 적어서 뜻까지 붙들기에 조금도 모자람
이 없는 것이다.

> (2) 世宗大王이 '訓民正文(字)'이 아닌 '訓民正音'으로서 한글을 創製한
> 것은 한글 專用에 그 目的이 있었던 것이 아니라, 漢字使用을 前提한 상태
> 에서 絶長補短하여 온 백성의 文字生活을 원활히 하고자 하는 데 그 根本
> 目的이 있었다.

세종대왕이 '훈민정문' 또는 '훈민정자'라 하지 않고 '훈민정음'이라
한 것은 글자 그대로 그것이 뜻을 담은 것이 아니라 바른[正] 소리[音]를
잡았기 때문이다. 소리글자라는 사실을 정확하게 나타내어서 '정음'(바
른 소리)이라 했다는 말이다. 거기에 무슨 '한자 사용을 전제한' 말미가
들었다는 말인가? 억지라도 너무 어처구니없는 억지다.

세종대왕은 '우리나라의 입말 소리가 중국과 달라서 중국 글자인 한
자와는 서로 사무치지 않기 때문에' 한글을 만든다고 뚜렷이 밝혔는데,
어떻게 '한자 사용을 전제한 상태에서'라는 엉뚱한 주장을 할 수 있는
가? 또 '어리석은 백성이 하고 싶은 말을 마음에 담고 있어도 마침내 글
말로 실어 펴지 못하는 사람이 많기 때문에, 한글 스물여덟 자를 새로
만드니 날마다 편안하게 쓰기 바란다.' 하고 못을 박듯이 말했는데, 무엇
을 '절장보단'한다는 말인가?

아무리 주장이 궁색하더라도 역사에 엄연한 사실을 이렇게 헐뜯는 일
을 지성인들이 어떻게 할 수 있을까 싶다. 하물며 세종대왕이 그처럼 거
룩하게 우리 겨레의 정신을 드높이고 백성을 사랑하여 이룩한 일을 두
고 터무니없는 말로 이렇게 짓밟을 수 있는가?

> (3) 우리 나라에 있어서 한글과 漢字의 兼用은 마치 새의 두 날개와 같고,

수레의 두 바퀴와 같아서, 두 文字의 長點만을 취하여 잘 活用하면, 世界에
서 文字與件의 最理想國이 될 수 있다.

입말은 입에서 나와 귀로 들어가고 글말은 손에서 나와 눈으로 들어
가는 것일 뿐인데, 웬 날개며 바퀴인가? 쉬운 한글에다 어려운 한자를
뒤섞어 쓰면, 가난하고 힘겹게 사는 사람들이 어려운 한자를 배우지 못
하여 글을 읽을 수 없어 더욱 서러워질 뿐이다. 그러면 한자를 읽는 사람
과 읽지 못하는 사람 사이에 눈에 보이지 않는 틈이 생겨서, 나라와 겨레
의 공동체가 물과 기름처럼 하나로 어우러지지 못할 뿐이다.

굳이 비유로 말한다면, 한글은 우리말을 온전히 적을 수 있도록 우리
가 만든 쉬운 글자고, 한자는 우리말에 맞지 않고 중국에서 빌려온 어려
운 글자인지라, 이들 둘로 날개를 삼는 새나 바퀴를 삼는 수레는 날기도
어렵고 굴러가기도 어렵다고 해야 사리에 맞는 비유일 것이다.

(4) 學術用語나 專門用語가 대부분 漢字語로 되어 있는데, 이것을 한글로
表記하였을 때에는 올바른 意味 傳達이 되지 않을 뿐만 아니라, 내용상 큰
혼란을 惹起할 수도 있다.

학술용어와 전문용어에 한자말이 많다는 것은 사실이다. 그러나 그것
은 이제까지 학문하는 전문가들이 우리말을 팽개치고 남의 글말인 한문
으로만 학문을 했기 때문이다. 우리말로 학문을 하지 않고 남의 글말로
학문을 한 역사를 뉘우쳐야 하지 않을까? 우리말로 해야 참으로 우리 학
문이 되고 우리 기술이 된다는 사실을 깨닫지 못하고, 남의 글말(한문)로
남의 흉내만 내던 지난날의 학자와 지식인을 부끄러워해야 마땅하지 않
은가?

기독교의 신·구약 성서도 한글로만 써서 모자람이 없고, 불교의 팔만
대장경도 한글로만 써서 끄떡없는데, 무슨 의미 전달이 되지 않는단 말

인가? 퇴계와 고봉의 사단칠정논쟁을 비롯한 이름 있는 동서고금의 수
많은 고전들도 한글로 뒤쳐서 잘 읽히고 있는데, 무슨 혼란이 어디에서
일어난단 말인가?

(5) 우리말의 語彙는 70% 이상이 漢字語彙로 되어 있고, 同音異語가 많
아서 漢字로 쓰지 않으면 도저히 意味 구별을 할 수 없다.

우리 낱말의 7할이 한자말이라는 소리는 귀가 아프게 들었으나, 그것
은 거짓이다. 엉터리 국어사전들이 낱말도 아닌 한자를 모조리 실어놓았
고, 그것을 빌미로 그런 소리를 하고 있다. 당장이라도 국어사전을 꺼내
놓고 첫 장을 열어서 '가'만을 찾아보아도 내 말이 거짓 아님을 알 수
있을 것이다. 여태도 사전에 올라가지 못해 서러운 삶을 견디고 있는 수
많은 우리 토박이 낱말을 샅샅이 찾아 싣는 국어사전을 만드는 일이 다
급하다.

소리는 같으나 뜻이 다른 말[동음이어?]이 많아서 한자를 쓰지 않으면
뜻 가림을 할 수 없다는데, 그렇다면 글자로 쓰지 않고 주고받는 입말에
서는 어떻게 뜻 가림을 하며 의사소통을 하는가? 우리 문학 갈래 가운데
소설은 벌써 300년 동안 한글만 써도 뜻 구별 못하는 사람 없이 잘만 읽
히고 있다. 우리네 낱말에 한자말이 많다는 것을 자랑삼아 내세울 일이
아니라, 어떻게 하면 한자말을 줄이고 토박이말을 살릴 수 있을까를 걱
정하는 것이 안다는 사람다운 처신이다. '소리 같은 말'(동음어)은 한자
말뿐이 아니라 토박이말에도 많고, 세상 모든 겨레의 말들이 모두 마찬
가지다. 어느 겨레의 사전을 열어보아도 낱말마다 '다른 뜻'을 수없이 번
호를 붙여 설명해 두지 않았던가? 그것이 말의 숙명이지만, 그래도 앞뒤
로 이어지는 말들에 힘입어 '다른 뜻'을 가려 잘 알아듣게 되어 있는 것
이다.

2. 傳統文化 繼承發展 次元에서

(1) 有史以來 漢文으로 기록되어 온 수천년 동안의 傳統 文化遺産을 이해하고 더욱 繼承發展시키기 위하여 漢字는 절대로 필요한 文字이다.

한자 몇 천 자로 한문 유산을 이어받고 빛낸다는 것은 말이 안 된다. 한문 유산은 말 그대로 한문으로 이루어져 있어서 한자 몇 천 자를 아는 것으로는 들여다볼 수가 없다. 한자와 한문은 같은 것이 아니다. 한문에는 그것만의 이치, 곧 문리라는 것이 있는데, 이를 깨치지 않으면 무슨 소린지를 모르게 되어 있다. 한문의 문리를 깨치려면 바다와 같은 중국 오천 년의 역사와 철학을 알고, 적어도 손꼽히는 경전과 유명한 전적들의 내용을 훤하니 외우고 있어야 한다. 조선왕조 시절에 사람들이 한문을 제대로 알려면 '3대는 바쳐야 한다'고 했던 말이 그냥 해본 소리가 아니다.

한문으로 이루어진 유산을 이어받아 빛내는 길은 온 백성들에게 한자를 배우도록 하는 쪽에 있지 않고, 모든 학문의 학자들이 한문부터 알도록 만드는 쪽에 있다. 한문 유산에는 여느 삶보다는 학문이 담겼으며, 인문과학뿐만 아니라 사회과학과 자연과학이 두루 싸잡혀 있다. 그러므로 그런 모든 학문에 몸 바친 사람들이 한문을 배워서 유산을 해석하고 발전시킬 수 있도록 길을 마련해야 하는 것이다.

(2) 漢字도 이른 시대에 東夷族 곧 우리의 祖上이 만들었다는 사실을 새로이 밝히어, 韓民族은 世界第一의 文字 創製國으로서 偉大한 文化民族임을 선양하고, 앞으로 韓民族의 文化를 적극 復興시키기 위해서도 漢字를 연구하고 교육해야 한다.

한자가 중국 글자라서 쓰지 말자는 것이 아니다. 배우기 어렵고 쓰기 불편해서 쓰지 말자는 것이다. 한글도 세종대왕이 만들었기 때문에 쓰자는 것이 아니다. 우리말을 가장 잘 적을 수 있고 누구나 힘 들이지 않고 쉽게 익힐 수 있는 글자, 세상 글자 가운데 가장 뛰어난 글자기 때문에 쓰자는 것이다.

중국의 한자를 은(殷)나라 사람들이 처음 만들기 비롯하고, 바로 그 은나라를 세우고 다스린 사람들이 우리 겨레라는 사실은 알 만한 사람들은 다 아는 것이다. 그것으로 우리 겨레의 뛰어난 슬기를 자랑할 수는 있어도 한자와 한문을 오늘에 우리가 쓰자는 소리를 할 수는 없다.

그뿐 아니라, 다 같이 우리 선조들이 만들었다 하더라도, 한자를 만든 것보다 한글을 만든 것이 더욱 놀라운 일이다. 음소글자인 한글은 뜻글자인 한자와 견줄 수도 없을 만큼 글자의 역사에서 훨씬 더 나아갔기 때문이다.

　　(3) 人格涵養과 人性教育에 밀접한 관계를 가지고 있는 東方 固有의 書法藝術을 繼承發展시키기 위해서도 漢字教育은 절대로 필요하다.

모든 예술은 인격함양과 인성교육에 깊은 관련이 있다. 글씨 예술도 물론 마찬가지다. 그런데 한자가 글씨 예술에 알맞은 것은 그것이 애초에 그림글자기 때문이다. 그림글자기 때문에 회화, 곧 그림예술에 가까울 수밖에 없다.

한자가 그림 예술에 가깝다는 것은, 그만큼 글자로서 제몫을 다하기 어렵다는 뜻이기도 하다. 예술 하기 좋으니 생활에 갖다 쓰자는 주장은 예술과 생활을 가리지 못하는 소리에 지나지 않는다.

　　3. 教育的 效果 次元에서
　　(1) 科學的 실험분석 결과에 의하면 表意文字는 頭腦의 發達을 촉진하므로 어려서부터 교육할수록 우수한 頭腦 개발을 할 수 있다는 것이다.

뜻글자를 쓰면 머리가 좋아진다는 실험 결과는 받아들이기 어렵다. 그와 맞서는 실험 결과도 많을 뿐 아니라, 지구 위에 있는 오늘날 여러 문명의 실상을 비추어 보아도 그런 결과와는 어긋나기 때문이다. 오늘 지구 위의 모든 사람들이 누리는 문명은 거의 모두 서유럽 사람들이 만들어낸 것이다. 저들 서유럽 문명은 알다시피 그리스문명과 그리스도문명을 뿌리로 해서 자라난 것이고, 이들 문명은 일찍부터 누구나 쉽게 배워서 쓸 수 있는 소리글자로 이루어냈다. 뜻글자(표의문자)를 쓰면 머리가 좋아진다는 주장이 옳았으면 중국 문명이 벌써 지구를 뒤덮어야 하지 않았겠는가?

(2) 未來는 컴퓨터의 時代로서 視覺性의 文字가 더욱 효율성이 있고, 또한 漢字는 어떠한 文字보다도 壓縮性과 造語性을 가지고 있어서 컴퓨터用 文字로서 매우 적합하다.

일본 사람 가운데 그런 소리를 한 사람들이 있었다. 그러나 그것은 컴퓨터의 원리에서 보나 현실에 나타난 결과에서 보나 헛소리로 판명난 지 오래다. 한자의 굴레를 벗을 수 없는 저들의 몸부림에서 나온 억지소리였음을 컴퓨터를 다룰 줄 아는 사람이면 누구나 안다. 한자가 컴퓨터와 인터넷에 얼마나 불편한 글자인지는 일본과 중국에서 프로그램을 개발하려고 피땀을 흘리는 전문가들이 누구보다 잘 알고 있다.

날이 갈수록 우리나라가 컴퓨터와 인터넷을 쓰는 사람의 비율이 가장 높은 나라로 드러난다. 그것은 오직 한글 덕분이다. 한글이 컴퓨터 세상의 글말살이에 얼마나 뛰어난 것인가는 손전화를 보면 단박에 알 수 있다. 디지털 세상에서 한글과 경쟁할 수 있는 거의 유일한 글자인 로마자다. 그런데 손전화 단추 하나에 로마자는 석 자씩 넣어야 하지만 한글은 두 자씩만 넣어도 자리가 남아서 모음은 한 자씩만 넣었다. 한글보다 더 훌륭한 글자가 없다는 사실을 온 세상 사람이 모두 아는데, 전국한자교육추진총연합회 사람들만 모른다.

(3) 文章에 있어서 文脈 파악상 必要한 語彙를 漢字로 쓰면, 마치 英文에 있어서 중요한 語彙를 고딕체로 쓰는 것과 같은 효과가 있어서 讀書能率을 증진시킬 수 있다.

이런 소리는 한자를 안다는 사람들 쪽에서 할 수 있다. 그러나 그런 사람은 우리 사회에서 뽑힌 얼마간의 사람들에 지나지 않는다. 가난하여 보잘것없이 사는 수많은 사람들은, 한자가 글월 속에 섞여 있으면 주눅부터 들고 가슴이 답답해질 뿐이다. '그래서 교육을 하자는 것 아니냐' 한다면 참으로 안다는 사람답지 못하다. 가난한 사람에게 '너도 부자가 되도록 돈버는 길을 배워라'고 말하는 부자와 같기 때문이다.

글에서 낱말이나 어구를 눈에 띄게 하는 것이 필요하다면, 그런 길은 얼마든지 있다. 요즘 컴퓨터에 한글의 글꼴을 수십 가지 만들어놓고 마음에 끌리는 대로 골라 쓰지 않는가? 글꼴뿐만 아니라 굵기로나 빛깔로나 눈에 띄게 하는 길은 얼마든지 있다.

(4) 科學文明과 交通手段의 발달로 全世界가 하나의 地球村으로서 긴밀한 紐帶關係를 가지고 있기 때문에, 날로 增加하는 新用語를 한글만으로는 처리할 수 없다.

한글을 만든 그때에 벌써 정인지도 '바람 부는 소리와 두루미 우는 소리'조차 적을 수 있다고 했다. 이제 와서 어떤 새말을 한글로는 처리할 수 없다는 것인가? 무슨 정보라도 입말 안에 담기게 마련이고, 입말로 소리 내는 것이면 무엇이나 소리글자인 한글로는 적을 수 있다. 한자야말로 새로운 말들을 적기에 가장 어려운 글자가 아닌가?

(5) 漢字學習은 모든 학습의 기본수단이 되는 道具敎育이며, 文字學習의
성과상 適正年齡으로 보아도 初等敎育課程에서부터 早期에 교육해야 그
효과를 올릴 수 있다.

한자가 어째서 모든 학습의 기본수단이 되는가? 한자를 알아야 다른
공부를 할 수 있다는 말은 지난날 한문으로 학문과 교육을 하던 때에만
옳았다. 《천자문》을 배워야 《동몽선습》을 배우고, 《소학》을 배울 수
있었기 때문이다. 그러나 이제는 우리말로 학문과 교육을 하는 까닭에
우리말을 제대로 알면 무엇이나 배울 수 있고 가르칠 수도 있다.

글자뿐만 아니라 뭐든지 나이가 어릴수록 교육 효과가 커진다고 해서
이른바 조기교육이 회오리를 친다. 그 깨끗한 우리 어린이의 머리에 세
상에서 가장 어려운 글자, 중국과 일본에서도 내버리지 못하여 괴로워한
지 오래된 한자를 넣어서 채우자는 말인가? 이 세상에는 꽃같은 우리 어
린이의 머리에 서둘러 넣어주고 싶은 값지고 아름답고 거룩한 정보가
너무나 많지 않은가?

(6) 어느 나라나 知識水準에 따라 文章의 難易가 다른 것인데, 언제나 한
글 전용의 語文一致 文章 쓰기를 주장하는 것은 마치 全國民의 知識水準
을 初等學校 수준으로 平準化하려는 것과 다름 없는 어리석은 짓이다. 높
은 수준의 知的 文章에서는 漢字 使用이 불가피하다.

한자는 높은 지식을 담지만 한글은 낮은 지식밖에 담지 못한다는 주
장은 참으로 어처구니가 없다. 팔만대장경도, 사서삼경도, 신・구약성서
도, 그리스 고전도, 조선왕조실록도, 단테의 《신곡》도, 셰익스피어 전집
도, 하이데거나 한스 큉의 저서까지, 모두 우리말로 뒤쳐서 이미 수많은
사람들이 읽었다. 무슨 더 높은 지식이 있어서 한글로 담을 수 없다는
말인가?

우리말로 뒤친 이런 고전과 명저들의 글이 아직은 온전한 우리말과 한글로 적히지 않은 것들이 많은 것은 사실이다. 그러나 그것은 우리의 게으름 때문이다. 요즘에는 새로운 젊은이들이 쉽고 아름다운 우리말을 한글로만 적어서 고전과 명저들을 많이 뒤쳐내고 있다. 알 만한 사람들이 정작 걱정해야 할 일은 한시바삐 모든 고전과 명저들을 쉽고 아름다운 우리말로 뒤치고, 한글로만 적어서 모든 사람들이 읽도록 해주는 것이다. "높은 수준의 지적 문장에서는 한자 사용이 불가피하다"는 소리는 참으로 한심하다.

(7) 대부분 漢字로 된 知識用語를 漢字로 배우지 않고, 한글만으로 表音하여 學習을 하면 정확한 語意를 파악하지 못하여, 그저 들은 풍월로 어렴풋이 알고 있기 때문에, 말을 하여도 自信이 없고, 글을 써도 正確性을 기할 수 없다.

'대부분 지식용어는 한자로 되었다'고 하는 생각이 틀렸다. 서양의 학문은 그리스에서 먼저 일어나 로마에서 크게 자랐기에, 저들의 지식을 담은 말은 그리스말과 라틴말에 뿌리를 두었다. 그러나 르네상스를 일으켜 제 겨레말로 학문하는 일에 힘써 오늘날 모두 제 겨레말로 지식을 주고받는다. 우리도 지난날 선조들이 중국 글말인 한문으로만 학문을 하여 한자말에 지식을 담았지만 이제 우리는 우리말로 학문을 하게 되었으니 지식과 정보를 우리말로 주고받아야 마땅하다.

그리고 한자를 모르면 입말도 자신이 없고 글말도 정확하지 않다고 했는데, 그것은 오히려 거꾸로다. 한자는 뜻글자인 탓에 뜻덩이만을 나타내므로, 깊이 헤집고 잘게 부수어야 하는 오늘날의 지식세계를 똑똑하게 붙들 수 없다. 중국문화가 고대로부터 당나라까지 잘 자라다가, 그 뒤로는 더 나가지 못하고 뒷걸음질만 하게 된 까닭이 바로 거기 있음을 꿰뚫어 보아야 한다. 섬세하고 치밀한 사물과 원리를 다루려면 뜻덩이 한자로는 정말 어렵고 한글로 적는 우리말이라야 한다.

> (8) 半世紀 동안 한글專用敎育으로 인하여 高等敎育을 받고도 半文盲을
> 면치 못하는 오늘의 敎育政策을 근본적으로 改革하기 위해서는 무엇보다
> 도 初等學校課程에서부터 漢字를 교육해야 한다.

'고등교육을 받고도 반문맹'이라는 말로 교육을 나무라지만 사실은
멀쩡한 사람을 반문맹으로 몰아가는 글말살이에 잘못이 있다. 어쩔 수
없는 식민지 교육으로 한자를 배워 알게 된 어른들이 새로 태어나는 세
대에게, 가볍고 쉬운 도구로 마음껏 문화를 만들도록 길을 열어주지는
않고, 자기들이 배워서 안다고 '너희도 한자를 배우라'면서 끝까지 버티
며 쓰고 있는 글말살이가 잘못이다.

한자 섞어 쓰는 글말살이를 바로잡아, 한글만으로 새로운 젊은이들의
정신이 마음껏 뛰놀 수 있게 하는 것이 우리 문화사의 올바른 길이다.
'발을 신에다 맞추어야 옳은가, 신을 발에다 맞추어야 옳은가?' 이것은
지난날의 전통에 매달려야 한다는 고전주의자들과 싸우면서 빅토르 위
고가 던진 것이다. 이것을 오늘 우리의 논쟁으로 가져오면 '사람을 글자
에다 맞추어야 옳은가, 글자를 사람에다 맞추어야 옳은가?'로 바뀐다. 대
답을 듣고 싶다.

> (9) 이른바 '한글세대'의 人文知識 低下로 인하여 論理不在, 哲學不在,
> 思想不在, 道德不在가 招來한 오늘의 政治混亂, 經濟危機를 匡正 蘇生시
> 키기 위해서도 한글과 더불어 漢字敎育을 철저히 해야 한다.

논리도, 철학도, 사상도, 도덕도 없는 세상에 밀어닥친 정치혼란과 경
제위기가 어떻게 한자를 배우지 않은 사람들의 탓이란 말인가? '소두방
으로 자라 잡는다'는 옛말이 딱 어울리는 이런 소리야말로 '논리부재'의

본보기다. 인문지식이 한자에 있다면, 한자를 모르는 인도와 유럽과 아메리카와 아프리카에서는 인문지식을 어디서 얻는단 말인가?

오늘 우리가 맞은 어려움은 질서의 뿌리인 헌법까지 마음대로 짓밟으며 권력을 훔쳐, 온갖 거짓으로 독재정치를 해온 사람들에게서 온 것이 아닌가? 저들이 '경제'니 '국력'이니 하면서 윤리도, 양심도 이 땅에서 발붙일 수 없게 하며 '돈과 권력'이면 그만이라는 정신을 실천하면서 퍼뜨린 때문이 아닌가? 그처럼 엄연한 역사의 죄악을 어떻게 '한글'에다 떠넘길 수 있단 말인가?

> (10) 날로 밀려들어 오는 西洋의 외래어를 우리말로 바꾸어 쓰는 國語醇化政策을 위해서도 造語力과 應用力이 높은 漢字敎育이 절대로 필요하다.

우리말의 조어력과 응용력이야말로 놀랍다. 우리 토박이말을 조금만 들여다보면 우리 겨레가 얼마나 뛰어난 슬기와 힘으로 새 말을 만들고 헌 말을 바꾸고 하는지 알 수 있다. ① 발등, 손목, 발가락, 손톱……. ② 한실, 돌골, 지킴이, 장나들……. ③ 불그데데하다, 불그뎅뎅하다, 불그숙숙하다, 벌겋다, 빨갛다, 시뻘겋다……. ④ 노다지, 깡패, 만땅……. ⑤ 아나바다, 왕따, 도우미, 유니나……. 이런 낱말 묶음들 하나하나를 놓고 조어력과 응용력을 풀어 보이고 싶지만, 시간과 종이가 없어서 그만둔다. 우리말의 조어력과 응용력이 모자라서 한자말을 빌리다니 말이나 될 법한 소린가?

> (11) 連音現象으로 發音이 구별되지 않는 한글 綴字法을 정확히 쓰는 한글의 올바른 대중화를 위해서도 漢字敎育은 불가피하다.

한글 맞춤법을 바로 알고, 많은 이들에게 알리는 일에 한자교육이 도움을 준다는 말은 무슨 소린가? 한글 철자법에까지 한자교육을 끌어다 붙이는 사람들의 상상력과 집요함에 혀가 내둘려지지 않을 수 없다. 아무리 해도 나로서는 대꾸를 못하겠다.

(12) 百年大計의 敎育政策中 하나인 文字政策은 무엇보다도 國民輿論에 副應해야 하는데, 1992년 KBS TV 방송을 통한 漢字敎育 贊反 輿論調査 결과 약 70%가 漢字敎育을 찬성한 바 있고, 1993년 한국리서치會社에서 全國 大學의 敎授를 대상으로 初等學校 漢字敎育의 必要性을 設問調査한 결과 80%이상이 찬성한 바 있다.

교육이 나갈 길을 여론에 따라 찾아야 한다는 주장에도 문제가 있지만, 그보다 여론을 제대로 잡았느냐가 더 큰 문제다. 여론조사의 올바른 방법을 제대로 지켜 지역과 연령과 성별을 골고루 맞춘 여론조사를 공정한 기구를 만들어 다시 해보기를 제안한다. 내세운 여론조사의 결과를 그만큼 믿기 어렵다는 말이다.

무엇보다도 1993년에 했다는 여론조사의 대상이 대학 교수가 아닌가? 대학교수는 '국민 여론'의 대변자일 수 없다. 그들은 남들이 배울 수 없는 것을 배웠고, 남들이 알 수 없는 것을 아는 사람들이다. 그들은 머리가 좋았거나 부모 덕분으로 코밑 걱정에서 벗어났거나, 좌우간 한문을 배우는 것쯤 걱정하지 않을 수 있었다.

나라의 문자정책은 어떻게 하면 모든 국민이 빠짐없이 글말살이를 자유롭게 할 수 있을까 하는 잣대로 세워야 한다. 많이 배워서 잘 아는 사람들이 하자고 하는 쪽으로 가는 것이 아니라, 배울 수가 없어서 모르는 사람들에게 길을 열어주는 쪽으로 가야 한다. 그러면 아는 사람들은 더욱 쉽게 갈 수 있기 때문이다.

4. 國際的 紐帶關係 次元에서
(1) 浮上하고 있는 21世紀의 亞太時代를 맞이하여 韓・中・日의 漢字文

化圈에서 孤立되거나 落後되지 않으려면, 漢字敎育을 철저히 해야 한다.

'21세기는 아태시대'일 것이라는 예견도 믿기 어렵다. 서유럽이 인류 문명사에서 유례가 없는 국가 통합을 이루어, 대서양 문명의 새로운 세상을 열어나가고 있는 것을 보지 못하는가? 더구나 우리를 중국과 일본과 함께 한자문화권이라는 이름으로 묶으려는 생각은 참으로 어리석다. 그것은 중국의 패권 야욕에 보탬이 될 뿐이고, 일본은 이미 미국과 손잡고 세계를 주름잡아 보겠다는 속셈을 드러낸 지 오래다. 무슨 '한 · 중 · 일 한자문화권'이란 말인가?

게다가 중국은 이미 우리가 쓰는 한자를 일상에서 내다버린 지 오래되지 않았는가? 한자에 발목이 잡혀 끝까지 고생할 나라는 일본뿐이다. 저들의 '가나' 글자는 아는 바와 같이 음절글자인데 쉰 자 남짓하다. 쉰 남짓한 음절로 말을 하자니 같은 소리의 말이 너무 많아 한자를 빌려 가리는 수밖에 없다. 사람의 말에 쓰이는 음절이 대충 2,500개쯤 된다는 사실에 견주면, 쉰 개 남짓한 음절로는 얼마나 모자랄 것인지 짐작할 만하다. 제 말에 알맞은 글자를 스스로 만들지 못하고 중국 글자의 가지를 쳐서 쓰는 일본 겨레의 아픔을 알 만하다. 그런 일본 사람들이 한자를 써야 한다고 주장하는 소리를, 그대로 우리에게 가져와 되풀이하는 것은 참으로 부끄러운 일이다.

우리에게 새로운 세기는 온 세상 사람들과 더불어 복된 삶을 누리는 시대다. 그런 시대를 맞이하여 뜻을 두고 나가야 할 세상은 지구 전체고, 마음을 두고 살펴야 할 곳도 지구 전체다. 이런 뜻과 마음을 지니고 힘써야 할 일은 우리만의 빛깔을 갈고 닦는 것이고, 그런 일에서 가장 첫손꼽아야 할 것은 우리말과 우리글이다. 토박이말과 한글을 갈고 닦는 일이야말로 새로운 세기를 살아갈 우리의 발등불이다.

(2) 北韓에서도 1968년부터 文字政策을 바꾸어, 南韓의 初等學校 5學年
에 해당하는 人民中學에서부터 大學에 이르기까지 3,000字의 漢字를 교육
하고 있으니, 南北統一後에 文字言語의 異質性을 막기 위해서도 漢字를
교육해야 한다.

북한도 한자를 가르치니 우리도 가르치자는 주장은 너무나 구차하다.
한자를 가르치자고 주장하는 사람들이, 반공이란 낱말을 내세우며 북녘
을 내몰아치는 세력의 중심이 아닌가? 사실 북녘은 처음에 김두봉 같이
뛰어난 분들이 정치에서 힘을 쓴 덕분에 말글교육과 말글살이가 올바로
잘 되었다. 그때는 나라의 살림도 남쪽보다는 앞서 나갔다.

그러나 김일성 부자가 권력의 세습을 노려 훌륭한 사람들을 몰아내고
엉뚱한 거짓말로 국민을 속이면서 오늘과 같이 안타까운 지경에 이르렀
다. 북녘에서 한자를 가르치기로 한 것도 두 사람의 그런 거짓과 속임수
정책에 나란히 나아가고 있음을 우리는 안다.

(3) 漢字文化圈 이외의 他文化圈에서 漢字를 적극 학습하려는 오늘의 추
세에 맞추어 漢字를 세계로 보급하고, 그들을 포섭하기 위해서도 우리 스스
로 漢字敎育을 철저히 해야 한다.

서양 사람들의 호기심은 탐험과 정복으로 이어져 세계를 손아귀에 넣
는 역사를 만들어 왔다. 그것이 이제 온 세계를 덮었고, 20세기에 들어와
서는 더욱 깊숙이 세계 곳곳으로 파고드느라 학문으로 다기들고 있는데,
어찌 동양뿐이겠는가? 그런 가운데서 동양을 파고들려는 학자들이 한문
을 읽지 않을 수 없어 배우는 사람들이 생기는 것일 뿐이다.

1천 년 전부터도 있어 온 이런 일을 부풀려, 마치 커다란 문명 변동이
나 일어나는 것처럼 말하니 기가 찬다. 이런 것을 끌어와 우리도 온 국민
에게 한자를 가르치자고 하니 논리가 궁색하여도 푼수가 있어야 하지

않을까 싶다.

  (4) 약 20億 인구가 사는 漢字文化圈의 觀光客을 유치하고, 貿易을 적극
추진하기 위해서도 漢字敎育은 절대로 필요하다.

  한자문화권의 20억 사람들은 우리 국민이 한자를 알고 모르는 것에
따라 관광과 무역을 하고 말고 하는가? 한자를 아예 모르는 유럽, 남ㆍ
북아메리카, 아프리카, 오세아니아 같은 곳으로는 그들이 구경을 다니지
도 않고 장사를 하지도 않던가?
  보고 듣고 배울 것이 있으면 구경꾼들은 모여드는 것이고, 장사를 해
서 돈을 벌 만하면 장사꾼들이란 몰려들게 마련이다. 그러므로 우리가
구경꾼과 장사꾼을 많이 끌어들이려면, 보고 듣고 배울 것과 사고팔아서
돈을 벌 만한 물건을 많이 만드는 일을 일으켜야 한다. 그러려면 쌀밥에
섞인 뉘나 돌 같은 한자를 한시바삐 내버리는 것이 상책이다.

  없는 참을성을 다하여 저들의 주장을 하나하나 따져보았다. 그러나 나
에게 남은 것은 이런 입씨름을 언제까지 되풀이해야 하는가 싶은 안타
까움뿐이다. 그저 말없이 나 혼자라도 우리말을 알뜰하게 찾아 쓰고 우
리 한글을 자랑스럽게 부려 쓰는 것이 옳다는 생각이 간절할 따름이다.
거짓이 참을 이기지 못하고 어둠이 빛을 이길 수 없다는 진리가 우리를
이끌어주기 때문이다.

보 잘 것 없는 저는 국사찾기협의회 고준환 회장님의 정중하신 제의로 이처럼 귀한 자리에 나왔습니다만, 자리에 함께 하신 훌륭한 여러 분을 뵈올 수 있어서 커다란 영광입니다. 다만, 아는 것이 없어서 시간만 헛되이 버릴 것을 생각하니 부끄러울 따름입니다.

저는 평생을 거의 시골에 묻혀 살아서, 보고 들은 바가 좁고 얕습니다. 그래서 국사찾기협의회조차 속속들이 잘 모릅니다. 그저 비뚤어지고 잘못된 우리 겨레의 역사를 제대로 찾아서 올바로 세우고자, 몸과 마음을 부지런히 움직이시는 분들의 모임인가보다 하고 있습니다. 저도 우리 겨레의 역사는 참으로 잘못 알려져 있다고 늘 안타까워하면서 살아온 사람이라, 국사찾기협의회 여러 분의 뜻과 길을 고마워하며, 마음속으로 손뼉 치면서 오늘 여기 나왔습니다. 그 동안 겨레를 살리려고 바치신 노고에 깊은 감사를 드리면서, 앞으로도 더욱 뜨거운 정성으로 겨레의 얼을 살리는 일에 피땀을 쏟아주시기를 감히 바라마지 않습니다.

저 는 오늘 고준환 회장님의 '한글날과 나라글자 세계화'와, 박대종 소장님의 '영어의 기원은 고대 한국어에서 비롯되었다' 하는 두 발표에서 많은 것을 배웠습니다. 무엇보다도 세계 인류와 인류 문명의 한가운데 우리 겨레와 겨레말이 자리 잡고 있다는 생각, 곧 우리중심사상을 일으키려고 애쓰시는 모습에서 깊은 감동을 받았습니다.

지구는 둥글어서 사람마다 나라마다 겨레마다 저를 지구의 중심으로 여겨야 마땅하고, 또 거의가 그렇게 여기고 살아갑니다. 그러나 우리 겨레는 지난날 한때 지배계층 사람들이 그릇된 중화사상에 빠져, 스스로를 '동국'이니 '청구'니 하면서 중국 동쪽 언저리의 시골 사람으로 자처하며 부끄러운 세월을 살았기 때문입니다. 그러므로 그런 큰 줄기에서 두 분의 발표를 높이 우러를 뿐, 따로 토를 달 것도 없고 드릴 말씀도 없습니다.

그러나 굳이 토론을 하라는 부탁을 받았으므로 조금 아래로 눈을 돌려 자잘한 것들을 살피면, 저로서도 궁금한 일들은 없지 않습니다. 우선, 우리말을 일본말이나 영어와 견주려고 할 적에, 이미 100년 이상 수많은 언어학자들이 사람의 말을 견주어 갈래를 짓고 살피며 쌓아올린 언어계통론의 통설을 어떻게 볼 것이며, 이제는 대수롭지 않게 여기지만, 언어계통론 안에 있는 언어연대학의 성과를 어찌 볼 것인지 하는 것들입니다. 언어계통론에서는 이미 영어와 그 밖에 유럽 여러 말의 뿌리가 인도에 닿아 있어서, 인도유럽말을 하나의 갈래로 묶었고, 중국말의 통사구조는 그것과 아주 비슷하다는 사실을 밝힌 지 오래 되었고, 언어연대학에서는 다 같이 우랄알타이말 계통인 우리말과 일본말을 견주어 살펴서 대략 6천 년 이전에 서로 다른 말로 갈라졌다는 계산을 일찍이 내놓은 바가 있습니다.

그뿐 아니라, 하나의 말을 다른 말과 견주어 그것들 사이에 얽힌 핏줄을 밝히려면 반드시 음운(음소), 낱말(어휘), 형태, 통사를 두루 다루어서 판단해야 한다고 봅니다. 낱말의 소리와 뜻만으로 보면 그것은 사람의 감각과 본능이 지닌 보편성으로 말미암아 어떤 겨레의 말끼리라도 비슷할 수 있는 여지가 있게 마련입니다. 비슷한 수십 개의 낱말만을 견주어 그것으로 말의 핏줄이 닿았느냐 아니냐를 속단하기는 어렵다는 말씀입니다.

이런 따위 시시한 궁금증들은 혹시라도 시간이 나신다면 두 분께서 저의 궁금증을 환히 풀어 어두운 눈을 밝혀주시면 고맙겠습니다.

사실 저는 그런 궁금증들보다 두 분께서 약속이나 하신 듯이 한자를 우리 글자일 뿐만 아니라 우리말이라고까지 보시는 것에 따로 드리고 싶은 말씀이 있습니다. 저도 우리 겨레의 한 옛 역사는 크게 잘못 알려져 있다고 믿는 사람이기에, 그쪽에 늘 마음을 걸어놓고 살아갑니다. 그래서 한자를 처음 만들어낸 사람들은 바로 우리 겨레인 줄로 알고 또 그렇게 믿으며 더러 자랑도 합니다.

여기 모이신 분들이 모두 잘 아시다시피 우리 겨레는 적어도 철기시대가 시작하기(기원전 2~3세기) 이전까지는 동아시아의 문명을 가장 앞장서 이끌었던 것으로 보입니다. 신석기시대는 제쳐두더라도, 고대국가를 일으키던 청동기시대, 곧 불을 만들어 쓰면서 새로운 문명시대를 열었던 때에는, 우리 겨레가 동아시아 대륙과 바다를 두루 누비며 문명을 떨치고 살았던 것으로 보입니다. 그런 사실은 중국의 신화와 고대사 기록이며, 우리 겨레의 고인돌과 비파꼴청동칼 같은 유물로서 제법 또렷하게 알아볼 수 있습니다. 그럴 즈음 우리 겨레의 삶터도 서쪽으로 북경 가까이 난하에서부터 발해만 북쪽과 만주대륙을 거쳐 흑룡강 언저리를 모두 싸잡고, 한반도와 변두리의 섬들에 두루 미쳤습니다. 태평양으로 열린 삼면의 바다는 말할 나위도 없어, 드넓은 땅과 바다를 누비며 살았습니다.

중국은 이런 즈음의 우리 역사를 삼황오제시대에서 하·은(상)·주를 거쳐 춘추전국시대라 부르며 저들의 역사로 모두 끌어갔습니다. 그러나 사실 그때에는 나라라는 것의 뜻도 뚜렷하지 않아서 국경도 없었거니와, 중국 역사의 중심 무대가 모두 산동·화북 지역임을 숨길 수 없으니, 바로 우리 겨레의 터전과 섞여 있었습니다. 그래도 저들은 대개 사마천의 《사기》를 빌미로 하여 삼황의 마지막인 황제 헌원으로부터 확실한 한족으로 쳐서 중국 역사로 잡습니다.

그러나 중국 한족이 '불'을 쓰고 '농사'를 하면서 삶의 터전을 새로운 문명으로 나아가게 된 첫 걸음은, 염제(불의 서낭), 신농(농사의 서낭)에서 비롯한다는 사실을 감추지 못합니다. 염제 · 신농, 이분이 우리 겨레임은 천하가 모두 아는 일이 아닙니까? 게다가 하 · 상 · 주 세 나라에서 문제의 한자를 만들어낸 것은 상(은) 나라임을 세상이 모두 알고, 바로 이 상(商)나라가 우리 겨레의 나라임도 또한 그렇지 않습니까? 고대 한자의 소리를 한평생 연구한 유창균 박사 같은 분도, 《문자에 숨겨진 민족의 연원》에서 초기 한자의 소리는 고대 우리 겨레의 말과 깊이 얽혀 있어서 그것을 우리 겨레가 만들었다는 사실을 믿지 않을 수 없다고 합니다. 그러나 그것이 한자의 뿌리기는 하지만 한자와는 달라서 이름을 초문(初文)이라고 따로 붙였습니다.

말하자면 한 옛날 우리 겨레는 중국으로 밀고 들어가서 저들에게 불을 쓰도록 가르쳐서 석기시대를 끝내고, 청동기문명으로 올라서게 하고, 농사짓는 법을 가르쳐서 떠돌이 삶을 끝내고 한곳에 머물며 배부르게 살도록 만들고, 글자를 만들어서 문명의 발상지로 우뚝 서도록 이끌어 주었습니다. 어디 그뿐이겠습니까? 중국 정신세계의 뿌리인 도교와 유교도 근원은 우리 겨레에 닿아 있는 것이고, 무엇보다도 도교는 노자와 장자가 한문으로 적어서 붙들고 나서도, 늘 우리에게로 와서 신선의 길을 배워가곤 했습니다. 중국 한족과 우리 사이가 이랬으니, 일본 왜족이야 더 말할 것이 무엇이겠습니까? 이처럼 우리 겨레는 한 옛날 동아시아에서 가장 앞장서 문명을 일으키고 이웃을 이끌었습니다.

그런데, 그렇던 우리 겨레가 어떻게 해서 기원 어름부터는 드넓은 북쪽 대륙을 모두 빼앗기고, 삼면의 바다도 모두 내어버리고, 한반도 좁은 땅에 꽁꽁 갇혀 사는 신세가 되었습니까? 한반도 안에 갇혀 살면서 1천

년 동안을 갈수록 힘이 빠져, 끝내는 왜족에게 나라를 빼앗기고 종살이
까지 해야만 했습니까? 철기시대로 들어선 뒤로 지난 2천 년 동안 우리
겨레가 역사의 수레바퀴를 이처럼 뒷걸음질로 돌렸던 까닭이 무엇입니
까? 저는 이 물음을 풀어주는 것이 우리 국사학의 가장 큰 일이라고 생
각합니다. 국사찾기협의회에서 애쓰시는 여러 분의 뜻도 다르지 않으리
라 믿습니다.

이제 이야기를 다시 '한자'로 되돌려야겠습니다. 중국을 4대 문명
발상지의 하나가 되도록 만든 한자를 우리 겨레가 만들었다는 사
실은 오늘 우리에게도 자랑스럽습니다. 하지만 그런 한자를 오늘 우리가
우리의 글자라고 말하기는 어렵습니다. 그것이 우리 입말을 적는 도구로
곧장 쓰이지 않고, 중국 입말을 적는 도구로 쓰이며 중국 사람들 손에서
갈고 닦였기 때문입니다. 앞에서도 말했듯이 중국 한족의 입말은 우리말
과는 갈래가 아주 달라서 인도유럽겨레의 말에 가깝습니다. 그런 한족의
입말에 맞추어 1천 년을 갈고 닦이면서 진(秦)과 한(漢)에 이르러 이름 그
대로 '한자'가 되고 '한문'이 된 것입니다.

아시다시피 글자는 글자로서 값어치가 있는 것이 아니라, 입말을 적어
서 사라지지 않도록 붙들어 쌓아두는 데서 값어치가 생기는 것입니다.
글자가 아니라 글말이라야 비로소 사람의 느낌과 생각과 삶을 붙들 수
있고, 그것을 시간과 공간의 한계를 뛰어넘어 주고받을 수 있도록 해주
기 때문입니다. 바로 이런 글말이 세상을 끊임없이 새롭게 바꾸는 원동
력이 됩니다. 우리 겨레가 만든 글자는 곧장 우리 입말을 적어서 우리
글말로 쓰인 것이 아니라, 중국 사람의 입말을 적어서 중국 글말로 쓰였
습니다. 이로부터 중국 사람들은 한자와 한문이라는 무서운 도구를 가지
고 지난 2천 년을 줄기차게 동아시아 문화의 주인 노릇을 했습니다. 정
치와 군사에서는 우리 겨레와 몽고에게 절반을 넘게 지배당하면서도, 한

자와 한문 때문에 그것이 모두 중국의 것으로 녹여지고 말았습니다. 우리 겨레가 놀라운 슬기로 글자를 만들어서 한족의 입말을 적는 도구로 주어버리고, 한족의 삶을 지키고 가꾸는 글말로 빼앗겨 버렸다는 말입니다. 그것을 이제 와서 우리 것이라고 우기는 것은 아무런 뜻이 없다고 봅니다.

우리가 한자로써 우리 입말을 적으려고 시도하지 않은 것은 물론 아닙니다. 그것으로 우리 입말을 적으려고 애를 쓰고 힘을 기울였지만, 그때에는 이미 그것이 중국의 입말에 맞추어 적잖이 가다듬어졌기 때문에 손쉽지 않았습니다. 그래도 우리는 끊임없이 매달려 씨름을 하면서 마침내 8~9세기에 와서는 우리 입말을 어지간히 적을 수 있게 만들었습니다. 이것이 이른바 '향찰'입니다. 우리 겨레가 한자를 도구로 삼아 우리 입말을 적으려고 얼마나 끈질기게 매달려 애태웠는가는 류렬의 《세나라시기의 리두에 대한 연구》만 보아도 짐작할 수 있습니다.

그러나 한자로 우리 입말을 적으려는 노력은 우리 겨레의 지배층 주도세력의 것이 아니었습니다. 지배층 주도세력에서는 일찍이 고구려에 태학(372년)을 세우고 신라에 국학(682년)을 세워서 중국 글말인 한문을 곧장 배우는 길로 들어섰습니다. 거기서 중국의 사상과 문학과 역사와 정치를 중국 글말인 한문으로 고스란히 배워서는, 우리 겨레를 다스리는 지배층을 굳건히 지켰습니다. 이런 흐름은 고려와 조선으로 넘어오면서 갈수록 굳어져서, 지배층 사람들은 중국 입말의 형태와 통사로 이루어진 한문을 마치 우리 글말인 양 여기며 떠받들기에 이르렀습니다. 그것을 얼마나 잘 읽고 잘 쓰느냐를 묻는 시험으로 벼슬을 주면서 지배층을 끊임없이 가다듬었기 때문입니다.

중국에서는 한자를 만든 상나라가 망하고, 주나라와 춘추전국시대와 진한시대를 지나는 1천 년에 걸쳐 한자를 저들의 입말을 적는 글말로 빈틈없이 가다듬어 갔습니다. 그렇게 중국의 글말로 가다듬어진 한자와 한문을 고구려·백제·신라의 지배층에서 뒤늦게 가져와 써보려고 했던 것입니다. 한편에서는 우리 입말에 맞추어 고쳐서 쓰려고 애태우고, 다른 한편에서는 손쉽게 중국 글말을 그대로 배워서 쓰려고 애태웠습니다. 이쪽이나 저쪽이나 우리 겨레의 입말과는 맞을 수 없는 한자와 한문을 굳이 쓰려고 하면서 갈수록 한자와 한문은 지배층 사람들의 공식 도구로 깊숙이 자리 잡아 나갔습니다.

이런 역사의 흐름에 발맞추어 우리 겨레 동아리의 힘은 꺾이고 무너졌습니다. 수많은 백성들은 한자와 한문을 배울 수 없어서 입말로만 살아가고, 얼마 되지 않은 지배층 사람들은 한자와 한문에다 값진 정보를 담아 저들만 글말로 주고받았습니다. 한문에다 생각과 경험을 적어서 정보를 주고받을 수 있는 사람이 우리 겨레 가운데 얼마나 되었을까요? 19세기 말엽에 미국에서 건너오신 헐버트 목사님은 조선 사람 백에 둘이 한문을 읽고 쓸 수 있다는 사실을 처음이면서 마지막으로 밝혀내었습니다. 19세기 말엽에 백에 둘이었다면 위로 올라갈수록 적어지는 것은 두말할 나위조차 없지 않습니까? 한문을 아는 백에 둘과, 모르는 아흔여덟의 사람들이 마치 물과 기름처럼 서로 갈라져 살아가고, 겨레의 살림은 백에 둘도 되지 않는 사람들이 저들끼리 마음대로 주무르는 겨레가 무슨 재주로 힘을 떨칠 수 있겠습니까?

함께 살면서도 서로의 생각과 경험을 시원스럽게 주고받을 수 없는 역사의 흐름에 발맞추어, 우리 겨레는 지난날 동아시아의 주인 노릇하던 힘을 시나브로 잃어버렸습니다. 먼저 고조선이 무너지면서 발해만 북쪽의 기름진 벌판을 중국에게 빼앗기고, 다시 고구려가 무너지면서 만주대륙 서부와 중부를 모두 중국에게 빼앗기고, 또 다시 발해가 무너지면서 만주대륙 동부까지 모두 중국에게 빼앗겼습니다. 한반도 안에만 갇혀서 1천 년을 살았는데, 세월이 흐를수록 겨레의 삶은 불쌍하게 굴러 떨어졌습니다. 지난날 우리와 이웃해서 형제처럼 살던 몽고(원나라)에게 짓밟히는 지경에 이르고, 끝내는 꿈에도 넘보지 못하던 왜족까지 우리를 넘보며 침략하여 7년 동안 나라를 쑥대밭으로 만들었습니다. 드디어는 저들이 나라를 온통 빼앗아 우리를 저들의 종처럼 부리는 세월을 반세기나 겪고야 말았습니다.

뫼와 가람이 바뀌지도 않았고, 바람과 구름이 바뀌지도 않았고, 사람의 몸통과 팔다리가 바뀌지도 않았습니다. 그런데도 어째서 동아시아의 주인으로 가장 앞선 문명을 만들어 이웃을 가르치고 다스리던 우리 겨레가 이처럼 내리막길의 삶을 2천 년 동안이나 살았습니까? 저는 그 까닭이 다름 아닌 한자와 한문 때문이라고 봅니다. 한자와 한문이 우리 겨레를 수많은 백성과 한 줌의 지배층으로 갈라놓는 장벽이 되었기 때문이라고 믿습니다. 한 줌도 안 되는 지배층 사람끼리 한자와 한문으로 정보를 독차지 하고 수많은 백성의 힘과 슬기를 따돌려 쓰레기처럼 짓밟아 내버렸기 때문이라고 확신합니다.

말씀을 너무 딱딱하게 드려서 우스개 비슷한 이야기 하나를 하겠습니다. 판소리 《열녀춘향수절가》에는 이런 대목이 있습니다. 이도령은 장원 급제하여 전라도 암행어사로 내려오고, 춘향이는 옥에 갇혀 목숨이 바람 앞에 등불처럼 되었습니다. 다급한 나머지 춘향이는 서울 낭군 앞으로 편지 한 장을 써서 방자에게 들려 서울로 올려 보냈습니다. 방자는 임실 들녘을 지나다가 누더기 신세의 웬 젊은 갓쟁이 하나를 만났습니다. 피차 나무그늘에서 땀을 말리는데, 갓쟁이의 수작으로 몇 마디를 주고받게 되었습니다. 거지 갓쟁이로 꾸민 암행어사 이도령은, 방자의 품속에 저가 보아야 할 편지가 들어 있다는 사실을 알았습니다. 다급한 마음에 이도령은 "애야, 그 편지 좀 보면 안 되겠냐?" 합니다. "아니, 생판 처음 보는 사람이 남의 편지를 보자니 무슨 소리요? 더구나 이것은 아낙네가 쓴 편지인데, 남의 남정네가 어찌 보겠다는 말이요?" 한쪽은 거지꼴이지만 양반 신분임에 틀림없고, 한쪽은 겉이나 속이나 종놈 신세인데도, 논리가 논리니 만큼 어찌 방자가 꿀리겠습니까! 그런데 이 도령에게는 그런 논리쯤은 아랑곳하지 않는 무기가 있습니다. "얘야, 행인이 임발에 우개봉이라는 말도 있느니라. 잠깐 보면 어떠냐?" 무기는 다름 아닌 단 한 마디의 '한문 문구'입니다. 그리고 알고 보면 거기 한문 문구에 담긴 뜻이란 것이, 남의 편지 빼앗아 보는 일과는 아무런 상관도 없이 헛된 문자입니다. 그러나 그 위력은 무섭습니다. "아따 그 양반, 몰골은 흉악하건만 문자 속은 기특하오. 얼픗 보고 주오." 하면서 서슴없이 아낙네의 편지를 생판 처음 보는 남정네의 손에다 넘겨줍니다. 물론 이도령은 마음 가득히 샘솟는 기쁨을 눌러 감추고 편지를 읽어본 다음 능청스럽게 넘겨줍니다. 이것이 지난 2천 년 동안 한자와 한문이 우리 겨레 백성에게 어떤 삶을 살도록 만들었는지를 잘 보여주는 작은 하나의 증거입니다.

우리가 한글을 자랑스럽게 여기고 세종대왕을 겨레의 은인으로 우러르는 까닭은 바로 이런 삶을 끝낼 수 있도록 해주었기 때문입니다. 우리 겨레 동아리 모든 사람이 아무도 따돌림 당하지 않고 더불어 느낌과 생각과 삶을 주고받으며 살아갈 수 있는 길을 마련해 주셨기 때문입니다. 유네스코에서 세종대왕의 생일을 세계문맹퇴치의 날로 삼고, 온 세상에서 글 못 읽는 사람을 가장 많이 없앤 사람을 골라 '세종대왕상'을 주는 까닭이 바로 이것 아닙니까? 한글이 누구에게나 쉽고 편안하게 입말을 고스란히 적어서, 값어치 있는 삶을 주고받을 수 있도록 길을 열어주기 때문입니다. 한글이야말로 하늘이 우리 겨레를 영영 버리지 않고, 한 옛날 떨치던 그 힘을 되찾아 살 수 있도록 내려주신 빛나는 보물이며 은혜입니다.

한자와 한문의 굴레를 조선왕조가 무너지던 날 벗어던지고, 이제 겨우 한 세기를 지나면서 우리 겨레의 삶이 어떻게 되었습니까? 한 옛날 동아시아를 주름잡던 그날이 어렴풋이 다가오는 듯한 조짐을 우리 모두가 느낄 수 있게 되지 않았습니까? 그 까닭이 어디에 있습니까? 뫼도 가람도 바뀌지 않았고, 바람도 구름도 바뀌지 않았고, 사람의 몸통과 팔다리도 바뀌지 않았습니다. 바뀐 것은 오직 글말뿐입니다. 3대를 바쳐서 배워도 모자라서 끙끙거려야 하던 한자와 한문을 내던져 버리고, 초등학교에 들어가지 않아도 모든 사람이 저절로 배울 수 있을 만큼 쉽고도 편한 한글로 글말살이를 한 덕분입니다. 한글 덕분에 누구나 제가 지니고 태어난 바를 남김없이 발휘하며 모두의 슬기와 힘을 모을 수 있었기 때문입니다.

만약에 한글이 없었으면 지금 우리 겨레의 삶이 어떠하겠습니까? 초등학생들이 《천자문》을 배우고, 《동몽선습》을 배우고, 《명심보감》을 배우고, 《동국통감》을 배워서 한문의 문리를 깨우친다고 합시다. 그들이 언제 한문으로 적힌 책을 들고 정치를 배우며, 경제를 배우고, 사회를 배우고, 물리를 배우고, 화학을 배우고, 생물을 배우고, 수학을 배우겠습니까? 그들이 중학교를 마치고 고등학교를 마치면 새까맣게 적힌 한문책을 들고서 무엇을 얼마나 배우겠습니까? 그리고 그렇게 배운 한문으로 어떻게 제가 겪으며 깨달은 바를 알뜰하고 아름답게 글말로 적어서 남들에게 내놓을 수 있겠습니까? 열에 아홉은 그냥 글말을 내던져버리고 근근이 목숨이나 붙여 사는 입말의 삶으로 주저앉고 말 수밖에 없습니다. 그리고 세상은 한자와 한문을 익힌 백에 한두 사람의 손에서 주물러지는 쪽으로 떨어질 수밖에 없습니다. 캄캄하게 어두운 세상을 우리 모두가 헤매고 있는 삶을 살아가고 있을 것임에 틀림없습니다.

그래도 한자와 한문을 배우면 참으로 좋은 일이 많다고 하는 이들이 아직도 적지 않습니다. 지난날 적어도 1천 년 동안 지배층 사람들도 늘 그런 소리를 했습니다. 심지어 그들은 "한문 책 안에는 1천 가지 벼슬이 모두 들어 있다"(書中有千種祿)고 부르짖으면서, 한자와 한문을 배우면 좋은 일이 많다고 떠들었습니다. 그러나 그것은 한자를 배울 형편이 되지 않는 수많은 사람들에게 원한만 쌓아올린 소리입니다. 가난하고 보잘 것없는 사람들을 조롱하며 짓밟는 소리고, 저들만의 넉넉한 처지를 자랑하고 뽐내는 소리일 뿐입니다.

정직하게 다시 말하지만, 글자란 입말을 적는 도구에 지나지 않습니다. 글자는 입말을 적어서 달아나지 않도록 붙들어주는 것으로 제 몫을 다하는 것입니다. 입말은 자연이 내려준 선물이라 누구에게나 공평하지만, 글자는 사람이 만들어서 쉽고 어려운 뜨레가 있습니다. 쉬우면 쉬울수록 누구나 편안히 부려 쓸 수 있지만, 어려우면 어려울수록 특권층만 쓸 수밖에 없습니다. 그런데 한글은 세상에서 가장 쉬운 글자고, 한자는 세상에서 가장 어려운 글자입니다. 한글만을 쓰면 겨레 동아리 모든 사람이 평등하게 글말살이를 할 수 있으나, 한자를 섞어 쓰면 가난하고 머리 나쁘고 삶에 쫓기는 사람들은 글말살이에서 따돌림을 당하고 맙니다. 그들은 한자를 만나면 마치 방자가 이도령의 문자에 기겁을 하듯이, 오금에 힘이 빠지고 주눅이 들어버립니다. 지난 1천 년의 삶이 아직도 우리네 핏속에 씻기지 못하고 남아 있기 때문입니다. 그러나 이제부터는 이런 사람들도 우리와 함께 떳떳하고 자랑스럽게 살아가야 하지 않겠습니까? 그렇게 하자면 무엇보다도 한자나 로마자를 뒤섞어 쓰지 말고, 누구나 쉽게 읽고 쓸 수 있는 한글만으로 글말살이를 하는 것이 바른 길입니다. 그것이 사람을 살리고 세상을 살리는 길입니다.

오늘 저는 참으로 사람의 도리에 어울리지 않는 토론을 했습니다. 우선 발표하신 두 분이 거의 초면에 가까운 분들인데, 체면과 예의를 지키지 못하고 함부로 되지 못한 소리를 너절하게 지껄였습니다. 꾸짖으시거나 나무라시면 가만히 달게 받겠습니다. 끝까지 참고 들어주셔서 정말 고맙습니다.

마_ 원산대호가…

옛날 어느 마을에 문자 쓰기를 몹시 좋아하는 선비가 살았다. 장가를 들어 처갓집에 가서도, 입만 벌리면 문자를 쓰는 통에 사람들이 눈살을 찌푸렸다. 배운 사람들은 되지도 못한 문자를 쓴다고 입맛을 쩝쩝 다시고, 못 배운 사람들은 문자를 알아듣지 못하니까 아니꼽게 여겼다.

어느 날 처갓집에 일이 있어 아내와 함께 가서 자는데, 밤중에 범이 와서 장인을 물어갔다. 집안에 사람이라고는 장모와 선비 내외뿐인 터이라, 어쩔 수 없이 선비가 지붕에 올라가 소리쳐 마을 사람들을 불러 모아야 했다.

"원산대호가 근산 래하야 오지장인을 착거 남산 식하니 지총지자는 지총 래하고 지창지자는 지창 래하소! 속래 속래요!"

이렇게 고함을 질렀다. "먼 산 큰 범이 와서 우리 장인을 앞산으로 물고 갔으니 총을 가진 사람은 총을 들고 나오고, 창을 가진 사람은 창을 들고 나오시오! 어서요 어서!" 뜻인즉 이렇지만, 알아들은 사람이 아무도 없으니 누가 총이며 창을 들고 뛰어나올 것인가!

"범이요 범! 범이 우리 장인을 물어갔소! 어서 좀 나와 보시오." 이랬으면 마을 사람들이 모두 알아듣고 뛰어나와 불쌍한 장인을 살렸을지도 모르는 일이다. 되지도 못한 문자를 길게 늘어놓는 바람에 결국 장인은

변을 당하고, 선비 저도 관가에 끌려가 경을 치는 수밖에 없었다. 그런데 실컷 경을 치고도 원님 앞에서 '다시는 문자를 쓰지 않겠다'며 맹세한다는 소리가 "갱 불용 문자하오리다" 했다나 어쨌다나.

잘난 체하면서 남이 알아들을 수 없는 말을 함부로 쓰는 덜 된 지식인을 꾸짖는 우스개 이야기다. 그리고 그런 지식인의 못된 버릇은 경을 쳐도 쉽사리 고쳐지지 않는다는 사실을 꼬집는 이야기다. 그런데 요즘에도 어려운 말을 일부러 골라 쓰는 사람과 단체들이 너무나 많다. '값이 싸다' 하면 쉽겠는데, 일부러 '가격이 저렴하다' 하고, '말한다' 하면 짧고도 쉬운데 굳이 '언어를 사용한다' 하여 어렵게 만든다. '고맙습니다' 하면 쉽고 좋으련만 굳이 '땡큐'라 하고, '할 줄 안다' 하면 쉽게 알아듣겠는데 구태여 '노하우가 있다' 하면서 잘난 체한다. '대구'라 쓰면 아무나 읽을 수 있는데 구태여 '大邱'라 쓰고, '고속열차' 또는 '번개열차'라 쓰면 쉽고 좋겠는데 한사코 'KTX'라 써서 못 배운 사람들을 주눅 들게 만든다.

말이란 입말이든 글말이든 느낌과 생각을 담는 그릇이고 그것을 주고받는 길이다. 느낌과 생각을 제대로 담을 수 있어야 좋은 말이고, 막히지 않고 시원스레 잘 주고받을 수 있어야 훌륭한 말이다. 제대로 담아서 시원스레 잘 주고받으려면 무엇보다도 낯설지 않고 쉬워야 한다. 낯설지 않고 쉬우려면 입말은 토박이말이라야 하고, 글말은 한글로만 적어야 한다. 입말로 '먼 산 큰 범'이나 '반갑습니다' 하면 토박이말이라 누구나 쉽게 알아듣는다. 그것을 괜히 한자말로 '원산대호'니 서양말로 '아임 글래투 미튜'니 하면 여느 사람들로서는 알아듣기 어렵다. 글말에서도 어쩔 수 없이 들어온 말을 쓴다 하더라도, 한글로 '원산대호'나 '아임 글래투 미튜'라 쓰면 누구나 읽을 수는 있다. 그것을 '遠山大虎'니 'I'm glad to meet you'니 하는 남의 글자로 적으면, 못 배운 사람들은 읽어보지도 못하고 주눅만 들면서 가슴이 답답해진다.

여기서 사람들은 두 길로 갈라져서 시끄럽게 다툰다. 한쪽에서는 "그러니까 어릴 적부터 부지런히 한자도 가르치고 영어도 가르치면 되지 않느냐?" 하고, 다른 쪽에서는 "한글만 쓰면 누구나 쉽게 알고 모자람이 없는데 무엇 때문에 어려운 남의 글자를 쓰느냐?" 한다. 이런 다툼을 곁에서 지켜보는 사람은 어느 쪽이 과연 옳은지 제대로 가늠하기 어렵다. 그러나 올바른 길은 빤히 보이는 법이다. 입말이든 글말이든 말은 사람들이 느낌과 생각을 서로 주고받는 그릇이니, 저마다 지닌 느낌과 생각을 손쉽게 담아서 제대로 주고받을 수 있으면 좋은 것이다. 많이 배운 사람은 주고받기 쉽고 못 배운 사람은 주고받기 어려우면 그건 나쁘다. '배우면 되지 않느냐' 하는 소리는 배운 사람이 못 배운 사람의 아픔을 헤아리지 못하고 휘두르는 무자비다. 못 배운 사람까지도 쉽게 주고받으며 더불어 좋은 삶을 누릴 수 있어야 좋은 세상이고, 그럴 수 있도록 배운 사람들이 앞장서 말을 쉽게 써야 바른 길이다.

안다는 사람들과 똑똑하다는 사람들이 어려운 말을 내세워 위세를 부리려고 한다면 그것은 착한 사람의 도리가 아니다. 지난날 왕조사회에서는 신분과 계급으로 사람을 나누어 통제하며 체제를 유지했기 때문에, 지위가 높은 사람들이 낮은 사람에게 위세를 부리며 뽐내었다. 그리고 그런 위세에서 가장 두드러진 것이 중국 한자말을 보란 듯이 쓰는 말씨였다. 지위 낮은 사람들이 알아듣기 어려운 말씨를 써서 스스로의 지위를 굳히려는 뜻이었다. 그러나 이제는 신분과 지위에 높낮이가 없고 하늘 아래 모든 사람은 한결같이 평등한 민주사회다. 이런 사회에서 어려운 말씨를 휘둘러 남을 누르려 든다면, 그것은 인권을 짓밟는 말의 폭력이다. 어린이나 노약자나 가난하고 보잘것없는 사람까지 모두 마음 편히 주고받을 수 있는 말을 쓰는 것이 좋은 세상을 만드는 지름길이다.

바_ 말과 겨레와 지구 가족의 앞날

21 세기의 지구환경 변화는 예측하는 것보다 훨씬 놀라울 것이다. 지난 세기 중엽부터 일어난 이른바 미래학이 부지런히 그 변화를 내다보려 하지만, 그것으로 변화의 실상을 제대로 밝히기는 어렵다. 변화를 일으키는 요인들이 엄청나게 복잡하고 뜻밖의 변수들이 잇달아 생겨나기 때문이다. 미래학에 자극을 받아 갖가지 학문 분야들도 지난 세기 후반에 들어오면서 나름대로 얻은 정보를 헤집으며 지구환경의 앞날을 내다보려 애쓰고 있다. 하지만 이들의 노력도 21세기의 변화를 정확하게 내다보지 못하는 것은 마찬가지다. 그러나 값진 것은 앞날의 변화를 정확하게 예측하느냐 못하느냐가 아니라, 슬기를 다하여 그것을 내다보려 애쓰는 정신의 긴장, 무엇보다도 학문하는 사람들이 현실의 변화를 꿰뚫어보며 놓치지 않으려는 마음가짐이다. 그런 뜻에서 오늘 이 자리에 정치학·경제학·사회학을 하시는 여러 학자들이 모여 '21세기 지구환경 변화와 남북한'이라는 주제로 대화를 나누는 일은 더없이 마땅하고 값진 것이라고 본다.

그런데, 모든 변화는 갑자기 일어나는 것이 아니다. 지구뿐만 아니라 온 우주가 테이야르의 이른바 알파포인트로부터 변화를 지속해온 것이고, 앞으로도 그런 변화는 영원히 끊임이 없을 것이다. 그러나 우리가 오늘 '21세기의 지구환경 변화'를 주제로 삼는 까닭은 우주의 한 티끌에 지나지 않는 지구의 환경이 이제는 '발등의 불'로 떨어졌기 때문이다. 사람은 지구 위에 삶을 누리며 독특한 진화를 거듭하면서 스스로 지구의 환경을 변화시킬 수 있는 존재로 떠올랐다. 그리고 지구환경을 변화시키는 걸음이 문명과 개발이라는 이름으로 갈수록 빨라져 마침내 20세기에는 자연의 질서와 조화를 깨뜨리는 지경에 이르렀다. 그래서 21세기를 들어서는 즈음에 사람들은 지구의 앞날에 무서운 재앙이 다가온다는 사실을 예감하기에 이른 것이다.

알다시피, 지구환경의 변화는 크게 자연환경의 변화와 인문환경의 변화로 나누어 이야기할 수 있다. 그리고 이들 둘은 값어치와 무게에서 서로 다를 수 없고, 한결같이 우리의 발등에 떨어진 불덩이임에 틀림없다. 그런데 자연환경의 문제는 쉽사리 눈에 띄는 것이기도 하고, 그만큼 사람들의 마음에 파고들기도 쉬운 듯하다. 따라서 생각을 하나로 모아 대응하는 일 또한 그런 대로 드러나게 이루어지고 있다. 하지만, 인문환경의 문제는 사정이 훨씬 더 나쁘다. 무엇보다도 뒤틀림이 쉽사리 눈에 띄지 않아서 사람들의 마음에 파고들어 깨달음을 일으키기 어렵다. 게다가 개인이나 집단에 따라 생각도 서로 엇갈리기 쉬워서, 방어나 치유에 대응하는 길도 합의하여 찾아내기가 쉽지 않다. 그런데, 오늘 우리는 '남북한'이라는 문제에 초점을 맞추어 인문환경의 변화를 중심으로 다루려 한다. 그만큼 뜻을 모으고 길을 찾기 어려운 주제를 다루려 한다는 말이다.

게다가 나야말로 심봉사 시주하듯이, 얼떨결에 기조 발제라는 무거운 짐을 지게 되었으나, 거의 본능과 직관으로 이야기하는 수밖에 없다. '21세기 지구환경 변화와 남북한'처럼 크고도 깊은 문제를 놓고 공부를 해보지 못했기 때문이다. 그러니 이야기가 멋대로 하는 소리에 머물 뿐이고, 또 우물 안 개구리의 소견에 지나지 않을 줄 안다. 무엇보다도 세상의 여러 석학들을 두루 살피고, 그들의 의견을 견주어 보여주는 이른바 실증과학에서 보면 터무니없는 짓거리일 수밖에 없을 듯하다. 그러나, 나는 오늘날 남북한의 현실에 마음을 쓰지 않을 수 없는 배달겨레의 한 사람이고, 또한 21세기의 지구환경 변화에 무심할 수 없는 지구 가족의 일원이다. 그러므로 비록 어리석고 보잘것없는 우물 안 개구리의 소견에 지나지 않으나, 오늘의 주제를 깊이 공부하신 여러 석학들의 말씀을 듣는 빌미를 마련하는 뜻으로 두서없는 이야기를 해보고자 한다.

21세기 지구환경의 변화를 인문환경 쪽에서 이야기하자면 먼저 '세계화'라는 말을 짚어보지 않을 수 없겠다. 21세기 지구의 인문환경 변화를 한 마디로 흔히 세계화라는 말로 부르고들 있기 때문이다. 그런데, 이 낱말은 서양 사람들이 만들어 쓰기 비롯하고 일본 사람들이 뒤쳐 쓰는 것을 우리는 그대로 빌려다 쓴다. 우리가 스스로 만들어 쓰는 낱말이 아니기 때문에 거기 담긴 뜻이 또렷하지 않고, 쓰는 사람들에 따라 저마다 조금씩 다른 뜻으로 써서, 늘 얼마간 어름어름하다. 사람들이 나름대로 뜻매김을 달리하여 쓰고 있으니, 세계화를 화두로 오고가는 말들이 늘 엇갈리고 겉도는 것도 어쩔 수 없는 노릇이다.

그러나, 이렇게 사람마다 들쭉날쭉 엇갈리며 쓰는 세계화라는 말의 뜻 넓이가 내 눈에는 크게 셋으로 갈라지는 듯이 보인다. 첫째는, 아무런 가치 판단도 곁들이지 않고, 통신과 교통의 발달이라는 물리 기술로 말미암아 온 지구가 하나로 묶어지는 현상을 뜻한다. 둘째는, 이런 교통과 통신의 발달을 빌미로 잡고, 미국이 앞장서서 온 세상 사람들에게 저들과 하나가 되는 것이 좋은 삶의 길이라고 나팔을 부는 현상을 뜻한다. 셋째는, 미국이 부는 나팔에 얼을 빼앗긴 여러 작은 나라의 지도자·지식인들이 제 것을 버리고 다투어 미국을 쫓아가자고 부채질하는 현상을 뜻한다.

이것은 물론 더없이 거칠게 묶은 뜻넓이의 가닥에 지나지 않는다. 사실은 이들 셋을 뼈대로 하여 수많은 변종들이 어지럽게 춤을 추고 있다. 그러면, 나는 세계화를 어떤 뜻넓이로 써야 하는가? 말할 나위도 없이 세 가지 모두를 마음에 담고 조심스럽게 가려 쓰는 것이 옳을 것이다. 그러나 무엇보다도 셋째 뜻에 터를 잡고 발길을 내딛어야 마땅하다고 본다. 우리의 처지가 미국의 부채질에 휘말려 제 것을 버리고 미국을 쫓아가야 한다고 부르짖는 지도자 · 지식인들의 재촉에 휩쓸리는 바로 그 자리기 때문이다. 이런 부채질에 휘말리고 재촉에 휩쓸려 그냥 떠내려가면, 우리는 개인이나 겨레나 삶의 주인 노릇을 하지 못하는 신세가 되는 수밖에 없다. 또다시 남의 종살이로 떨어져 불쌍한 삶을 되풀이할 수도 있다는 말이다.

나날이 발달하는 교통과 통신의 기술로 온 지구가 하나의 집안처럼 가까워지는 세상은 나쁠 것이 도무지 없다. 그것은 누가 막을 수도 없고, 우리도 남 못지않게 바라는 바다. 그러나 미국이 저들의 계산법으로 저들의 틀 안에 온 세상 사람을 몰아넣고자 하는 속셈은 막아야 할 횡포다. 그것이 세계화니 신자유주의니 하는 말들로 그럴듯한 탈을 쓰지만, 이미 100년 전에 꼬리를 감추었던 제국주의 망령에 다름 아닌 것으로 보인다. 그런데, 그보다 더욱 다급한 우리의 몫은 내 삶을 내가 책임지는 일이다. 미국을 비롯하여 힘센 나라들이 불어대는 나팔에 덩달아 춤추지 않고 나를 당당히 지키는 일이다. 우리네 철없는 지도자들이 미국을 따라가자고 부추기는 바람을 어떻게든 막아내고, 우리가 우리 나름으로 지구 가족의 하나로 올바르고 떳떳하게 살아갈 수 있는 길을 찾아보는 일이다.

나를 버리고 힘세고 앞서가는 남을 따라가는 것이 세계화라면, 우리의 세계화는 뿌리가 몹시 깊다. 이미 신라 후반에 당나라를 따라가야 선진 문화를 꽃피우며 값진 삶을 살 수 있다고 지도자들이 부르짖은 바 있다. 그래서, 당나라 유학생이나 당나라를 본떠 만든 국학에서 중국 경전을 공부한 사람들만 벼슬자리에 올라가는 세상을 만들었다. 나를 버리고 중국을 따라가야 한다는 흐름은 뒤로 갈수록 거세지기만 했는데, 고려 초기에는 송나라, 고려 후기에는 원나라, 조선 초기에는 명나라, 조선 후기에는 청나라로 이어졌다. 이렇게 나를 버리고 중국을 쫓아 세계화에 겨를이 없는 사이에 겨레의 삶은 갈수록 찌들고 쭈그러졌다. 1,500년이라는 기나긴 세월에 걸쳐 중국을 따라가는 세계화에 매달렸다가, 왕조가 끝나자 이제는 일본화로, 서양화로 길을 바꾸어서 오늘날에는 미국화로 나라 안이 온통 소용돌이친다. 우리네 헛된 세계화 타령의 뿌리가 이렇게 깊으니, 우리가 우리 삶의 주인 노릇을 제대로 하며 살아가자면 어떻게든 이것을 바로잡고 뿌리 뽑을 수 있어야 한다. 이것이 오늘날 이 땅의 참다운 지식인들에게 맡겨진 역사의 무거운 짐이라는 사실을 잊지 말아야 하겠다.

21세기 지구 가족의 삶, 곧 세계화 시대 인류의 삶을 화두로 수많은 사람들이 온갖 조건을 생각하며 여러 이야기들을 이미 했다. 그리고 그런 모든 사람들이 갖가지 걱정들과 방책들을 두루 내놓았다. 그런 사람들이 마침내 다다른 마지막 대답은 거의 한결같은 것이었다. 세상 사람들이 너나없이 서로 사랑하며 더불어 행복하게 살아가도록 마음을 모아야 한다는 것이다. 지극히 상식적이지만 더없이 마땅하고 올바른 해답이 아닐 수 없다.

여기 모이신 여러분들도 그러려니와, 나도 이분들이 다다른 과녁에 동의하지 않을 수 없다. 21세기 지구의 인문 환경이 바람직한 세계화, 곧 지구 위에 사는 모든 사람들이 가족처럼 서로 사랑하고 도우며 사는 세상으로 바뀌어야 한다. 모든 사람은 사람이기 때문에 높거나 낮을 수 없이 한결같은 값어치를 지녔다는 진리를 기꺼이 받아들이고, 그 진리에 어긋나는 갖가지 인문 조건들을 뜯어고치는 일을 게을리 하지 않아야 한다. 그러면 머지않아 참다운 세계화가 이루어져서 지구 위의 모든 인류는 가족처럼 서로 아끼고 사랑하며 살아갈 수 있을 것이다. 이것이 우리의 바람이다. 그리고 나는 이런 바람이 반드시 이루어지리라 믿는 낙관주의자다.

그러나 알다시피, 이런 낙관주의는 자칫 쓸모없는 환상에 떨어질 수 있다. 문제는 바람직한 세계화를 이루어 지구 가족의 행복한 삶이 환상으로 떨어지지 않고 현실로 이루어지도록 힘을 모으는 일이다. 누가 지구 가족의 행복한 앞날을 일구어 나갈 것인가, 어떻게 그런 길을 열어나갈 수 있을 것인가, 이 물음들 안에 열쇠가 있다. 그런데 열쇠는 깊이 감추어진 것이 아니다. 누가 일구어 나갈 것인가? 모두가 함께 일구어 나가야 한다. 왜냐하면 21세기는 모든 사람이 제 삶의 주인 노릇을 해야 하는 세상이기 때문이다. 어떻게 열어갈 것인가? 모든 사람들이 저마다 찾아서 열어가야 한다. 왜냐하면 길은 하나가 아니라 수없이 많기 때문이다. 서로 사랑하며 더불어 행복하게 살아가야 한다는 과녁은 하나지만, 그것에 다다르는 길은 저마다 자리한 처지가 다르듯이 모두 다르다. 저마다 다른 길을 잡았더라도 모두 하나의 과녁을 바라보고 나아가면 마침내 그 과녁에서 만날 수 있다. 저마다 다른 길이라도 같은 과녁에 닿을 수 있다는 생각, 열쇠는 하나가 아니라 여럿일 수 있다는 의식, 내 길만이 올바른 길이라는 고집을 버리는 마음이야말로 참된 세계화의 정신이다.

결국, 우리의 바람은 단순하다. 바람직한 세계화를 이루어야 한다는 것이다. 그것은 사람이면 누구나 사람이기 때문에 더없이 값지다는 사실을 현실로서 살아가는 세상이다. 살갗의 빛깔이 어떠하든, 몸집의 크기가 어떠하든, 쓰는 바 말이 어떠하든, 아는 바 지식이 어떠하든, 가진 바 재물이 어떠하든, 그런 조건들의 차이를 있는 그대로 받아들이면서 그 너머에 있는 사람 바로 그 존재로 말미암아 한결같은 존엄성을 누리는 세상을 이루어내는 것이다. 이것은 이미 수많은 사람들이 거듭 이야기한 상식을 다시 되풀이하는 것에 지나지 않는다. 그러나 되풀이하는 그것이 바로 올바른 세계화를 돕는 길임을 우리는 알고 있다.

남북한은 '남한과 북조선'이라 해야 마땅하다. 오늘 우리의 이야기가 두 동강난 겨레의 상처를 어루만지는 것이 되려면 먼저 서로를 사랑하는 마음부터 지녀야 한다. 서로를 사랑하는 마음을 지니려면 무엇보다도 서로를 있는 그대로 받아들여야 한다. 서로를 있는 그대로 받아들이려면 먼저 부르는 이름부터 제대로 불러주어야 한다. 북녘에서는 스스로 북조선이라 하는데, 우리는 굳이 우리에게 맞추어 북한이라 부르고, 우리는 스스로 남한이라 하는데 북녘에서는 굳이 저들에게 맞추어 남조선이라 부르는 것은 서로 사랑하는 마음을 지니지 않았음을 드러내는 짓이다.

남한과 북조선 사이에 가로놓인 철조망, 말하자면 서로를 믿지 못하고 두려워 살피는 눈초리며 사랑과 미움이 엇갈리는 마음의 앙금으로 쌓은 장벽은 우리의 발등 불 가운데서도 가장 뜨거운 것이다. 바람직한 세계화를 가로막는 마목 가운데서도 가장 나쁜 마목의 하나다. 이것이 우리 겨레의 삶을 얼마나 괴롭히며 어떻게 멍들이고 있는지를 새삼 이야기하는 것은 너무도 부질없는 짓이다. 그러나 21세기에 지구 가족이 더불어 복된 삶을 누리려는 참다운 세계화에 이것이 얼마나 큰 걸림돌인가 하는 문제는 좀 더 꼼꼼히 들여다보아야 할 듯하다. 그런데 마침 오늘 우리가 화두로 삼는 주제가 바로 이것이니, 여러 학자들의 이야기에서 탐스러운 열매들을 얻으리라 믿는다.

남한과 북조선의 문제가 안으로 우리 겨레를 목 조르는 올가미면서, 밖으로 참다운 세계화를 가로막는 걸림돌이라 하지만, 그것을 치워낼 몫은 물론 우리에게 있다. 이 무서운 상처를 우리에게 안긴 장본인들을 꼽

자면 가까이는 얄타와 포츠담에서 탁자에 둘러앉았던 사람들이고, 멀리
는 우리를 침략해서 식민지로 삼았던 일제라 할 수 있다. 그러나 상처를
받은 것은 우리 겨레고, 가장 괴로운 아픔을 겪는 것도 우리 겨레다. 그
뿐 아니라, 상처를 다스리는 일조차 남에게 맡긴다는 것은 힘이 부쳐 상
처를 받던 일보다 더욱 부끄러운 노릇이다. 그래서 온갖 의견이 있을 수
는 있지만, 우리의 올가미는 우리 손으로 걷어낼 수 있어야만 지구 가족
의 하나로 떳떳할 수 있음을 잊지 말아야 한다.

그럴 적에 우리가 붙들어야 할 목숨 줄은 말할 나위도 없이 '겨레'라
는 것이다. 남한과 북조선이 한 겨레라는 사실을 무엇보다도 먼저 바탕
에 깔고 얽힌 실타래를 풀어내야 한다. 그러자면 우리는 먼저 우리에게
겨레라는 것이 무엇인지를 깊이 들여다보아야 한다. 겨레는 우리만의 것
이기 때문이다. 남의 것만 배워서 지식을 뽐내는 학자들은 겨레가 무엇
인지 알기 어렵다. 그들이 애써 배우는 서양 사람들은 겨레가 무엇인지
를 거의 모르기 때문이다. 더구나 요즘 우리 학자들이 눈에 불을 켜고
배우는 미국 사람들에게는 아예 겨레 같은 것이 있지도 않기 때문이다.
우리와 가까이 있는 일본이나 중국에도 우리와 같은 겨레는 없다. 일본
은 이른바 만세일계라는 임금을 모시고 한 나라로만 살아서, 나라는 있
어도 겨레는 없다. 중국은 나라가 헤아릴 수도 없이 무상하였지만 땅이
워낙 넓어서 핏줄이 끊임없이 뒤섞여 겨레를 모르게 되었다. 그러나 우
리는 남다르게 겨레로 묶여 있다. 지난 몇 십 년 동안 이산가족상봉이라
는 사건들을 겪으면서, 그때마다 온 땅이 흔들릴 지경으로 울음바다를
이루곤 했다. 세상 사람들은 우리가 어쩌면 그렇게 너나없이 함께 울음
바다를 이루는지 까닭을 속속들이 모른다. 말할 나위도 없이 그것은 우
리가 한 겨레기 때문이다.

겨 레를 겨레 되게 하는 알갱이들은 여러 가지다. 그러나 뭐니 뭐니 해도 가장 알갱이다운 알갱이는 '말'이다. 누구는 핏줄이라 하고, 누구는 생활 풍속이라 하고, 누구는 심지어 음식이라고도 하지만, 그런 모든 것들은 겨레를 이루는 뼈대 노릇을 하기 어렵다. 따지고 들면, 그런 알갱이들은 모두 다른 겨레들의 것들과 주고받으며, 어슷비슷하게 넘나들 수밖에 없다. 오직 말만은 겨레에게 고유하다. 말만은 다른 겨레들과 섞일 수 없게 하고, 말 안에 들어오면 누구나 한 겨레로 어우러지게 한다. 말은 그들끼리 더불어 살아가게 하고, 한 덩이로 어우러지게 하고, 비슷한 눈길로 세상을 바라보게 하고, 같은 틀거리로 생각하도록 만들어 준다.

그런데 오늘날 지구 가족의 말살이를 들여다보면 너무나 기막힌다. 황소개구리가 나타나서 연못 안의 온갖 개구리는 물론이고 물고기조차 잡아먹고 씨를 말리듯이, 힘센 겨레의 말이 나타나서 힘없는 겨레의 말들을 닥치는 대로 잡아먹고 있다. 누구나 알다시피, 저 넓디넓은 남북 아메리카 두 대륙은 영미말과 스페인말과 포르투갈말과 프랑스말이 깨끗이 쓸어버린 지 오래되었다. 저마다 너그럽고 자유롭게 살던 수많은 토박이 겨레들은 말과 함께 자취도 없이 사라졌고, 신비로운 문명의 꽃을 피웠던 잉카와 마야 겨레들까지도 제 말을 거의 잊고 겨레조차 접붙여진 신세가 되었다. 오스트레일리아와 뉴질랜드도 마찬가지고, 바로 우리가 쳐다보고 있던 지난 세기 동안에 아프리카 대륙이 영미말과 프랑스말에 온전히 잡아먹혀 버렸다. 필리핀을 비롯한 오세아니아 전역, 인도를 비롯한 동남아시아 지역에서도 말의 황소개구리는 식성을 누그러뜨리려 하지 않는다.

우리는 언어적 열등감—식민주의의 끈질긴 유산—을 없앨 시간이 되었다고 생각했다. 우리의 모국어들을 재확립하는 것이 외세의 영향력을 떨쳐버리고 이데올로기적인 자유를 회복하며 그럼으로써 식민주의가 앗아갔던 자신감을 회복하는 데 있어 강력한 요소라고 간주된다.(세꾸 뚜레/김영회 옮김, 《역사발전으로서의 문화, 공동체문화》, 도서출판 공동체, 1983, 258쪽)

이런 소리를 하는 사람들이 있지만 이미 때늦은 감이 없지 않고, 말로써 세상을 지배하려는 힘센 제국주의자들은 그런 소리에 조금도 아랑곳하지 않는다. 이처럼 저들의 말로 세상을 손아귀에 넣으려는 이들이야말로 21세기 참다운 세계화를 막아서는 가장 무서운 폭력세력이다.

말할 나위도 없이, 사람은 말로써 살아간다. 말로써 느낌과 생각을 드러내고, 말로써 생각을 주고받고, 말로써 물건을 사고팔고, 말로써 정치를 하고, 말로써 학문을 하고, 말로써 교육을 하고, 말로써 문화를 일구어낸다. 그러므로 말이 없어진다는 것은 모든 것이 사라진다는 뜻이다. 사람의 몸뚱이야 그대로 있겠지만 그것은 이미 없어진 말을 쓰던 그 사람이 아니다. 사람의 삶이야 이어지겠지만, 그것은 이미 사라진 말로 살아가던 그 삶이 아니다. 그러니까 한 가지 말이 사라지는 것은 바로 지구 가족의 하나가 사라지는 것이고, 그만큼 지구 가족의 삶은 단조로워지는 것이다.

지 구 가족이란 저마다 남다른 말을 가진 크고 작은 온갖 겨레들을 두루 싸잡아서 부르는 말이라야 한다. 그런 겨레들이 서로서로 아끼고 받들면서 더불어 어우러져 살아가려는 마음을 지녀야 참다운 지구 가족을 이룰 수 있다. 그러려면 무엇보다도 힘없는 겨레의 말을 지키고 살려나가야 한다. 힘센 겨레들이 말로써 세상을 손아귀에 넣으려는 야욕을 버리도록 만들어야 하는 것이다.

지구 가족의 앞날을 생각하면서 나는 자주 지구라는 작은 천체의 자연세계를 바라본다. 하늘을 찌르는 산봉우리에서 바다 속 깊은 골짜기까지 얼마나 많은 목숨들이 저마다 제 모습과 빛깔을 간직한 채로 어우러져 살아가고 있는가. 몇 백 년을 거뜬히 사는 짐게나무에서 몇 시간으로 삶을 끝내는 하루살이까지, 집채보다도 더 큰 코끼리나 고래에서 눈에 보이지도 않는 온갖 미생물에 이르기까지, 그 어느 것 하나 아름답지 않은 것이 있는가. 사람들이 제대로 알지도 못하고서 해롭다느니 이롭다느니 하지만, 어느 것 하나라도 사라지면 자연의 질서에는 상처를 입는 것이 아닌가.

슬기로운 사람이 집안에서 가꾸는 작은 꽃밭에서도 그런 원리는 다를 바 없다. 봄, 여름, 가을, 겨울, 철 따라 온갖 꽃들이 번갈아 남다른 모습을 뽐내게 해야 아름다운 꽃밭이 된다. 땅에 붙어서 피는 채송화에서 하늘 높이 자란 나무에서 피는 목련까지, 내로라하면서 사람의 눈길을 사로잡으려는 함박꽃도 좋지만, 남들이 보거나 말거나 저 혼자 남의 그늘에 숨어 있는 패랭이꽃도 못지않게 좋다. 해마다 피면서 여름이 다 갈 때까지 지면 피고 지면 피고 하는 놈이 있는가 하면, 몇 해를 두고 기다려도 피지 않다가 일생에 한두 차례 피고 마는 놈도 있다. 그러나 이런 모든 꽃들이 두루 갖추어져 있어야 참으로 아름다운 꽃밭이다. 장미나 튤립이 좋은 꽃이라 해서 그것들로 온 꽃밭을 메우고 나면, 몇 해를 넘기지 못하고 갈아엎지 않을 수 없을 것이다.

지구 가족의 앞날은 자연세계의 생태와 같아야 한다. 슬기로운 사람의 꽃밭을 닮아야 한다. 살갗의 빛깔도 가지가지, 몸집의 크기도 가지가지, 느낌과 생각도 가지가지, 재주와 능력도 가지가지, 전통과 문화도 가지가지, 이렇게 서로서로 다른 것을 지닌 사람들이 서로를 아끼고 사랑하며 살아가는 세상이라야 한다. 그러려면 무엇보다도 저마다 쓰는 남다른 말을 아끼고 지키고 가꾸어야 한다. 힘센 겨레일수록 힘없는 겨레의 말을 지켜주고 북돋워주어야 한다. 그것이 곧 제 삶을 가꾸고 북돋우는 길이기 때문이다. 온 세상 사람들이 모두 그래야 하지만, 누구보다도 우리가 먼저 그래야 한다. 그러면서 같은 말을 쓰는 하나의 겨레면서 남북으로 갈라져 있는 우리의 상처를 스스로 낫게 해야 한다. 그 길을 찾는 것이야말로 우리에게 가장 다급한 일이다.

사_ 철없는 소리에 실없는 대꾸

요즘 유식하다는 사람들 사이에 우리말을 버리고 아예 영어(알고 보면 미국말)를 공용어로 하자는 소리가 일어나고, 그런 소리에 휩쓸리는 사람들이 많다고 한다. 뜻있는 분들이 걱정을 많이 하면서 나더러 한 마디 하라고 한다. 그러나 내 생각에는 그런 소리가 아주 철없는 소리로 들려서 대꾸할 값어치조차 없는 것이 아닌가 싶다. 그런 소리가 철없다는 까닭을 몇 가지만 이야기해 볼까 한다.

우선, 그런 소리를 하는 이들이 우러러보는 서양 사람들은 남의 말을 뿌리치고 제 말을 찾아 써서 제 나름의 힘을 떨치며 살아왔다. 그리스에 짓눌려 야만인으로 지내던 로마 사람들이, 정신을 차려 그리스 말을 몰아내고 저들의 라틴말을 살리는 운동을 200년 동안 벌인 나머지, 빛나는 라틴 문화를 이루어 서양 문화의 터전을 마련했다. 로마에 짓눌려 야만인으로 지내던 유럽의 여러 겨레들도 차례차례 라틴말의 굴레를 벗어 던지고 제 겨레의 토박이말을 찾아 살려 쓰는 운동을 부지런히 벌인 끝에 오늘날 서양 문화라는 것을 이룩할 수 있었다. 20세기 미국의 힘은 19세기 영국 것을 이어받았거니와, 19세기 영국의 힘도 물론 17, 18세기에 걸쳐 라틴말과 프랑스말을 몰아내고 영어를 찾아 쓰려고 무진 애를 쓴 나머지 얻은 것이었다.

한편, 제 말을 버리거나 빼앗기고 남의 말을 쓰면서 맥없이 사는 겨레들도 우리 눈앞에 적지 않다. 잉카와 마야 문명을 이루었던 중남미 여러 겨레들이, 제 말을 빼앗기고 포르투갈말과 스페인말을 쓰면서 하릴없는 모습으로 살아간다. 인도와 필리핀이 제 말을 버리고 영어를 공용어로 쓰면서 또한 그 빛나던 창의성을 잃고 생기 없이 가난하게 살고 있다. 아프리카 대륙에 수많은 겨레들도 제 말을 빼앗기고 영어나 프랑스어를 공용어로 쓰면서 불쌍한 모습으로 살아간다. 중화인민공화국에 싸잡혀 제 말을 버리고 중국말로 살면서 겨레조차 잃어버리게 되어 가는 이른바 '소수민족'들의 가련한 모습도 눈물겹다.

남들의 이런 삶에 못지않게 우리 겨레의 역사도 좋은 거울이 된다. 안타깝게도 우리 선조들은 1천 년을 훨씬 넘게 중국 글말을 공용어로 쓰면서 살았기 때문이다. 교육도 중국 글말로 하고, 법률도 중국 글말로 하고, 학문도 중국 글말로 하고, 정치도 중국 글말로 하고, 관혼상제까지 중국 글말로만 했으니, 이만 하면 중국 글말이 공용어였다는 사실을 의심할 수 없다. 아마도 그때 우리 선조들 눈에 보인 중국 글말은 오늘 영어를 공용어로 하자는 사람들 눈에 보이는 영어보다 훨씬 더 무서운 세계어로 보였을 것이다. 그러나 제 말을 업신여기면서(그래도 버리지는 않았다) 그 세계어를 빌려 공용어로 삼고 살았던 뒤끝이 무엇이었던가? 드넓은 만주 벌판을 모두 빼앗기고 반도 안에 갇혀서, 갈수록 쪼그라든 삶을 살았을 뿐이다. 중국 글말을 쓰면서 '소중화'를 자랑으로 여기던 그 부끄러운 역사를 이제 막 끝내고 겨우 일어서고 있는데, 다시 또 영어를 공용어로 하자는 소리를 입에 담다니…….

온갖 겨레들이 모여 사는 이 세계는 하나의 커다란 꽃밭과 같다. 갖가지 꽃들이 나름대로 제 빛깔과 냄새로 모습을 뽐낼 때에 서로가 어우러져 아름다운 꽃밭일 수 있다. 함박꽃이 아름답다고 해서 온통 함박꽃만 심어서는 따분하고 지겨운 꽃밭이 되고 만다. 우리는 미국보다 힘이 없고 중국보다 동아리가 작지만 우리만의 빛깔과 향기를 지니고 있는 아름다운 꽃이다. 깨끗한 배달말로 우리 겨레의 냄새와 빛깔을 한 결 달콤하고 아름답게 드러내는 것만이 세계라는 꽃밭에 보탬이 되는 길이요 우리 스스로의 삶에도 보람을 주는 길이다.

철없는 소리에는 대꾸 없이 그냥 지나가는 것이 가장 높은 길인 줄 알면서도 세상이 하도 어수선하여 몇 마디 대꾸를 했다. 해놓고 보니 아무래도 실없는 소리를 한 게 아닌가 싶어 마뜩찮다.

아_ 우리말을 살리는 뜻은

'우리말'이란 무엇인가. 이 물음에는 두 가지 대답이 엇갈려 있다고 본다. '우리가 쓰는 말이면 그게 모두 우리말이다' 하는 것과 '우리가 써야 하는 말이라야 우리말이다' 하는 것이다. 어느 쪽이 정답일지, 과연 정답이 있기나 한 것인지조차 헤아리기 어렵다. 그러나 내가 보기에 국어교육에 마음을 쓴다는 사람들, 거기서도 이제까지 국어교육을 쥐락펴락하고 있는 사람들은 거의 '우리가 쓰는 말이면 모조리 우리말이다' 하는 쪽으로 기울어져 있다. 그리고, 말이 무엇인지를 곰곰이 생각하는 얼마 되지 않는 사람들이 '우리가 써야 하는 말이라야 우리말이다' 하는 쪽에 서 있다고 본다.

그런데, 말할 나위도 없지만 '우리말을 살리자' 하는 사람들은 우리가 쓰는 말은 모조리 우리말이다 하는 쪽일 수 없다. 우리가 쓰는 말을 모두 우리말이라고 하면 살리고 죽이고 할 수가 아예 없기 때문이다. 우리가 쓰는 말이라면 어느 때건 늘 무성하게 살아 있게 마련이다. 어떤 처지에서든 한시도 쉬지 않고 숨을 쉬면서 살아야 하는 것이 사람이듯, 이 말도 그렇게 살아 있을 수밖에 없는 것이다. 살아 숨쉬고 돌아다니는 사람을 살리려고 나설 수 없듯이 무성하게 살아서 사람들 사이를 부산히 오가는 말을 새삼스럽게 살리겠다고 달려들 수도 없는 노릇이다.

그러나, 우리가 써야 하는 말이라야 우리말이다 하는 사람들은 언제나 우리말을 살리려고 안달을 하지 않을 수 없다. 쓰고 있는 말은 언제나 써야 하는 말에 이르지 못하기 때문이다. 잠깐! 여기서 자칫하면 엉뚱한 길로 빠질 수 있다. 써야 하는 말이 무엇인가를 제대로 가늠하지 못하면 그렇게 된다. 써야 하는 말을 그저 말장난이거니 여겨서 '쓰지는 않지만 썼으면 좋겠다고 생각하는 말' 쯤으로 알면 당장 엉뚱한 길로 들어선다. 그러면 써야 하는 말이란 영영 붙잡을 수 없는 무지개일 따름이기 때문이다. 그러나 써야 하는 말을 똑똑히 알고 있으면, 쓰는 말이 마땅하지 못한 까닭도 환히 알 수 있고, 살려야 할 우리말이 무엇인지도 저절로 깨달을 수 있다. 그러니까, 써야 하는 말이 무엇인지를 올바로 아는 것부터 우선 매듭지어야 일이 풀린다.

'써야 하는 말'이라 하면 벌써 '쓰지 말아야 하는 말'을 먼저 생각하게 마련이다. 어떤 말을 쓰지 말아야 하고, 어떤 말을 써야 하는가. 말로써 삶을 이루어가는 존재가 사람이기에, 써야 하는 말을 올바로 찾아 써야 삶을 값지고 보람차게 살 수 있다는 사실을 일찍이 깨달았던 서양 사람들은, 이 물음을 두고 오랜 세월에 걸쳐 애태우며 가려내는 잣대를 찾았다. 그들이 찾은 잣대를 그대로 우리에게 가져올 수 있느냐 하는 걱정을 해볼 수 있지만, 원리는 보편성이 커서 두루 통하게 마련이다. 서양 안에서도 겨레마다 나라마다 말과 삶의 사정이 적잖이 다르지만, 써야 하는 말을 가리는 잣대는 그래서 서로 크게 다를 바가 없었다.

써야 하는 말로 맨 먼저 꼽아야 할 잣대는 '쉬워야 한다' 하는 것이다. 쉬운 말을 쓰고, 어려운 말을 쓰지 말아야 한다는 것이다. 이것은 얼핏 들으면 대수롭지 않고 뻔한 소리처럼 들릴 수 있다. 그러나 실상 우리에게는 참으로 알아듣기 어려운 잣대가 아닐까 싶다. 왜냐하면, 오랜 세월에 걸쳐 우리는 어려운 말을 써야 한다고 줄기차게 가르치고 배웠으며, 오늘날에도 아직 어려운 말을 써야 사람대접을 높이 받는 세상이기 때문이다. '고맙습니다' 하면 쉬운데 굳이 '감사합니다' 해야 점잖고, '밥 먹자' 하면 쉬운데도 구태여 '식사하자' 이렇게 해야 유식하고, '걱정스럽다' 하면 쉬울 것인데도 자꾸만 '우려되고 있다' 해야 부러운 눈으로 바라본다. 쉬운 말을 쓰면 얕잡아 보이고 업신여김을 당하기 십상인 것이 아직 우리네 세상 풍토다. 한자를 버리지 못하는 사람들이나 로마자를 자꾸 쓰려는 사람들이나, 따지고 보면 모두 쉬운 것을 업신여기는 풍토를 즐겁게 누리려는 사람들이다. 이래서 쉬운 말을 써야 한다는 잣대를 알아듣기 어렵다고 말하는 것이다.

그렇지만 쉬운 말을 써야 한다는 잣대는 참으로 보배로운 것이다. 무엇보다도 쉬운 말은 힘없는 사람들이 기를 펴고 살 수 있게 해준다. 못 배우고, 가난하고, 어리석고, 버림받은 사람들도 많이 배우고, 넉넉하고, 똑똑하고, 세력 있는 사람들과 터놓고 서로 말을 주고받으며 더불어 살아갈 수 있도록 해준다. 쉬운 말을 쓰면, 지난날 살기가 어려워 학교교육을 제대로 못 받은 늙은이들이나, 아직 나이가 어려서 학교에 들어가지 않은 어린이들까지, 모두들 속 시원히 말을 주고받으며 어우러질 수 있다. 구청에 적어 내는 서류가 어려워 난로에 넣을 석유를 타가지 못한 노인이 얼어 죽었다는 소식을 듣고, 정신에 불꽃이 번쩍 난 영국의 크리시 마허 여사는, 직장을 버리고 나와서 '쉬운 영어 운동'을 벌여 임금한테서 귀족 칭호를 받았다. 쉬운 말이야말로 모든 사람들을 가지런히 세워주고[평등] 사람답게 살아가도록[인권] 하는 바탕이며 주춧돌임을 너무도 잘 아는 세상에 살기 때문에 받는 대우다. 참으로 부러운 세상 아닌가.

써야 하는 말을 가리는 둘째 잣대는 '또렷해야 한다' 하는 것이다. 흐릿하고 어름어름한 말을 쓰지 말고, 또렷한 말을 써야 한다는 것이다. 무엇이 또렷하며 무엇이 흐릿하단 말인가. 말이 지닌 소리와 뜻을 두고 하는 말이다. 소리도 또렷하고 뜻도 또렷한 말을 써야지, 소리가 흐릿하거나 뜻이 어름어름하거나 하면 몹쓸 말이다. 그러나 이 또한 우리에게는 낯선 잣대가 아닐 수 없다. 오랜 왕조사회를 이끌었던 양반님네들은 한 사코 백성들이 어려워 알아들을 수 없는 말을 쓰면서, 그런 말을 더없이 좋은 것이라고 가르쳤기 때문이다. 쉬운 우리말은 버리고 무슨 소린지 쉽사리 알아들을 수 없는 남의 말을 높이 받들어온 우리네 풍토는 저절로 흐릿하고 어름어름한 것을 우러러보는 세상을 만들어왔기 때문이다. '아랫배가 싸리하게 아프다' 하면 아주 또렷한데, 그러지 않고 '하복부에 시시로 통증이 온다' 하니까 그만 어름어름해지고, '갈래를 지어보자' 하면 누구나 또렷하게 알아듣고 나서겠는데 '장르를 구분해 보자' 하니까 그만 어쩌자는 것인지 어름어름해서 모두들 물러설 수밖에 없다. 속내를 또렷하게 드러내지 않고 흐릿하고 어름어름하면, 뭔가 깊고 그윽한 보물이 감추어져 있는 것으로 여기는 것이 우리네 정신의 풍토가 되어버렸다. 감추어진 보물이 무엇인지 꺼내서 밝혀보자고 하다가는, 경을 치거나 아니면 무식하다는 핀잔만 덮어쓰게 마련이다. 그래서 모르겠다는 소리가 밀고 올라와도 씹어 삼키며, 그저 아는 척하고 어물어물 넘어가야 한다는 것을 기나긴 왕조시대를 거치면서 체험으로 배웠다.

그러나 또렷한 말을 써야 한다는 잣대는 참으로 값진 것이다. 우선 그것은 머리 속과 마음 안에서 어둠과 그늘을 몰아내게 해준다. 아는 것은 알고 모르는 것은 모른다는 사실을 뚜렷하게 만들어주기 때문이다. 우리가 '우리말살리는겨레모임'을 만들자고 처음 모였을 때에, 가장 많은 이야기를 나눈 대목이 바로 이것이었다. 나라의 살림을 거덜 내고 아이엠에프에서 꾸어온 돈으로 살아갈 길을 찾는 정부 지도자들의 꼬락서니를 보면서, 우리는 바로 흐릿하고 어름어름한 우리말을 겨냥하지 않을 수 없었다. 멱살은 잡히지 않고 빙빙 겉돌기만 하는 말을, 마냥 아는 체하고 쓰면서 살아온 우리네 정신에 끼인 거품에서, 이런 나라 살림의 거덜이 빚어졌다는 데에 뜻이 모였다. 아이엠에프 사태라는 것은 경제나 정치의 문제로 끝나는 것이 아니라, 말할 수 없이 흐려져 버린 겨레의 정신에 뿌리내려 있다는 것이었고, 그런 정신은 말할 나위도 없이 흐리고 어름어름한 우리말에서 말미암은 것이라고 보았다. 또렷한 말은 사람의 정신을 해맑게 만들어줄 뿐만 아니라, 사람들의 마음을 서로 끌어당겨 하나로 뭉쳐준다. 어름어름한 말을 주고받으면 서로가 마음속을 들여다볼 수 없어 사람들이 가까워질 수가 없지만, 또렷한 말을 주고받으면 서로의 마음속을 훤히 들여다볼 수 있어서 절로 마음이 가까워진다. 그렇게 사람들의 마음이 가까워지면 서로 사이에 미워할 일은 줄어지고 사랑할 일만 불어나면서 동아리가 굳게 뭉쳐지고 그들의 삶이 복되고 힘차게 피어난다.

써야 하는 말을 가리는 셋째 잣대는 '아름다워야 한다' 하는 것이다. 거칠고 더러운 말을 쓰지 말고, 부드럽고 고운 말을 써야 한다는 뜻이다. 이 잣대는 앞에서 든 두 가지와는 겨냥하는 과녁이 조금은 다르다. 쉬워야 한다는 잣대는 말의 속살을 겨냥하고, 또렷해야 한다는 잣대는 말의 속살과 껍질을 싸잡아 겨냥하는 것이었다. 그런데 아름다워야 한다는 잣대는 말이 지닌 껍질 쪽을 크게 겨냥하는 것이다. '말의 껍질'이란 말은 말이 지닌 소리를 뜻한다. 말이란 어떻게 보면 뜻을 담고 입에서 나오는 소리다. 그 소리가 듣는 사람의 귓속 고막을 두드리면 귓속의 여러 장치들은 감각을 흔들어 느낌을 일으키면서 뜻을 가려 골 속에 있는 기억 창고에다 갈무리한다. 그러는 동안을 우리는 '듣는다'고 한다. 이처럼 말의 소리가 고막을 두드려 느낌을 불러일으키는 동안이야말로, 듣는 사람에게는 말하는 사람의 정신과 인격을 몸으로 맛보며 어우러지는 순간이다. 거기서 일어나는 느낌들이 쌓이면서, 듣는 사람의 몸집은 감정을 북돋우고 정서를 다시 가다듬게 된다. 그렇게 일어나는 느낌이야말로 사람이 남을 알아보고 세상을 가늠하는 바깥 마당이면서, 인격의 바탕을 마련하는 안 마당이라 할 수 있다. 그러니까 '아름다운 말'을 써야 한다는 잣대는 사람의 느낌, 곧 감각과 감정과 정서를 바르고 넉넉하게 가꾸고 기르려는 잣대기에 아주 값진 것이 아닐 수 없다.

'쉬운 말', '또렷한 말', '아름다운 말', 이런 세 가지 잣대에 맞으면 써야 하는 말이다. 말을 바꾸면, 어려운 말, 흐릿한 말, 더러운 말은 쓰지 말아야 하는 말이다. 이들 잣대로 가늠하여, 써야 하는 말은 '참된 우리말'이고, 쓰지 말아야 하는 말은 '거짓된 우리말'이다. 이런 생각은 우리가 쓰는 말을 모조리 우리말이라고 생각하는 것과는 아주 다르다. 말하자면 우리가 쓰는 우리말에는 여러 뜨레가 있고 차례가 있어서, 가장 참된 것으로부터 아주 몹쓸 것까지 뒤섞여 있다고 생각하는 것이다.

잣대가 그러하다면 그런 잣대로 가늠하여 참된 우리말과 거짓된 우리말을 가려낼 수 있을까. 물론 가려낼 수 있다. 우선 가장 손쉽게 낱말을 놓고 가늠해볼 수 있을 것이다. 이를테면, '밤낮'과 '주야', 또는 '어려움'과 '궁지'와 '딜레마' 같은 이름씨, '죽이다'와 '살해하다', 또는 '스타트하다'와 '출발(시작)하다'와 '비롯하다' 같은 움직씨, '굳었다'와 '경직되었다', 또는 '스마트하다'와 '단정하다'와 '맵씨난다' 같은 그림씨, '무척'과 '심히' 또는 '너무'와 '과도히' 같은 어찌씨, 이런 낱말들을 놓고 '쉽다', '또렷하다', '아름답다' 하는 잣대로 견주어 가늠해볼 수가 없겠는가. 나아가, '파워 게임'과 '권력 투쟁'과 '힘 겨루기', 또는 '랜드스케이프 시리즈'와 '풍경 연속물'과 '잇단 풍경' 같은 낱말 묶음이라든지, '신 데탕트 무드에 편승하여'와 '얼음이 풀리는 듯한 새 기운을 타고', 또는 '원숙한 리더상의 정립'과 '모자람 없는 지도자 모습 세우기' 같은 낱말 무리라든지, '조직화된 농민파워가 어떤 영향을 미칠지 주목된다'와 '농사꾼들이 힘을 제대로 모으면 어떻게 될지 눈여겨보도록 한다', 또는 '각종 루머가 도는 등 공포 분위기에 휩싸여 있다'와 '온갖 소문들이 나돌면서 두려움에 휩싸여 있다' 같은 월을 놓고 서로 견주어 가늠해볼 수 있을 것이다.

그러나 사실 말을 가늠한다는 것이 말처럼 쉬운 일은 아니다. 말이란 동아리 안에 수많은 사람들이 아무도 빠지지 않고 더불어 쓰는 것이기에 앞앞이 쉬우냐 어려우냐, 또렷하냐 흐릿하냐, 아름다우냐 더러우냐 하고 물어볼 수가 없기 때문이다. 그렇다고 몇몇 사람들끼리 모여서 나름대로 가늠한 것을 가지고 모든 사람들에게 이렇다 하고 내세우기도 어렵다. 그러면 잣대를 가지고 가늠한다는 소리가 애초에 헛소리였단 말인가. 결코 그렇지는 않다. 바람직한 길이 열려 있어서 서양 사람들은 일찍부터 그 길로 걸어왔다고 생각한다.

그 길은 뜻밖에도 가까운 곳에 있다. 그 길은 두 가지로 어우러져 있는데, 하나는 말 그것이고 다른 하나는 가늠하는 방안이다. 우선 말 그것에서 보면, 많은 사람들이 오래도록 써온 말을 가려서 쓰게 하는 것이 바로 그 길이다. 수많은 사람들이 오래도록 써온 말은 우리 모두의 몸과 마음에 이미 살이 되고 피가 되어서 쉽고, 똑똑하고, 아름다울 수밖에 없다. 수많은 사람들이 오래도록 써온 말을 어떻게 알아볼 수 있는가. 그 또한 어렵지 않다. 무엇보다도 토박이말이면 그것이 가장 오래도록 수많은 사람들이 써온 말이다. 그것은 우리 겨레가 스스로 만들었으니 생겨나던 그날부터 쉽고, 똑똑하고, 아름답다는 잣대를 거쳐 나온 말들이다. 그런 잣대에 들어맞지 않은 말들은 태어나면서 곧바로 마음의 잣대에 걸려서 내버려지고 말았기 때문이다.

그리고 가늠하는 방안을 보자면, 모든 사람들에게 잣대를 똑똑히 가르치는 것이 길이다. 그러고는 저마다 잣대에 맞는 말을 스스로 가려 쓰도록 맡겨주는 것이다. 그런 잣대가 우리 삶에 얼마나 보배로운 것인지를 사람들이 똑똑히 알면, 머지않아 잣대에 어긋나는 말을 함부로 쓰는 사람은 남들의 눈총과 손가락질을 받아서 견디기가 어려운 세상이 밝아온다. 어렵고 흐릿한 말을 쓰는 사람들이 존경은커녕, 사람대접도 제대로 못 받고, 동아리 안에서 요샛말로 왕따를 당하는 세상이 열리는 것이다. 그래서 잣대를 똑똑히 가르치는 일이 길이라면, 그것은 의무교육을 베푸는 동안에 제대로 가르쳐야 한다. 모든 국민이 빠짐없이 걸어가야 하는 길이기에 누구나 받아야 하는 의무교육 안에서 온전히 끝내주어야 하기 때문이다. 의무교육 안에서 국어교육이 맡아야 하는 아주 값진 몫이라 하겠다.

알다시피, 글자는 말을 붙들려고 사람들이 만든 기호다. 이렇게 뜻 매김하는 소리를 가장 쉽게 알아들을 사람들이 바로 우리 겨레다. 훈민정음이라 불렸던 한글을 만든 일이 바로 우리말을 붙들어 적으려는 뜻에서 이루어졌기 때문이다. 사실 사람들은 입 밖으로 나오면서 사라져버리는 말을 붙들려고 기나긴 세월에 걸쳐 애를 태우며 씨름을 했다. 돌멩이니 나뭇가지니 조개껍질이니 새끼줄이니, 이런 물건들로 말을 나타내려고 안간힘 쓰던 세월이 몹시 길었다. 그러다가 언제부터인가 그림으로 나타내고[그림글자], 그림을 간추려 뜻글자를 만들었다. 그리고 마침내 소리를 붙들게 되었는데, 먼저 소리덩이[음절]를 붙들고 마지막에야 소리조각[음소]을 붙들 수 있었다. 글자가 소리조각을 붙들 수 있는 데까지 이르자 비로소 귀로 듣는 소리 말[입말]과 눈으로 보는 글자 말[글말]은 서로 맞바꾸어질 수가 있게 되었다. 그래서 이제는 글자를 더 가다듬고 손질할 필요가 없는 데까지 다다른 것이다. 이래서 글자란 곧 글말의 그릇임에 틀림없으니, 말을 살리려는 사람들이 글자에 마음을 쓰지 않을 수 없는 까닭이 거기 있다.

알다시피, 오늘날 세상에는 아직도 글자를 쓰지 못하고 곧장 사라져버리는 입말만으로 사는 사람들이 있는가 하면, 소리를 붙들어 글말살이를 하지만 그림에서 멀리 벗어나지 못한 뜻글자를 쓰는 사람들도 있고, 소리를 붙드는 소리글자를 쓰는 사람들도 있다. 소리글자를 쓰는 사람에도 소리덩이글자를 쓰는 사람들이 있고, 소리조각글자를 쓰는 사람들이 있다. 그런데 이런 글자들은 모두 사람들이 나름대로 마음을 먹고 슬기를 다해 만들어서 갈고닦은 이른바 인공물이므로, 더 좋고 덜 좋은 것으로 뜨레가 지게 마련이다. 그 뜨레는 두말할 나위도 없이, 입말을 고스란히 붙들어 적을 수 있는 소리조각글자가 가장 좋은 것일 수밖에 없다. 그 다음은 물론 어설프게나마 입말을 적어볼 수 있는 소리덩이글자가 좋은 것이고, 가장 나쁜 글자는 소리를 제대로 붙들지 못하고 뜻만 간신히 담아내는 뜻글자다.

　이런 사실은 앞에서 이야기한 세 가지 잣대를 써서 가늠해 보아도 마찬가지가 아닐 수 없다. 우선 뜻글자는 사람들이 말에 담아 주고받는 뜻이 수없이 많기 때문에 글자 또한 수없이 많아야 한다. 이를테면, 중국의 한자는 대략 8만 자를 넘는다고 한다. 하지만 그렇게 수많은 글자로도 사람들이 말에 담아 주고받는 뜻에는 어림없이 모자란다. 그러니 어쩔 수 없이 한 글자에다 여러 가지 뜻을 함께 담지 않을 수 없는 노릇이다. 그렇게 많은 글자를 바쁜 사람들이 무슨 수로 다 익히며, 똑같은 글자 하나가 여러 가지 뜻을 싸안고 이리저리 쓰이니, 그런 사정을 어떻게 제대로 알아서 쓸 수가 있겠는가. 우선 글자 수가 많아서 배우기 어려우니 나쁘고, 여러 뜻을 함께 담고 있으니 어름어름해서 또한 나쁘다.

　그러면, 소리덩이글자인 일본 가나를 보면 그것은 어떤가. 글자 수는 쉰 개 남짓하니 배우기는 어려울 것이 없다. 그러나 사람들이 주고받는 입말의 덩이는 쉰 개로는 어림이 없다. 우리 겨레의 입말을 소리덩이로 헤아리면 대략 2,500을 훨씬 넘는다. 그래서 일본 사람들은 글자의 어깨에다 ˝, ˚ 표를 찍어서 말소리를 늘려보지만, 그것 가지고도 어림없기는 마찬가지다. 그러니 어쩌겠는가. 어쩔 수 없으니까 중국의 한자를 빌려서 어떤 것은 소리로, 또 어떤 것은 뜻으로 입말을 담아내면서 견디고 있다. 그렇게 견디며 안간힘을 써도 일본말 사전을 펴보면 소리가 같으면서 뜻이 다른 이른바 '동음이의어'라는 것이 여남은 가지씩 느런히 실린 데가 수두룩하다. 프랑크라는 미국 사람이 쓴 《허술한 강대국》이라는 책에는, 일본 동경 거리에서 이야기를 나누는 사람들이 더러 손바닥을 펴놓고 손가락으로 한자를 쓰면서 말을 주고받는 모습을 볼 수 있다고 써 놓았다. 일본 글자가 얼마나 모자라는 것인가를 또렷이 꼬집어 밝혀주는 이야기다.

그러면 우리 한글은 어떤가. 입말의 소리를 닿소리 열네 가지와 홀소리 열 가지로 조각 내놓고, 그런 조각들을 글자로 만들어 놓으니 글자라야 모두 스물넉 자뿐이다. 원체 몇 자 아니니 누구나 하루아침이면 익힐 만하다. 그런데 그런 조각 글자들을 모아서 소리덩이를 나타내면 붙들어 적지 못할 소리가 아무 것도 없다. 2,500을 훨씬 넘는 소리덩이를 마음대로 붙들어 적을 수 있을 뿐만 아니라, 정인지 선생의 말과 같이 바람 소리나 두루미 울음소리까지 적지 못할 것이 도무지 없다. 알다시피, 우리 한글과 같은 소리조각글자로 서양의 로마자가 있다. 이제까지 바로 이 로마자로 제 겨레의 입말을 고스란히 붙들어 적으며 말살이를 해온 서양 사람들이 인류의 문명을 앞장서 이끌었다. 저들은 이런 글자를 2천 년을 넘게 쓰면서 백성들도 함께 글말살이를 하니까 문명을 일으킬 수밖에 없었다. 그런데 우리는 500년 전에 한글을 만들었으나, 왕조가 무너질 때까지 그것을 업신여기며 버려두었다. 왕조가 무너지고 100년에 이르렀지만 아직도 온갖 소리들을 하면서 이런 글자를 내세워 쓰지 않으려는 사람들이 많다.

그러나 이제는 누가 뭐래도 우리 겨레는 너나없이 한글을 쓴다. 그래서 글자를 모르는 사람이 지구 위에서 가장 적은 겨레가 되었다. 게다가 로마자를 쓰는 사람들은 글자를 풀어서 나란히 세워 적지만, 우리는 그것을 덩이처럼 모아서 적는다. 이제까지는 잘 몰랐지만 덩이로 모아 적으니까 훨씬 더 빨리 읽힌다는 것을 알았다. 게다가 덩이를 지어 적기

234 넷 • 모두가 삶맛나는 세상을 만들고자

때문에 로마자처럼 왼쪽에서 바른쪽으로 적어 나가도 좋고, 거꾸로 바른쪽에서 왼쪽으로 적어 나가도 되고, 아예 위에서 아래로 내리 적어도 그만이다. 같은 소리조각글자지만 우리 한글이 서양의 로마자보다 훨씬 쓰임새가 넓고 좋다는 사실을 이제야 조금씩 깨닫고 있는 것이다.

시월 초아흐렛날을 우리는 한글을 만들어 처음 쓰게 한 날로 잡고 있다. 그런데 우리 정부가 이 날을 온 국민이 경축하는 날에서 **빼내버렸다.** 쉬는 날이 많다는 핑계로 하필 한글날을 국경일에서 **빼어버린** 사람들의 정신을 좀 들여다보았으면 소원이 없겠다. 틀림없이 시커먼 구정물이 가득 찼을 것인데, 그런 정신을 수술이라도 해서 고칠 수 있는 병원은 없을까. 한글날이야말로 우리 겨레에게 그 어떤 국경일보다도 훨씬 더 고맙고 자랑스러운 날이라는 것을 언제쯤이면 그런 사람들도 깨달을 수 있을까. 말이 사람과 동아리의 삶을 살리기도 하고 죽이기도 한다는 진리를 제대로 가르치지 못한 나 같은 사람들의 죄악이 핏빛보다도 더욱 붉지 않은가.

자_ 말과 생각

무엇이 사람을 사람답게 하는가? 학자들은 한결같이 '생각하는 것'과 '말하는 것'이라 한다. 그 밖에 온갖 것들은 이들 두 가지에 딸려오는 것으로 본다. 그래서 먼 옛날부터 학자들은 사람이 무엇인지를 알려고 하면서 먼저 말과 생각을 살피는 일에 매달렸다. 그러나 아직도 말과 생각이 서로 어떤 자리에서 어떻게 얽혀 있는지 제대로 알지 못한다. 그러니까 사람이 어떤 존재인지 알아보려는 바람도 아직은 이루어지기 어려운 꿈이다.

생각과 말은 같은 하나의 뿌리에서 나오는가? 서로 다른 두 뿌리에서 나오는가? 우선 이런 물음을 풀어보려고 사람들은 몹시 애를 태웠다. 그리고, 같은 뿌리에서 나오든 다른 뿌리에서 나오든, 말이 앞서 나와 생각을 이끄는가? 생각이 앞서 나와 말을 이끄는가? 이런 물음에 부딪쳐 서양 사람들은 아주 일찍부터 해답을 찾으려고 끈질기게 노력했다. 그리고 이미 여러 가지 의견들을 내놓았고 또 잇달아 내놓는다. 그것들을 간추리면 크게 세 갈래로 묶을 수 있다.

첫째는, 생각이 먼저 있어서 말을 낳고 이끈다는 주장이다. 이것은 저 멀리 그리스 철학에서 비롯하여 중세의 철학자들을 거치고 현대에 와서도 여러 심리학자들의 연구로 굳건한 전통을 지키고 있는 주장이다.[1] 둘째는, 말이 먼저 있어서 생각을 낳고 이끈다는 주장이다. 이것은 말에 매달리는 언어학이 철학으로부터 떨어져 하나의 학문으로 일어나면서 새롭게 나타났다. 그래서 여러 언어학자들과 철학자들이 주장하는 것이다.[2) 셋째는, 말과 생각이 서로 어우러져 낳고 이끈다는 주장이다. 이것은 첫째와 둘째 주장을 뒤섞어 얼버무린 것이 아니다. 생각과 말이란 본디 앞서고 뒤서거나 위에 있고 아래에 있는 것이 아니라 높낮이 없이 나란히 자리 잡고 있으며, 언제나 서로를 돕고 이끌어준다는 것이다.[3)

이들 세 주장은 나름대로 있는 힘을 다한 조사와 연구를 거쳐서 나온 것들이다. 그러나 보다시피 어느 쪽이 진실인지 쉽사리 가려지지 않는다. 그것은 말이나 생각이나 모두가 너무도 신비로운 속살로 가득한 것이기 때문이다. 그러니 세 주장 가운데 어느 하나만 진실이고 나머지는 거짓일 것으로 내다볼 수 없다. 셋은 모두 나름대로 진실을 담고 있지만, 어느 쪽도 홀로 온전한 진리일 수 없다고 보아야 마땅하다. 그런데, 이들 세 주장 안에 두루 담겨 있는 진실이 하나 있다. 말과 생각은 서로 떨어질 수 없다는 점이다. 말이 앞서서 생각을 이끌든, 생각이 앞서서 말을

---

1) 데카르트(1596~1650, 프랑스 철학자, 프랑스말로 쓰인 첫 철학책 《방법서설》을 비롯하여 《철학원리》 같은 책을 썼다)가 '나는 생각한다. 그래서 나는 있다' 하거나 파스칼(1623~1662, 프랑스 수학자, 물리학자, 철학자. 그가 지은 《팡세》는 종교와 문학에서 이름난 책이다)이 '나는 생각하는 갈대다' 하면서 굳건한 전통을 이루었다. 현대에서도 피아제(1896~1980, 스위스의 심리학자, 교육학자, 《어린이의 말과 생각》이 이름난 책이다)를 비롯한 여러 심리학자들이 이를 주장한다.

2) '이성은 곧 말이다' 한 하만(1730~1788, 독일 철학자. 이른바 '질풍노도 운동'을 일으킨 사람이다)과 이른바 '세계관 가설'을 내놓은 홈볼트(1767~1835, 독일의 언어학자, 사상가. 《비교언어연구》, 《언어철학》 같은 책으로 이름 높다)를 거쳐 '언어 상대성 가설'로 유명한 사피어 워프에게로 이어지고, 촘스키(1928~)가 말의 틀이 정신의 깊은 뿌리로서 자리 잡고 있다는 사실을 자세하게 풀이해 보이면서 많은 사람들의 믿음을 얻었다.

3) 비고츠키(1896~1934, 러시아 심리학자, 교육학자. 그의 《생각과 말》이 1962년에 미국에서 영어로 뒤쳐지자 유명해졌다)는 생각과 말이 본디는 서로 다른 뿌리에서 나오지만, 사람이 자라면서 둘은 하나로 얽혀지고 시간이 흐를수록 말이 생각을 앞서 이끌어간다고 주장했다. 이런 주장은 왓슨에게로 와서 '생각과 말은 둘이 아니라 본디 하나다' 하는 데까지 나아갔다.

이끌든, 둘이 서로 어우러져 서로가 서로를 이끌든, 생각과 말은 떨어질 수 없이 얼크러져 있음에 틀림없다. 이것을 아니라고 하는 사람은 아직 아무도 없다.

말과 생각이 서로 깊이 얼크러져 있다는 사실은, 요즘 이른바 인지과학이 일어나면서 더욱 뚜렷해졌다. 인지과학이란 사람이 생각하고 알고 깨닫는 힘의 샘이며, 뿌리인 머리 속의 골(뇌)을 살펴서 그 속내를 밝히는 과학이다. 엄청나게 신비한 말의 모든 속살을 어떻게 골 안에서 마련하는지, 그것으로 허파와 목과 입과 코를 어떻게 움직여 소리로 바꾸어 내놓는지, 소리로서 모습을 드러낸 말의 그윽한 속내를 귀청과 안귀와 속귀가 어떻게 받아서 생각으로 바꾸어 다시 골 안에 간추려 갈무리하는지, 이런 물음을 컴퓨터의 도움에 힘입어 살피고 밝히는 과학이다. 그래서, 말은 골에서 가장 복잡하고 추상적인 일을 맡아 하는 큰골 껍질[대뇌 피질]의 왼쪽 브로카 자리와 베르니케 자리에서 거의 만들어낸다는 사실을 알아냈다. 물론 거기서만 만드는 것이 아니라 큰골 여러 곳에서 함께 힘을 모아 만들어내고 또한 받아들인다는 사실도 알게 되었다. 그만큼 복잡하게 얽히고설킨 큰골의 힘으로 말을 만들어내기 때문에, 그것이 생각과 떨어질 수 없는 것임을 더욱 뚜렷이 안 것이다.

그런데, 말과 생각을 다루면서 잊지 말아야 할 것이 또 하나 있다. 말이 여러 사람의 생각을 묶어주는 구실을 한다는 점이다. 한 사람의 머리 속 생각은 말에 실리면서 비로소 모습을 드러낸다. 머리 속에 감추어진 생각을 남들이 알아볼 수 있는 모습으로 드러내놓게 만들어 주는 것이 말이다. 한 사람의 생각을 담아서 말이 소리로 모습을 드러내면, 비로소 다른 사람은 그것을 귀로써 받아들여 머리 속으로 끌고 들어가 제 것으로 삼을 수 있다. 이래서 사람의 생각은 말에 얹혀 이 사람에게서 저 사람에게로 옮아 묶여지면서 커지고 넓어지고 깊어진다. 여러 사람의 생각이 묶여서 커지고 넓어지고 깊어지는 것은 곧 사람들의 슬기와 힘이 그만큼 커지고 넓어지고 깊어지는 것이다. 이렇게 불어난 슬기와 힘이 바로 사람으로 하여금 짐승과는 다른 삶으로 나아가게 하고, 문명을 쌓아올리게 만들었다. 말을 어떻게 갈고 닦아야 서로의 생각을 더욱 잘 묶어서 보람찬 삶과 훌륭한 문명을 이룰 수 있을지 깊이 생각해야 하는 까닭이 거기 있다.

차_ 말은 사랑의 열쇠다

아들딸 키우며 속 썩는 분들이 많다. 무자식이 상팔자라는 탄식까지 나돈다. 그러나 어버이 된 우리에게는 한 가지 뉘우치며 돌아보아야 할 일이 있다. 아들딸을 키우며 서로 말을 주고받는 시간이 얼마나 되었는가? 아이가 말을 주고받을 만큼 자란 다음 하루에 얼마씩이나 마주 앉아 이야기를 나누며 살았는가? 아이의 말을 귀담아 들어주고 내 마음이 담긴 말을 건네준 시간이 하루에 얼마나 되었는가?

서울의 어느 유치원 박문희 원장님은 '마주 이야기 교육'으로 이름이 널리 났다. 평생을 어린이 교육에 몸 바치다가, 쉰을 넘기면서 깨달은 교육이라 한다. 해마다 유치원에 오는 아이들을 새로 만나면 반드시 말썽을 부리는 아이들이 있었다. 친구를 못살게 구는 아이, 장난감을 부수는 아이, 혼자 외톨이로 맴도는 아이, 남의 물건을 훔치는 아이, 건듯하면 싸움을 거는 아이…… 이런 아이들 때문에 평생을 고민하다가, 쉰을 넘기면서야 그런 꼬마들 가슴에 벌써 시퍼런 멍이 들어 있음을 알았다 한다.

"그런데, 엄마! 내 말 좀 들어봐!"

"아빠, 아빠! 아까 옆집 창수가 그러는데……."

아이들이 이렇게 말을 걸어올 적에 우리는 어떻게 하는가.

"엄마 지금 바쁘다아!"

"아빠, 신문 보고 있잖아!"

이런 대꾸가 고작이거나, 들은 체 만 체로 하던 일만 하기 일쑤다. 이런 일들이 쌓이면서 아이는 혼자 그것을 삼키며 가슴에 멍을 키우고, 너덧 살에 벌써 불만이 가득한 말썽꾸러기가 되어버리는 것이다. 이들이 청소년으로 자라면 불량청소년, 어른이 되면 범죄자로 떨어지기 십상이다. 깨달음을 얻은 원장님은 그런 아이들에게 틈만 나면 먼저 말을 걸어주고, 늘 사랑의 눈으로 지켜보아 주고, 말을 걸어오면 귀담아 들어주고, 마침내 '마주 이야기'를 나누는 데까지 이르도록 했다는 것이다. 한 해 동안만 그리 해도 웬만한 말썽꾸러기는 말끔히 돌아오더라고 한다.

말은 사랑의 열쇠다. 말을 주고받는 것은 사랑의 행위다. 꽃을 주고, 선물을 주고, 마침내 몸까지 주는 것으로 사람은 사랑을 드러낸다. 주는 꽃을 뿌리치지 않고 고맙게 받고, 주는 선물을 퇴짜 없이 고스란히 받고, 주는 몸까지 다소곳이 받으면서 사람은 사랑을 나타낸다. 그렇게 가진 것을 주고받는 사랑 가운데서도 말을 주고받는 사랑이야말로 가장 값진 것이다. 말은 그 어떤 꽃보다도, 그 어떤 선물보다도, 심지어 몸보다도 더 고귀한 것이다. 말에는 사람의 마음과 더불어 얼까지 싸잡아 담겨 있기 때문이다. 말은 사람됨의 모두기 때문이다. 사람됨 모두를 담아내는 참다운 말을 주고받는 것보다 더 아름답고 거룩한 사랑은 없다.

착한 아들딸을 바라는 어버이는 모름지기 아들딸과 더불어 많은 말을 주고받으며 살아보기 바란다. 반드시 그 바람이 넘치도록 이루어질 것이다. 먹고사는 일에도 겨를이 없는데, 어느 틈에 아이들과 한가한 이야기를 나누며 산다는 말이냐 하실 분들이 없지 않을 것이다. 그러나 그것은 무거운 일과 가벼운 일을 가늠하지 못하는 사람의 말이다. 사람의 삶에서 '자식 농사'보다 더 무거운 일이 어디 있겠는가? 아들딸이야말로 어버이의 핏줄과 목숨을 길이 살게 하는 바로 내 생명의 연장이 아닌가! 아들딸이 빗나가면 그처럼 못 견디게 가슴 아픈 까닭이 거기 있지 않은가! 아들딸이 착하고 올바르면 세상 모든 것을 다 버려도 아쉬울 것 없는 것이 사람의 마음 아닌가! 그렇다면 무엇보다도 먼저 누구나 아들딸과 더불어 마음을 주고받는 이야기를 많이 하여야 한다. 마음을 주고받는 말의 사랑에 우리가 눈을 뜨면 먼저 집안이 밝아지고 마침내 세상이 온통 환히 개일 것이다.

《구약성서》창세기(11, 1-9)에는 바벨탑 이야기가 실려 있다. 사람들이 욕망을 절제하지 못하고 끝없이 내달리면 마침내 하느님의 징벌을 받을 수밖에 없다는 신앙 교육의 이야기다. 그러나 한편 이것은 말의 힘이 어떠한가를 가르치는 이야기로 읽히기도 한다. 이야기의 줄거리는 이러하다.

사람들이 시날 지방 들판에 자리 잡고 살 적에는 한 가지 말을 썼다. 낱말까지 같았다. 이래서 돌 대신에 벽돌을 쓰고, 흙 대신에 역청을 쓰면서 도시를 세우고, 꼭대기가 하늘에 닿는 탑을 쌓았다. 하느님이 이걸 보시고 사람들이 같은 말을 쓰니까 못할 일이 없겠다고 걱정하며 당장 땅에 내려와서 사람들이 쓰는 말을 뒤섞어 놓았다. 그러자 사람들은 탑을 쌓고 도시를 세우던 일을 흐지부지 그만두고 마침내 온 땅으로 흩어져 버렸다. 사람들을 온 땅으로 흩으셨다고 해서 그 도시를 바벨이라고 불렀다.

사람들이 한데 어우러져 살면서 모든 사람이 서로 잘 알아들을 수 있는 한 가지 말을 쓰니까, 하느님까지 두려워하는 문명을 일으킬 수 있었으나, 서로 잘 알아들을 수 없는 여러 가지 말을 뒤섞어 쓰니까, 문화는 커녕 함께 어우러져 살지도 못했다는 이야기다. 몸 붙여 사는 들판의 자연환경도 달라지지 않았고, 어우러져 살아가는 사람의 몸과 마음도 달라지지 않았지만, 쓰는 말이 달라지니까 사람들의 삶은 아주 달라져 버렸다는 이야기다.

그런데 우리는 어떤 말을 쓰며 살아가는가? 뜰과 정원과 가든, 소젖과

우유와 밀크……, 이렇게 우리 토박이말, 중국과 일본에서 끌어들인 한
자말, 서양 여러 나라에서 들어온 서양말을 뒤섞어 쓰며 산다. 게다가 토
박이말은 나쁜 것으로, 한자말은 괜찮은 것으로, 서양말은 좋은 것으로
여기며 살아간다. 그래서 말을 적는 글자도 뜰과 庭園과 garden, 소젖과
牛乳와 milk, 이렇게 뒤섞어 쓰기를 꺼리지 않는다. 자칭 민족의 언론이
라 뻐기는 신문조차 "IT산업 美 · 日만 배불려", "美 · EU 시장 안정" 이
렇게 세 가지 글자를 함부로 뒤섞어 쓰기를 밥 먹듯이 한다.

신문과 방송, 학문과 교육, 행정과 정치를 이끄는 이른바 사회 지도층
사람들은 한자든 로마자든, 한자말이든 서양말이든 걱정할 것이 없다.
그러나 배우지 못한 어린이들과 가난한 사람들에게는 그것이 무섭고 두
려운 장벽이다. 그런 까닭에 우리네 말글살이를 살피면서 바벨탑 이야기
를 떠올리면, 안다는 사람들이 얼마나 무서운 죄악을 저지르고 있는지를
깨닫고 등골이 오싹해진다. 가난하고 보잘것없는 사람들과 더불어 힘들
이지 않고 주고받을 수 있는 쉬운 말을 쓰는 것이야말로 사람을 살리고
세상을 살리는 사랑의 열쇠다.

카_ 만남과 헤어짐
이오덕 선생님의 첫 기일을 맞아

아 내와 함께 새벽에 나서서 손수 차를 몰고 무너미에 닿았을 적에는 점심때가 가까웠다. 가족끼리 장례를 치르고, 사람들에게는 천천히 알리라는 유언을 하셨다는 말을 곁들여, 쉬쉬하는 전화 부고를 받은 다음날이었다. 내 사정이 출상날에는 틈을 낼 수 없어서 어쩔 도리 없이 막무가내로 나선 걸음이었지만, '아무리 그런 유언을 하셨을지라도 마지막 작별을 하려고 천리를 넘게 찾아갔는데, 인사조차 못하게 막기야 하겠느냐.' 이런 속셈으로 달려갔던 것이다.

계시는 집에는 벽으로 빙 둘러 화환들이 나 같은 문상객과도 낯을 가리고 돌아서 있었는데, 난생 처음 보는 풍경이었다. 여기 저기 사람들이 소리 없이 모여 앉아 있었으나 상주를 찾을 수가 없었다. 혹시나 싶어 글쓰기 회관으로 차를 몰고 올라가 보았지만, 거기서도 상주를 만날 수는 없었다. 마음의 갈피를 잡지 못하고 되돌아왔더니, 그제야 몸을 숨겼던 상주가 나타나서 선 채로 간신히 아픔을 물을 수는 있었다. 그러나 세 차례 거듭 인사를 드리고 싶다며 청했으나, 아버지 유언을 어기지 않게 도와달라면서 허락하지 않았다. 효성을 무너뜨리는 일인가 싶어 그냥 돌아서 나오기로 했으나, 차마 발걸음이 떨어지지 않았다. 이것이 이오덕 선생님과 나의 마지막 헤어짐이다.

내가 선생님을 처음 만난 일은 당연히 이렇게 쓸쓸하지 않았다. 《우리 글 바로 쓰기》 첫 책을 읽고, 이분의 말씀을 우리 학생들 (경상대학교 사범대학 국어교육과 학생들)에게 들려주고 싶었다. 학과 교수들과 의논하여 모셔다 특강을 마치고, 교수들과 함께 저녁을 먹고, 선생님과 나만 둘이서 여관방에 마주 앉아 밤이 깊도록 이야기를 주고받았다. 살아온 길이 적잖이 달랐지만 나로서는 아무런 장벽을 느낄 수 없었고, 마음이 서로 편안하게 어우러지는 듯하였다. 그 자리에서 주고받은 이야기의 속살을 이제 모두 기억할 수는 없지만, 나눈 이야기의 알맹이는 물론 '우리말'이었다. 나는 국어교육을 직업으로 삼고, 국어교사를 양성하며 살아가는 사람이니까 '우리말'에 매달리는 것이 당연하지만, 선생님은 초등학교에서 여러 과목을 가르쳐야 하는 사람이었는데, 어떻게 '우리말'을 붙들고 매달릴 수 있었을까? 그날 밤을 지난 뒤로 이런 생각이 내 마음에 똬리를 틀면서, 선생님을 남다른 분으로 우러러보게 되었던 것이다.

그러나 나는 시골에 살고 있어서 선생님을 자주 뵐 수 없었다. 선생님이 새로운 책을 펴내시면 보내주셔서 소식을 주고받는 기회가 되고, 어쩌다가 나도 되지 못한 책을 보내드려서 그런 기회를 만들었을 뿐이다. 자주 만나 뵙지는 못해도 우리말을 걱정하는 마음은 서로 통해서, 《말과 삶을 가꾸는 글쓰기》를 손수 적어서 만들던 처음부터 나는 애독자였고, 그것은 지금까지 달라지지 않았다.

그러다가 어느 해 겨울, 무너미에서 열린 한국글쓰기연구회의 연수에 불려나가 하룻밤을 자고 이야기를 한 차례 한 적이 있다. 거기서 나는 진주에서 단 둘이서만 마주 했던 선생님, 쓰신 글들에서 느끼던 선생님, 그런 분의 실제 삶을 잠시나마 만나볼 수 있었다. 신발 흐트러진 것까지 손수 바로잡아 놓는 모습, 젊은이들의 발표와 토론을 꼿꼿이 앉아 끝까지 귀담아 듣고 낱낱이 비평하는 모습에서, 나는 나름대로 선생님이 살아오신 지난날을 미루어 생각해볼 수 있었다.

내가 선생님을 좀 더 자주 만난 것은 우리말살리는겨레모임 때문이다. 이른바 아이엠에프라는 것을 맞았을 즈음에 선생님이 전화를 하셨다. "서울에 올라오는 걸음이 없겠습니까? 꼭 한번 만났으면 좋겠습니다." 그래서 약속한 날에 지식산업사로 찾아갔더니, 이름으로만 알던 여러 분들이 모였다. 선생님은 마음속에 깊이 생각한 뜻을 지니시고 김경희 사장과 이대로 선생과 의논하여 사람들을 모았던 모양이다. 그 자리에서 나눈 이야기의 알맹이는 아이엠에프 같은 환난을 맞은 까닭이었다. 왜 우리가 이런 환난을 맞았는가? 세상 사람들은 경제 정책 잘못 탓이니 정치 혼란 탓이니 하지만 그게 아니다. 아이엠에프는 외딴 하나의 환난이 아니고, 얼마든지 일어날 수 있는 환난들에서 불거진 하나일 뿐이다. 금가락지를 모아서 아이엠에프를 벗어난다 하더라도, 환난의 뿌리가 뽑히지 않으면 언제든지 비슷한 환난은 모습을 바꾸어 되풀이하여 나타날 것이다. 그러니 환난의 뿌리를 찾아서 뽑아야 하는데, 그것이 곧 '우리말'이다.

우리는 뜻이 또렷하게 잡히지 않고 어름어름한 한자말과 서양말을 너무 함부로 많이 쓰는 탓에, 정신에 늘 안개가 자욱이 끼어 있다. 정신의 안개, 이것을 말끔히 걷어내지 않으면 우리 겨레의 삶은 참답게 살아나기 어렵다. 정신의 안개를 걷어내려면 뜻이 흐릿한 한자말이나 서양말을 할 수 있는 데까지 몰아내고, 우리말, 우리 토박이말을 살려내 갈고 닦으며 써야 한다. 이런 판단에 모두의 뜻이 모여 우리말살리는겨레모임을 만들기로 했다. 그리고 모임을 제대로 갖추어 세상에 알리는 일은 선생님을 비롯한 몇 분들에게 맡기고 헤어졌다. 이렇게 모임이 세상에 나타나고 나는 운영위원의 한 사람으로 끼어들었기 때문에 그전보다는 훨씬 자주 선생님을 뵙기도 하고 연락을 주고받기도 하면서 만남이 깊어졌다.

그런데, 한번은 어떤 잡지에서 선생님의 《우리 글 바로 쓰기》1 · 2 와 《우리 문장 쓰기》를 묶어 서평을 써달라고 졸라서 쓴 적이 있었다. 남들이 볼까봐 부끄러운 글이었는데, 선생님은 보시지 못했는지 끝내 아무런 말씀이 없었다. 그러나 선생님이 보시지 못했을 리는 없을 듯하고, 마음에 들지 않는 구석이 있어 입을 다무셨을 것이다. 사실 선생님은 그 밖에도 나에게 못마땅한 마음이 적지 않으셨을 터이다. 무엇보다도 선생님은 새로운 말을 만들어 쓰는 것을 옳지 않다고 여기셨다. 조상들이 오래도록 써온 말, 거기서도 가난하고 보잘것없는 백성들이 물 흐르듯이 써온 말을 고스란히 살려서 써야 옳다고 굳게 믿으셨다. 참으로 마땅하고 옳은 말씀이다. 그런 원칙에 조금도 토를 달고 싶지 않다.

그런데 나는 새로운 말을 만들어 쓸 수 있으면 만들어 써야 한다고도 생각하는 사람이기도 하다. 말이란 어차피 맨 처음에는 누군가가 만들어 써서 새로 생겨나는 것이라고 믿기 때문이다. 누군가 새로운 말을 만들어 쓰면 다른 사람들이 본능으로 가늠하여, 반기며 따라 쓰기도 하고 거들떠보지 않기도 한다. 그래서 새로운 말로 살아나기도 하고 시들어 죽어버리기도 하는 것이다. 이런 소리를 서평에서도 비슷하게 했지 싶고, 그것을 읽으시고 못마땅해서 그냥 말씀을 삼켜버리지 않았을까 싶다. 그것은 내가 '말꽃'이라는 낱말을 새로 만들어 쓴 《배달말꽃 — 갈래와 속살》(지식산업사, 2002)을 보내드렸을 적에, 이번에도 아무 말씀 없이 《나무처럼 산처럼》(산처럼, 2002)을 보내신 일과도 이어진다고 생각한다.

이오덕 선생님과 나의 만남이 깊어지는 가운데는 이처럼 못마땅한 마음을 참아주신 구석도 있었다는 말이다. 그것은 내가 아는 선생님의 성품으로 보아 여간 힘드신 일이 아니었을 것이다. 그래서 나도 한 가지 참아드려야 도리라고 생각했다. 그것이 다름 아닌 '먹거리'다. 선생님이 먹거리를 쓰지 말라는 글을 쓰셨을 적에, 나로서는 가만히 있기가 꽤 힘들었다. 그러나 선생님이 나에게 참아주신 그 마음을 떠올리며 선선히 참을 수 있었다. 이제 선생님이 돌아가시고 한 해를 넘겼으니 '먹거리' 시비를 가려볼까 싶은데, 그래도 자꾸 망설여져서 가늠을 쉽게 하지 못하겠다. 그렇게도 매정하게 마지막 헤어짐을 겪었는데, 무엇 때문에 아직도 참아주기를 끝내기가 힘든 것인가? 만남과 헤어짐은 둘이 아니고 하나란 말인가?